K INK INK INK INK INK IN
INK INK INK INK INK INK
K INK INK INK INK INK IN
INK INK INK INK INK INK
K INK INK INK INK INK IN
INK INK INK INK INK INK
K INK INK INK INK INK IN
INK INK INK INK INK INK
K INK INK INK INK INK IN
INK INK INK INK INK INK
K INK INK INK INK INK IN
INK INK INK INK INK INK
K INK INK INK INK INK IN
INK INK INK INK INK INK
K INK INK INK INK INK IN
INK INK INK INK INK INK
K INK INK INK INK INK IN
INK INK INK INK INK INK
K INK INK INK INK INK IN
INK INK INK INK INK INK
K INK INK INK INK INK IN
INK INK INK INK INK INK
K INK INK INK INK INK IN
INK INK INK INK INK INK

INK INK INK INK INK
INK INK INK INK INK INK
INK INK INK INK INK
INK INK INK INK INK INK
INK INK INK INK INK
INK INK INK INK INK INK
INK INK INK INK INK
INK INK INK INK INK INK
INK INK INK INK INK
INK INK INK INK INK INK
INK INK INK INK INK
INK INK INK INK INK INK
INK INK INK INK INK
INK INK INK INK INK INK
INK INK INK INK INK
INK INK INK INK INK INK
INK INK INK INK INK
INK INK INK INK INK INK
INK INK INK INK INK
INK INK INK INK INK INK
INK INK INK INK INK
INK INK INK INK INK INK
INK INK INK INK INK
INK INK INK INK INK INK

INK INK INK INK INK
INK INK INK INK INK INK
INK INK INK INK INK
INK INK INK INK INK INK
INK INK INK INK INK
INK INK INK INK INK INK
INK INK INK INK INK
INK INK INK INK INK INK
INK INK INK INK INK
INK INK INK INK INK INK
INK INK INK INK INK
INK INK INK INK INK INK
INK INK INK INK INK
INK INK INK INK INK INK
INK INK INK INK INK
INK INK INK INK INK INK
INK INK INK INK INK
INK INK INK INK INK INK
INK INK INK INK INK
INK INK INK INK INK INK
INK INK INK INK INK
INK INK INK INK INK INK
INK INK INK INK INK
INK INK INK INK INK INK

背過身的瞬間

楊照作品集⑦

目錄

作品集總序

楊照

我少年時候讀徐志摩的〈自剖〉，深感困惑。文章一開頭說：

我是個好動的人，每回我身體行動的時候，我的思想也彷彿就跟著跳盪，……我愛動，愛看動的事物，愛活潑的人，愛水，愛空中的飛鳥，愛車窗外掣過的田野山水……

然而第二段立刻急轉直下，變成了：

近來卻大大的變樣了。第一我自身的肢體，已不如原先靈活；我的心也同樣的感受了不知是年歲還是什麼的縶，動的現象再不能給我歡喜，給我啓示。……

整篇〈自剖〉，就是在剖析爲什麼會發生這徹底的大變化，徐志摩創造了一個虛構的朋友的聲音，用嘲諷的語氣幫他解釋了變化後面的緣由，這一部分論理少年我讀不懂，我也沒興趣。可是無論如何我忘不了這段幽黯的描述：

> 先前我看著在陽光中閃爍的金波，就彷彿看見了神仙宮闕——什麼荒誕美麗的幻覺，不在我的腦中一閃閃的掠過；現在不同了，陽光只是陽光，流波流波，任憑景色怎樣的燦爛，再也照不進我的呆木的心靈。我的思想，如其偶爾有，也只似岩石上的藤蘿，貼著枯乾的粗糙的石面，極困難的蜒著，顏色是蒼黑的，姿態是倔強的。

我困惑，人生真的會這樣嗎？年歲增長，連像徐志摩這樣的浪漫精神化身，都會被窒息了那些活躍波動的感觸，都會被拘執固定成一顆枯呆安靜的靈魂嗎？

少年時候，還讀到葉珊〈楊牧〉的〈作別〉，深感沮喪。〈作別〉裡寫著：

> 多少年來，朝山的香客已經疲倦，風塵在臉上印下許多深溝，雨雪磨損了趕路的豪情。我也曾經在盛唐的古松下迷戀過樹蔭，我也曾經在野地的寺院裡醫治了創傷；我在獵人的篝火前取暖，在野獸的足印裡辨識惟一的方向。只因為遙遠的地方有肅穆的詩靈——而我已經疲倦，倦於行走，倦於歌唱。……事實上我已經很厭倦於思維。我感覺到彩虹的無聊與多餘，我體會到春雨的沉悶與喧鬧；我已經不再能夠掌握鳥囀的喜悅了，看楓樹飄羽，榆錢遮天，那種早期的迷戀也會蕩然。

爲什麼感動與追求，會帶來疲倦與蕩然呢？爲什麼行走、歌唱和思維，竟然會帶來絕望的疲憊呢？我不瞭解，正因爲不瞭解，更覺得其中有一股荒荒忽忽，如遠方雷鳴或山頂席捲而下的風吼般的巨大威脅。

後來讀了白先勇的〈冬夜〉，心情更是轉爲宿命的無奈，原來所有的理想都根源自春青騷動；原來青春結束了，與理想相依相附的一切，浪漫的感懷、激烈的情緒還有與人與物之間的相繫感應，也都會消逝。就像〈冬夜〉裡那兩位老先生，自己被壓在現實底下動彈不得，只能保留一小塊心靈田地，想像著也許遠在地球另一端的對方，還在爲年少的理想前進奮鬥。兩人久別終於相見，得到的不是舊情誼的溫暖，而是互相揭開現實眞相後，彼此的終極幻滅。沒有人眞正能一直持有理想——這個天啓式的暗影悄悄全面籠罩，讓那個冬天夜晚那麼冷那麼冷。

年輕時，我努力寫作，因爲知道青春是有限的，理想與感動或許也是有限的。我的心底藏著一股袪除不掉的恐懼，不知哪一瞬間會有怪獸倏然躍出，大口大口呑噬掉我的青春與理想與感動，只留呆木與疲倦給我。對抗這想像（卻如此眞實）怪獸的方法，我惟一的方法，就是寫作，留下白紙黑字的記錄，留下怪獸吃不掉消滅不了的鐵證，證明自己青春過、理想過、感動過。

一路寫下來，對於怪獸的恐懼仍然不時閃動著，不過卻也慢慢發現了寫作不同層次的意義。原來以爲寫作只是保留青春、理想、感動證據的手段，寫到一個程度才驀然理解：原來寫作同時可以刺激、甚至逼迫青春、理想與感動，不那麼快從生命舞台上謝幕隱退。

累積的一行一行，一頁一頁，就像是過程的自己，不斷向現在的自我提醒喊話。十幾二十年來逢遇的讀者也不時殷勤持問著、關心著。於是所寫的與所活過的糾纏摶合成不可分不可辨的整體，不可能單純回頭指認這中間哪些是經驗哪些是記錄，哪些是過去哪些是現在。

這整體是我，這整體才是我。那時間變化中，留下了與社會時代掙扎互涉，直至遺忘時間或超越時間的整體，才是我能呈現我能提供的最終與最高，也才是和我摯愛的地方一起繼續動下去的夢想原力。

【自序】「百年荒蕪」緣起

W. H. Auden寫過一首詩，獻給愛爾蘭前輩詩人W. B. Yeats，詩句中有：Mad Ireland hurt you into poetry.「瘋狂的愛爾蘭傷你爲詩人」，勉強這樣翻譯，卻翻譯不出詩裡那種無奈的感情。Auden試圖要說的，應該是愛爾蘭不尋常的歷史經驗，使得Yeats不得不用詩來表達，來發洩。詩與瘋狂之間，有一種既抗拒又親和的關係，應該也有一種神妙又痛苦的彼此印證吧。

有一段時間，我常常想起Auden的這句詩，還有，Yeats與愛爾蘭與瘋狂。從詩句我回頭去想，小說之於我的意義究竟爲何。我知道就像詩和Yeats之間，夾著愛爾蘭一樣，小說跟我，必然糾纏著台灣。不過，Auden精準地替Yeats捕捉到了「瘋狂」這個主題，那麼台灣呢，台灣是什麼？或者說台灣逼著我不管走到哪裡，不管做了什麼事，不管別人給我掛了什麼頭銜，在內心深處都無法放棄小說，掙扎要用小說表達出來的是什麼？

一度我以爲是「荒謬」。老是有不應該出現的事出現了，關連到完全預期不到的人，在錯亂不合邏輯的時間與場景中。應該就是「荒謬」。相應的感覺是啼笑皆非，是無奈慨嘆，是憤怒的情緒上升到一半，就轉成了嘲弄，對錯置與顚倒的嘲弄，也是對自己的憤怒的嘲弄。的確，台灣，過去現在與可預見的未來，都充滿了荒謬。

可是，我無法解釋，爲什麼是小說？如果那逼著我不放棄，宿命地與小說綁在一起的，是深烙於我生命情調上的台灣荒誕，那麼，斷裂、跳躍、閃爍、曲折、省略、飄搖、浮動、挑戰著所有文法語法成規的詩，不才是更適合、更對的選擇嗎？

然而，我明明白白，在寫小說的時候，有某種東西，像雷雨來臨前突然遮蔽住天空的濃密烏雲般，雖然無法觸摸，卻絕對沉重、眞實、無可取代。

有一天，在北海岸一家新開的時髦地中海風味咖啡館裡，望出去是一片雜亂的沙灘，有人在戲水，有人在開沙灘車，有人在放風箏，有人在擺攤賣冷飲，還有人無所事事單純只是在增加畫面上的雜亂程度。我沒來由想著，我一定要把這個畫面寫進小說裡，一定要讓一件最重要的事，在這個畫面裡發生，因爲這個畫面中有我不能錯過的氣氛，一種絕對的、純粹的情緒。

那是什麼樣的情緒？是孤寂嗎？我想起馬奎斯名著《百年孤寂》，想起那本書的英文譯名「One Hundred Years of Solitude」，突然腦中迸出了另一個字，destitute，荒涼荒蕪，destitute 和 solitude 幾乎可以互相押韻，用 destitute 代換 solitude 的話，就成了「One Hundred Years of Destitute」，百年荒蕪。唯一問題，這不是對的英文，對的英文該寫成「One Hundred Years of Destituteness」。

不管他，重點是，百年荒蕪，是「荒蕪」而不是「荒謬」。我發現了這正是我在追索探問的。一種特殊屬於台灣的荒蕪性格長期壓著我的胸臆。爲什麼台灣老是缺這個缺那個，爲什麼台灣的景致總是顯現著刺眼的荒乾與逼仄？是了，這是讓我多年來逃躲不掉的大問題。

荒蕪只能用複雜來接近。最複雜的文類才能碰觸到荒蕪。而小說最大的本事，小說存在的根底理由，就是複雜，就是拒絕簡化。海浪呼呼襲拍，我悟知了小說迷人與不可抗拒的地方。荒蕪來自於簡化，於是當我們用複雜的小說去探測荒蕪的歷史地景時，就建構了一片想像的，依附於荒蕪，卻又對反否定荒蕪的視野。那視野，是荒蕪的一部分，離開荒蕪便沒有了意義，然而虛構視野浮顯，荒蕪便失去了其絕對性，失去了定義主宰我們生命情調的霸道力量。在這裡，小說與荒蕪，就像詩與瘋狂，拉扯跳著漾動心魄的激烈雙人舞……

Auden 寫給 Yeats 的詩說：「現在，愛爾蘭依舊有著他的瘋狂與他的天氣。」愛爾蘭不會因 Yeats 的詩而改變其瘋狂，更不會改變其天氣，不過詩不會白寫，多少愛爾蘭人藉由 Yeats 而找到了擺脫瘋狂，化瘋狂爲文明力量的崎嶇道路。那路，不再通往越來越黯潮的精神病院，而在繞過一片割腳的嶙峋岩場後，豁然開展一片美麗的大海。

那個下午，我決定開始一個長期的小說寫作計畫。爲二十世紀的台灣，寫一百篇小說，每一個年分一篇，用歷史研究與虛構想像的交雜，挖開表面的荒蕪，測探底層的複雜。在一切似乎都無可回頭地走向簡化，走向輕薄的時代，我相信，我更加相信，只有厚重與複雜中，藏著我們文明的救贖。或許有一天，也有人會通過我的小說，看到不一樣的，荒蕪之外的台灣。

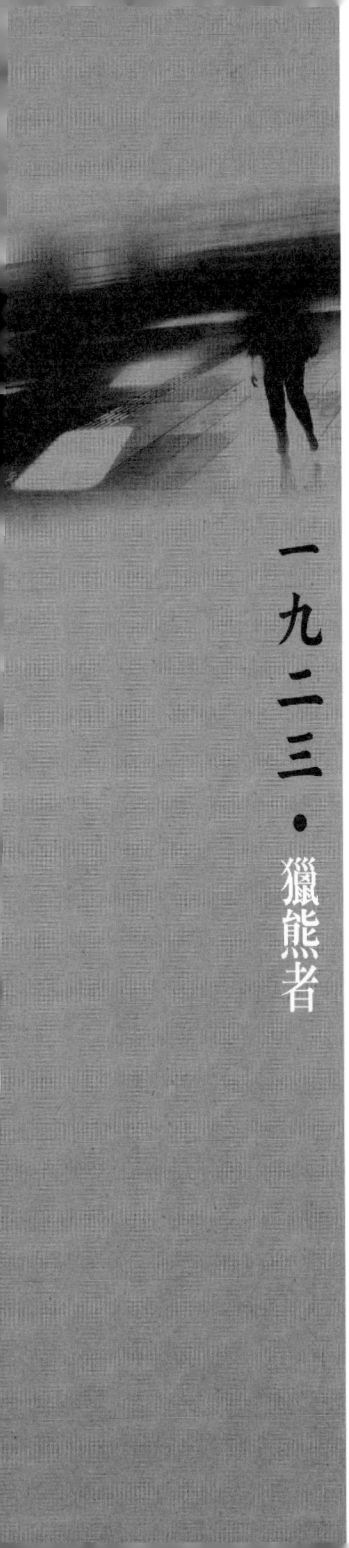

一九二三・獵熊者

文學是個性的發抒，文學是對於浪漫愛的歌詠，文學是屬於戀人的，沒有愛沒有情感與肉體的震駭，哪有資格談什麼文學？

我記得一九二三年。雖然那一年，我還沒出生，就連我爸爸都還沒出生。

一九二三年，是日本關東大地震那年。我記得祖父曾經翻出舊黃的書頁，給我看菊池寬的文章〈震災雜感〉。祖父用不時會微微顫抖的食指，謹慎地一字一點跟我講述那段不知多少年前用墨水圈畫過的文章。講到後來，他整隻手都在發抖。我從沒看他抖得那麼厲害過。可能是因爲太認眞又太激動了吧。也有可能是太小心不讓自己的手指碰觸、歇息在對他而言如是珍貴的書頁上，以致太過勞累了吧。

文章表達了這樣的意思，我記得。「最終而言，震災是一場社會革命。財產、地位和傳統被搞得一場糊塗，社會成了以實力爲第一的社會，成爲眞正能勞動的人的社會。這雖只是一時的、部分的，卻是震災可怕後果中，惟一値得歡迎的。……對於我們文藝家來說，最大的打擊，乃是清楚地知道了生死存亡之際，文藝猶如骨董書畫等，是無用的奢侈品。早知如此，並被迫親眼目睹這一天，是可悲可歎的。」

一九二三年，是祖父到日本去的那一年。他是那年夏天，六月底或七月初吧，搭了船去東京的。沒多久，九月一日，就經歷了關東大地震。對於關東大地震的恐怖景象，祖父自己估計，幾十年來大概跟別人講述過一萬次。即使講過了一萬次，還是沒有減損他描述當天狀況的興致。

我算不清楚自己聽過多少次了。印象最深的是祖父形容夜裡的奇觀。天空火花一片，三百六十度每個方向，從這裡到看不見盡頭的地方，都是紅的。像是夜被染色了，也像是夜根本被吞噬不見了。那種紅，還不是單純、單調的紅，有著各式各樣深淺明暗變化。有些地方火衝得半天高，有些地方濃煙遮掩了紅雲，混雜出奇特的、帶點絲絨質感的酒紅與黑紅。有些地方，夜空詭異地從紅光裡液狀般地滲漏出來，像是整片將凝未凝的血塊。

這是地震發生後將近十二個小時的事了。東京市內還有超過十萬幢房屋在燃燒。火不只完全占據了視覺，連聽覺也沒放過。祖父說他事後回想，那一夜的東京應該多麼嘈譁喧鬧才對。大家像困獸般找水、打水，想辦法把一桶桶水潑向兇猛的火勢上。多少人奔進奔出，搶救財產或呼尋親人。到處都有哭號聲，不只小孩哭、婦人哭，身形與打扮雄偉如武士般的男人，也毫不羞愧地蹲在路邊放聲嚎啕。發得動能跑的車輛幾乎都在街上幫忙搶運傷患。可是這些聲音，祖父都沒聽見。他只記得一夜單調沉穩的呼呼聲。極其神祕的聲音，像來自天上又像從地底湧冒上來，匯合在人間構成漩渦般的存在，似乎隨時要把人纏捲進去，吸納進某個地獄或天堂的空間去……

那聲音一直在，而且只有那聲音。回想起來，祖父認為，甚至早在天搖地動之前，他就先聽到了那聲音。令人心神晃漾、如同布袋戲裡形容的「魔音穿腦」的聲音先占領了整個東京，然後才地震。所以地震的前幾秒，大家都不確定是自己的意識在暈眩，還是腳底地板真的不安分地舞蹈著。直到身邊第一樣物品被震搖跌落下來，可能是花器、可能是書、可能是字畫、也可能是水杯或墨瓶。地震大搖特搖，一會兒停了，然而那聲音還在，過一陣子，又再大搖特搖一番。即使到第二天第三天第四天，大家都不敢確定腳下是不是平息不動了……

大地震改變了東京，當然也改變了、徹底改變了時年二十三歲的祖父。

我記得，我彷彿記得，大地震前兩個月，祖父初抵日本的模樣。他去學校報到後，被一個熱心的日本學友拉著上街去。先是朝拜皇居御所。然後去神宮裡禮敬。然後又去了上野公園。

就在上野公園入口不遠處，日本學友突然粗魯地將他拉住，又興奮又緊張地，以不合禮數的方式湊在他耳邊說：「那是田健次郎先生！」日本學友爲了壓低音量，結果讓自己嘴裡噴出大量的氣，直灌進他耳朵裡。他張望著，看到遠遠的座椅上有個人在看報紙。

我的祖父，剛從台灣去到日本的年輕人，根本不知道田健次郎是誰。帶點好奇、帶點驚慌，又帶點無聊意味，他陪著日本學友在原地站了好一陣子，一直等到喚作田健次郎的人看完報紙離座。

出於禮貌、也出於羞赧，他沒有問田健次郎是誰，也沒有特別覺得田健次郎可能會跟他有什麼關係。然而沒想到，兩天之後，那個熱心的日本學友竟然出現在學寮門口指名找他，一見面就遞給他一份當天的報紙。被圈畫出來的一塊新聞，標題上寫著：「田健次郎對『共產黨大逮捕』表達了支持看法」。是啊，田健次郎，這個名字大剌剌地出現在報紙標題上。

更讓他訝異的是學友指出的新聞內容。「你看，報上寫著：田健次郎先生在上野圖書館翻閱了大量書籍資料，苦思數日之後，才做出決定來。也就是說，我們在公園裡看到他的時候，田健次郎先生一定剛從上野圖書館出來，正在思考要不要表白支持軍部發動的內閣舉措……」學友的聲音裡有著明顯的激動顫抖。

這眞是個奇異的經驗。出於好奇、也出於某種見證紀念的衝動，他向學友提出了保留那份報紙的要求。學友慷慨地答應了。於是他小心地拿著報紙，進了房裡坐在還來不及收的鋪褥上，讀了起來。

邊讀耳朵裡似乎一邊響起了在台灣時的摯友林君的聲音：「我們沒有文學、沒有書、也沒有報紙，難怪要當殖民地的被殖民者。」那是在林君家鄉滬尾附近的海邊，林君說這話時表情很平靜，似乎只在描述再簡單再平凡不過的事實，類似「人只有兩條腿，所以總也跑不贏花豹」，可是講完之後，林君就從原本坐著的位子倏地起身，敏捷地幾個跳躍躍上了海峽角上最遠最突出的一塊石頭，朝著無邊的海洋發出長嘯，那種從肺部最深處迸發出來，彷彿帶著器官血絲腥味的吼聲。他忘不了林君的吼聲，也就忘不了林君說的那段話。

文學、書與報紙，他記得了，可是卻一直沒有去弄清楚：爲什麼是文學、書與報紙；也一直沒有認眞去知曉，到底文學、書與報紙有多要緊。他的個性裡一貫有著這種不求甚解的慵懶，被摯友林君叨唸過非常多次了，可有可無缺乏追究到底的精神。

沒想到離開家鄉離開林君幾萬里遠了，他才眞正讀到一份完整的報紙。他很仔細地讀，讀了一陣子，還起身拿了筆和墨水過來，因爲有太多東西對他透露著神祕的氣息，他要將它們圈畫捕捉起來。

報紙上有加藤內閣動態。有遠東共和國併入蘇聯後庫頁島撤兵問題。有「統一普選法案」在議會中遭到「政友會」反對。有關於西園寺公望對加藤內閣影響與日俱增的分析。當然還有田健次郎對「大逮捕」的支持。這些他都不懂。

翻過來看到有島武郎的文章，刊登了一整版。上面回顧著去年他是如何決定要將位於北海道膽振支廳虻田郡狩山村的家產——有島農場，以「共有」爲條件全部無償讓給六十八家佃戶。有島武郎反覆討論什麼是「人道」、「人道主義」，還有封建產業繼承的道德問題。他並引用且呼應了一位叫小林幸太郎的人的說法：「繼明治維新時代奉還版籍之後，華族富豪現在必須下定第二次歸還土地的重大決心。」

這他也不懂。再翻過來看到的是詩與和歌與小說拼合而成的文藝版面。小說是連載形式的，所以他只能沒頭沒尾的讀到一段酒後狂暴的描述——眼裡紅著血絲的貴冑後裔，突然摘下了眼鏡，緊緊抱住了身旁鄉下來的、只有十五歲的女佣，一時扯不開她身上服袍，就胡亂地將嘴湊上她的胸前，伸出舌頭舔舐那粗粗可能攙雜了麻質的衣料，繼而又改舔爲咬……

在女人胸前又舔又咬，這是什麼？他更不懂了。他明白這個世界很大，有很多很多事他不懂，所以才要上學念書。可是不知怎地，這回的不懂，前所未有地刺激著他干擾著他。他眼前不斷浮現出上野公園裡田健次郎的背影，而配上這個視覺畫面的，先是公園裡原本聒噪卻又清閒的樹頂蟬聲，一下子蟬聲變調了，拉高拉長，變成了林君在海岩上的嘯聲，久久不絕、盤旋迴繞，到最後和呼呼嘩嘩循環的海浪沖刷合而爲一，再也停不下來……

一、兩天後，他終於鼓起勇氣向日本學友提問：「如果有些不懂的東西，可以請教嗎？」日本學友大方地問：「是什麼樣事情不懂，提出來說說看吧。」被這樣鼓勵了，他原本在心底準備好的問題，反而都擠卡在喉頭間出不來了，臉漲得通紅，嘴巴裡卻只發出了：「那個那個……」無意義的頭語。學友看他的模樣，自作主張地解釋了：「你的意思是一般性的不懂，不是什麼特定問題嗎？那你就應該要去使用圖書館，圖書館裡就可以找到很多很多答案。」得了這樣的指引，他連忙說：「謝謝、謝謝……」日本學友顯然又誤會了，以爲他過於殷勤感激的「謝謝」意謂著請求進一步說明協助，索性就帶他去了位於教員休息室旁的圖書館裡，一一教導他有哪些書可以查、怎麼查。

學友以驕傲的口吻評論：「百科全書是現代文明的代表。」「百科全書」和「現代文明」都是用外來語發音的，他其實沒有立刻聽懂，然而多音節的怪異發音接連敲打耳膜，卻讓他震駭魅惑。

「エンサイクロペディア」、「モダン シビリゼーション」，這樣的聲音。魔一般的聲音，讓他渾身冷顫，突然灌滿慾望的聲音。

只要一有時間，他就耗在圖書館裡。他一直沒有學會怎樣查索一櫃櫃的卡片，而是流連在擺了各式參考書籍的閱覽室裡。尤其是超出他原本想像範圍之外的巨帙套書，不斷吸引他既敬畏又貪婪地、既飢渴又小心地翻閱。

有一套從明治三年開始的年鑑。明治三年那本只有薄薄五十頁，可是到了大正十年，卻膨脹爲五百八十頁。那麼多那麼詳細的紀錄，他簡直不知該從何查看起。他腦中茫茫浮出一個日期，一九〇一年六月二十一日，他自己的生日，翻開那年年鑑，上面眞的有這一天的紀錄，寫著「劍術家，四谷區學務委員伊庭想太郎以短刀刺殺星亨。星亨慘死。」讀著那些文字，他嚇得心臟狂跳，像是要從胸腔裡迸跳出來，又像下一秒鐘就會停止一般。

多麼可怕的事。在他出生的那天，伊庭想太郎刺死了星亨，像是和他個人命運有著什麼樣神祕的連絡，然而在此之前他什麼都不知道！可是，伊庭想太郎是誰？爲什麼要刺殺星亨呢？他覺得自己非知道不可。還好就在年鑑旁邊擺著《明治名人錄》、《大正名人錄》，他在裡面不只找到了星亨和伊庭想太郎，也找到了大部分那張報紙上出現的名字。

靠著《年鑑》、《名人錄》，他認識了一個很不一樣的日本。《名人錄》旁邊還有別的書。《大和エンサイクロペディア》，他輕輕地唸出那長串聲音，啊，是了，就是學友幾天前講出來的魔一般的聲音。百科全書。他還不瞭解、卻已忍不住敬畏的文明物件。

百科全書不只有更多的字，還有圖。用細筆工整描繪，然後以幾乎感受得到工匠專注細心態度刻印上去的圖。那線條既齊整又活躍，忠實呈現許多他認識或不認識的東西。他從來沒看過沒認識過的東西，照理是無從判斷忠實與否的，但那刻畫形象本身，那彷彿要沉入頁面又像要凸浮上來的新鮮墨色，卻讓他相信：就是該這樣，就是該長成如此模樣。

他忍不住去觸摸那些圖像。心中的興奮無法形容。一個新的世界在他眼前打開，不能不以最直接貼上皮膚的觸感，來證明眼睛所見的不是遠距蜃樓般的幻影。摸到的是紙頁，可是指尖底層似乎暗藏了另外一片皮膚，讓他感覺、讓他相信，摸到的不只是紙、不只是紙面千篇一律的平滑纖維。

他翻開新的一頁，照例毫不思索地將手指擺到了映入眼中的圖像上。然後才發現那竟然是一個女性隆起的乳房側影。渾圓線條，上面立著小小尖尖的乳頭。連旁邊乳暈上細碎疙瘩般的圓點都細膩而栩實地呈現了，使得他全身跳顫的一股強大能量從指尖傳來，接著這能量好似化成了磁吸作用，讓他的手無論如何沒辦法從圖上移開。心底有個聲音喊叫著：「不可以。不可以。」手指卻像是突然取得了自己的生命一般，堅持停留在原處，而且還繞著小小圖形的輪廓輕輕來回撫動著，手指每繞一圈，太陽穴就被劇烈的血流衝得暴跳一次……

他發現自己的眼睛也飢渴地將乳房圖形周圍的文字快速吞噬著：「乳房爲女人最重要的性徵。從十一、二歲開始明顯隆凸成長。乳房外表有主要由脂肪、肌肉組成，觸感柔軟的隆起部，還有一般呈現嫩紅到黑褐顏色的乳頭。內部藏有乳腺，哺乳時奶汁便自乳腺透過乳頭流入嬰兒口中。」還有這樣一段：「因爲乳房形象被視爲對男性慾望具不道德的挑逗效果，大部分文明都有對女性乳房予以掩藏的習慣。在日本，一般相信和服的寬束帶，就帶了平緩化乳房線條的考量；至於現代西方，女性則配戴了ブラジャ──……」

「ブラジャ──」這是什麼？他發現自己全身僵直，手指幾乎無法靈活翻到應該藏著「ブラジャ──」祕密的那一頁，好不容易翻開了，還不及按順序索字，眼角映入圖形，心裡就有一個聲音用讓他差點要失態掩耳的音量大叫：「就是這個了！」「ブラジャ──」，字的解釋是：「乳押え。乳あこ。以紗或絹質製成，將乳房包裹起來的婦人內衣。」

他不只是身體僵直了，兩腿開始顫抖。無法再在書架前站立，他捧著大書找了鄰近的座位慌忙坐下，拉椅子時發出了超過一般和式禮儀許可的巨響，他覺得不好意思極了，覺得自己必定漲紅了臉，這才意識到自己的臉早已發散著彷彿會冒出煙來的燙熱，也意識到了這燙熱的來源……

還是滬尾港鎮，摯友林君習慣誇張地對往訪的他說：「歡迎來到聖多明哥。」聖多明哥是許多年前滬尾的舊名，林君不知從哪裡的典籍資料裡讀來，他喜歡這個名字裡面帶的西方色彩，那說不出說不上來的浪漫意味。尤其在充滿了海鹽氣息與魚腥熱臭的滬尾小街上晃盪時，「聖多明哥」的名字似乎總會給周遭原來熟悉的庶民景致增添上某種怪異、不和諧的魅力……

這種怪異、不和諧的魅力，也有可能是來自與他們同遊滬尾鎮街的秀月，林君的童養媳妹妹。秀月八歲來到林家，本來是要配給大她四歲的林君，但是鄰居提醒並警告：依照習俗，童養媳該比丈夫年紀大些，否則就會不吉利，尤其秀月和林君的生肖不是頂相配。於是秀月到林家的第三年，她轉而成了林君弟弟的媳婦。

林君跟他詳細說過這段經歷。十四歲前的林君原本彆扭地刻意躲著秀月，當父母決定把秀月許配給弟弟之後，態度相反扭轉，不但和秀月親善親近，而且常常把秀月從家裡繁重的工作裡拖開，帶隨著在外面晃盪。

林君的告白：「我不願接受這樣的安排婚姻，所以厭棄秀月。可是當秀月與我的命運改變了，卻又悵然若失。失去了一個我原本就不想要的媳婦。因爲失去了，反而覺得她應該是自己的。因爲失去了，才覺得她可愛覺得她值得疼惜。因爲失去了，才格外不想讓她待在家裡，不想讓她跟弟弟接近。」

告白之後，林君半開玩笑地說：「我那個弟弟，不成材的野馬，配不上秀月的。你把秀月搶去吧，這樣我才會安心啊！」

他總是刻意把臉繃得緊緊的，不讓自己對林君的玩笑話有任何一絲一毫表情反應。可是騙不過自己的心裡明白，因爲林君的笑話，讓他對秀月多了些注意，也多了無法抑扼的情愫。

他最後一次和林君及秀月在滬尾閒逛，一路沿著河岸朝海的方向走。太陽原本高高掛在對岸，慢慢一寸寸落了，金燦燦的河影一點點染上黃色，再來又有了紅色調。路經鎮邊的小店，林君認出店內坐著朝街上張望的，竟然是舊識學長，高興地就入內相認了。他和秀月在店邊河畔的大榕樹下等林君。

左等右等都不見林君出來，秀月說要去叫林君，被他制止了。他說：「伊那款人猶，路上遇到熟人總是格外興奮，這種事我碰多了，不要去掃他的興頭吧。」秀月接著他的話尾說：「伊那款人，你越是耐心等伊，伊就越不管你。」

他覺得有些什麼，從話裡傳來惹他心裡跳了一下。他第一次發現秀月柔美的臉部線條中，竟然藏著一股英氣，說不上來藏在哪裡，可能是眉宇、也可能是面頰或嘴角，像是他剛開始學聽的西洋音樂，絃樂主調中如果不認眞聽就聽不到的銅管高音副調。看著秀月，他近乎無意識地重複著對話的主題：「伊那款人……」

沒想到這樣平凡無奇的景況，竟引來了他完全無從預料的秀月的告白：「伊那款人，對自己可以輕易掌握的就不珍惜。他知道我們會等他，他就會毫不客氣地讓我們一直等一直等。他只會追求那些不屬於他的、不受他控制的。明明不能的，他才要去勉強。是你的時候爲什麼不理不睬不聞不問呢？不是你的才要製造大家痛苦、所有人痛苦。當然不能給你，不能讓他如願。他如願了，一定又是不理不睬不聞不問。一輩子不讓你如願……」

亂了章法連串語言，他卻聽得再清楚不過。講到一半，秀月已經背過身去了，夕陽剪出她清晰的輪廓，黑邊鑲著金線。金線在不規律跳動著。他知道那不只是河面波浪的緣故。突然有個衝動讓他跨步靠近了秀月，然而自己的胸膛快要貼上秀月後背的瞬間，他又迷惑地不知該做什麼了。時間彷彿凝定了，他嗅得到淡淡的茶油香，香氣似乎具體化成秀月髮梢跳動的細碎陽光金點，無窮多的金點同時朝他襲來。最後，他畏怯怯地又笨拙不堪地舉起手來，輕輕撫觸秀月的背。

秀月沒有拒絕。秀月沒有一點點反應。她維持著原本的姿勢、原本不規律中似乎又自有規律的兩肩微顫。秀月沒有反應，他更不知怎麼辦了。他突然明白自己有多膽小。如果秀月有一點點，只要一點點閃躲或抗拒的訊息傳到他指尖，他早已準備好立刻抽手回來，要假裝什麼都沒發生過。

可是秀月沒有。膽怯與不自在反而讓他不能突然停止輕撫的動作。他一直撫拍著、撫拍著。一次又一次。一次又一次。他在心底默算著次數，但老是一下子就算亂了。永遠算不清楚。好像只要算不清楚，這一刻這一個場景就會地老天荒地持續下去。好像連本來要落山的太陽也會陪著地老天荒地懸在那裡。

他竟然完全忘掉再下來發生了什麼，到底如何結束、轉換了這一幕，讓時間再啓、讓生活再續。他卻一直記得秀月背部神祕的觸感，在他可以目視理解的衣著和他可以想像的光滑皮膚之間，有奇異的線條、奇異的邊緣。切割秀月的背，卻又一直連絡到她的前胸去。他記得那和地老天荒緊密相繫的觸感。

就是這個。他手指停留在百科全書婦人胸罩的示意圖上。他拚命壓抑心底冒上來的想法，卻終於失敗了。好像在觸摸秀月的胸乳，觸摸河畔秀月的胸罩，然而那胸罩比秀月的胸乳更赤裸、更真實。他的臉更熱更紅了。不，也許是臉上有了不同的熱與紅。這次的熱與紅是從小腹部衝上來的。從小腹直接衝到臉上。完全略過了中間的軀體。除了臉部與小腹，他身上其他部位成了一片虛空。

當天晚上，他做了夢。夢回到地老天荒的河畔。撫摸著的秀月的背突然隆起成了胸乳，抬頭一看卻還是看到秀月梳得乾淨整齊的後腦勺。他嚇了一大跳。秀月成了鬼故事中頭身扭轉成相反方向的怪物了。還好再定睛一看，秀月的臉已經轉過來了。整個人對著他，任由他的手在她胸乳間不斷地游走。他看著自己的手，明明是自己的手，然而卻完全接收不到觸感。只剩下視覺。看到自己在撫摸秀月，但卻完全不知道那是什麼樣的感覺。空空洞洞的。自己的手與秀月的胸乳，明明在那裡，卻比不存在還要更空空洞洞。

他懊恨地醒來。不是醒來才懊恨，而是夢中就湧出一股強烈的懊恨，強烈到推垮了夢的限界，把他擾醒。夢破壞了那原本不動也不變的地老天荒。夢偷偷潛入了記憶，他懊恨著，往後只要記憶回來，夢就跟隨。完美的、神祕的、地老天荒的記憶被污染了。

懊恨的情緒盤桓著持續著。一整天侵擾著他。在食堂裡用過午餐後，他避開了其他同學，一個人踱步到校地的另一角，孤伶伶立著鐘樓的所在。坐在鐘樓下發呆了一陣子，突然有人拍拍他的肩，他回頭，一個陌生卻眞摯的笑臉問他：「你是台灣人吧？」

他惶然地點點頭，結巴驚訝：「你……怎麼……怎麼……知道？」沒想到問話竟引來那人大笑，說：「你一路一直自言自語在說台灣話，作爲也是台灣人的我，聽了怎麼會不知道？」他更驚訝、更結巴了：「我……你……我說……你聽到……我說……說什麼？」換作那人也驚訝了：「你不知道自己在說什麼嗎？這就奇怪了……實在抱歉，你說了一長串，從那裡，」那人指指操場另一邊，「一直講到這裡，我遠遠聽，斷斷續續的沒聽到多少，只聽到有一段好像是在說：『漁船仔若早入港，咱就可以去漁市看到還會跳的飛魚……』哈哈哈……」

原來如此。原來自己在無意識的狀態下，改用起跟日語不是很好的秀月交談時用的台灣話，莫名地講起了滬尾的話題。他對自己的反常行爲感到很不好意思，爲了趕快岔開話題吧，他熱心地問起那人的身分經歷種種。

那人自我介紹叫許得時，台南州出生，曾經先去了中國北京念過兩年書，後來又轉到內地東京來。許得時說來東京快兩年了，眞難得碰到台灣來的人。東京也有台灣同學的組織，可是，「那幾個人都像猶仔一般，每天在猶一些無聊無意識的代誌，跟他們很難鬥陣。」許得時說，他的台灣話裡果然流露著台南人的腔調與特別的自信。

「他們，那些人，是在猶什麼？」他表現出格外好奇的態度問。

「猶寫文章啊。猶講寫文章就可以救台灣。他們要救台灣，講得跟眞的一樣。見了面就講。

講若有白話文學就好了。白話文學可以讓所有人都懂文學，所有人懂文學就可以擺脫封建傳統……就是猶這些啊！」

他心裡想，怎麼這麼巧，又是這些讓他想起林君與滬尾的東西。奇怪的是許得時的口氣竟然如此輕蔑。「文學，救台灣，」他小心地問，「難道不對嗎？」

「不對不對，大大不對。」許得時的台南腔又衝上來了，「不對一，他們講的這些，根本是抄人家的，兩年前我在北京的時候，就全聽過同樣的了。不對二，是他們根本不瞭解文學，文學哪裡是他們說的那種東西！」

「不是嗎？難道文學不是……」

「不是不是，」許得時露出了瀕臨失禮邊緣的不耐，「當然不是。文學是個性的發抒，文學是對於浪漫愛的歌詠，文學是屬於戀人的，沒有愛沒有情感與肉體的震駭，哪有資格談什麼文學？他們那些人根本不懂愛情，一堆又俗又土的台灣人，又怎麼會懂文學呢？他們來講文學，能聽嗎？」

他接不上話來了。他從來沒聽過這麼大膽的話，他從來沒想像會聽到這麼大膽的話。「情感與肉體的震駭」，怎麼可能如此直接大膽？連帶地許得時對文學的見解，也必然是直接而大膽的了……

更讓他反應不過來的，許得時突兀且挑釁地問：「喂，你有沒有愛人了？你懂不懂情感與肉體的震駭？你懂不懂歌德？你懂不懂雪萊？你懂不懂ロマンチシズム（浪漫主義）？」

又一個讓他聽了暈眩的長音外來字。「ロマンチシズム」，他知道自己一直搖頭，特別顯露出愚蠢地搖頭。心裡有個近乎恐慌的聲音在嘶吼：「不要再搖了！不要再搖了！你想要被人家當成笨蛋嗎？」然而就是止不住頭一直搖一直搖。

許得時露出狡獪的笑容。「所以勸你不要去接近那群人。我會教你了解什麼是眞正的ロマンチシズム（浪漫主義者），眞正ロマンチシズム才懂眞正的文學。」講完之後，許得時誇張地揚一揚手，就轉身離開了。

兩天之後的假日，許得時來找他。「帶你去看庭園吧。」許得時又像見面開場白、又像命令地說了這麼一句，他就順從地跟著出去了。在他還不熟悉的東京街上，許得時的步子又大又急，他要很努力地趕路才不至於落後。許得時卻一邊走一邊還有餘裕東指西指跟他介紹特別的街景，可惜他太過於專注於不要露出又喘又蠢的模樣，以致什麼都沒聽進去。只依稀記得了盛夏中的櫻樹，葉子正慢慢轉成深綠，早晨陽光斜照過來，茂密葉片間偶爾窺見的樹幹，閃爍著一種他以前沒看過的顏色，暗沉的金色，像是沉在深泥河底的金塊，可見卻不可信。

進到庭園裡，他才鬆了一口氣。許得時跟他介紹：「東京的園，大體都是江戶時代造的，也就是所謂的大名庭園。《築山庭造傳》是大名庭園範式最重要的記錄者、傳播者。」許得時終於放慢腳步，指指點點地說明：「大名庭園就靠這個來辨認……這叫做陰陽石。對大名，大名是什麼你明瞭吧？……能稱得上大名的人，念茲在茲就是要讓藩國能存續下去，首要就是得生嫡子。歷史上有太多因爲沒有嫡子而終遭廢藩或被部屬變亂的例子。所以他們就襲取了中國易學的陰陽和合思想，在庭園裡設置了陰陽石，相信人常坐在陰陽調和的氣氛裡，就會繁茂多子多孫。從某個角度看，這種庭園應該就是性慾庭園吧，充滿性慾挑逗，一坐在這裡就忍不住要對女人那樣那樣，不然怎麼會多子多孫呢……」

許得時的笑聲和那原本給予他典雅印象的庭園，如此格格不入。他內心閃過一個「糟了」的念頭，果然下一瞬間，許得時就傾身過來故意用不知藏了多少祕密慾念的低聲問他：「你感覺到陰陽調和的需要了嗎？有一種想要的衝動了嗎？」

他連忙退了半步，並且轉過身看向池塘，不過許得時卻沒有因他這樣的表現就放棄，依然拿炯炯的眼神盯視著他，堅持等待他的回應答案。他窘迫極了，覺得自己像是跳進陷阱裡被夾住腳的狐狸。就在他覺得壓力壓得喘不過氣時，還好庭園裡有了別的東西引開許得時的注意。

「啊，來了。」許得時高興地說，他帶點感激地看了一眼幫助他離開窘境的救星，一看，胸口卻受到更大的撞擊壓力。從庭園入口走來，熱心向許得時招呼的，竟然是一名著洋服的女子。

「レディ—K。」（K女士）許得時這樣介紹。「レディ—K？」「是啊，你就叫她レディ—K吧，這位美麗的、善良的、最樂於幫助年輕男子的女士。」

他怯生生地看了K女士幾眼。第一個浮上來的念頭，是她的年紀。她好像是沒有年齡的。一張白皙素淨的臉上燦亮著一個讓他不習慣的笑容。他周遭認識的人似乎都不這樣笑。那笑容裡沒有客氣、沒有儀節、沒有距離。他明白了，應該是很小的小女孩才會有的笑容。可是K女士當然不是小女孩。在洋服線條的強調下，她的身體格外煥發著成熟的意味。一種嗅覺式而非視覺的成熟氣味。

難怪他困惑著，無法理解她的年紀。在混亂的感受與意識中，他勉強捕捉到了一個標準，K女士顯然比秀月年紀大得多。而既然從記憶裡提出了秀月作爲標準，很自然地也就有了這樣的比較：K女士的容貌其實還不及秀月美麗。秀月的臉龐從心底升上來擺在K女士旁邊的話，立刻可以比出來，K女士的兩眼長得太近了，鼻頭又太圓，給人家一種總是在擠眉弄眼般的滑稽感……

比較著，他心頭一震。如果在許得時眼裡K女士就算「美麗的」，那秀月呢？那秀月非得是美麗的不可。他得到這樣的答案。秀月是美麗的。他驚異於自己竟然一直都不知道秀月的美，難以超越的美，至少是不被K女士超越的美。

後面發生的事，像一陣旋風，或像包裹在一陣旋風中。許得時和K女士用他不習慣的快了半拍的節奏說著話。不只是字句聲音連珠吐出，而且不知在追趕什麼似的，幾乎每句話都沒有耐心好好地說完，應該有的完整句尾出現前，要嘛就爆發了一陣笑聲，要不然就被對方插話給打斷了。

暈眩的感覺再度攫抓住了他。又是感官的錯亂交雜。明明話語透過耳朵聽覺傳進來，卻讓他覺得像是身處太多、變化太快的繁麗景物間，眼睛跟不上炫閃節奏，而開始暈頭轉向。也像是幼時被大人帶往要乘火車才能到的遠方，在陌生的環境裡每走一步路都會有自己將就此迷路再也回不了家的驚慌。他記得那應該是六、七歲時候吧，依照日本修身教養的要求，他應該要進入訓練成長爲堅毅少年的階段了，即使在最冷的冬天都穿著卡其色的短褲，一再被告誡，「在日本，秋天都比這個冷一百倍，冬天還會下雪哩！」而且出外時，不再有任何家人會牽著他的手走路。他記得自己雙手因爲渴望還能被牽扶而緊握著。向前走路時腦中總是浮起鬼魅的幻想，即使在白日大太陽底下，如煙一般同行的親人就消散蒸發了，只剩下他。

在庭園裡，他發現自己雙手一直不自主地要拳握起來。他不斷望向許得時，希望能得到一點牽扶吧。因爲他實在聽不懂他們的對話。明明日語都把最重要表意的動詞、肯定否定、過去現在、實然應然，擺放在最後面啊，爲什麼他們兩人可能用一連串半句斷句如此熱烈地會話交談呢？更讓他備覺威脅的，是這樣急切你來我往的背後，似乎有著什麼不尋常的、巨大的事要發生了，馬上要發生了、任何一剎那都可能發生……

在許得時與K女士的對話中，他只勉強捕捉到一些零碎的日常名詞。形容詞與動詞全都神祕消失了。納豆。現代精神與早餐。早餐與精力。西洋概念的精力，アタミア。アタミア是陽性精力。另外有陰性精力。水流。石頭。足以穿破石頭的水流。昨晚。英國詩人的詩。雄性的詩。一個叫唐璜的人。一段游渡過海峽的冒險。最大的冒險。男與女攜手的冒險。古人錯誤的觀念。女人冒險家。

「一起來冒險吧……」許得時這樣說，突然把眼光看向他。

「是嗎？準備好要冒險的嗎……」K女士半認眞半開玩笑地問，又看許得時又看看他，像問兩人，又像沒有一定要得到什麼答案。

「要妳來準備的吧……」許得時笑聲格外宏亮。

他們快速的對話很快就告一段落。許得時突然宣告，要他先在庭園裡好好參觀一下，等他們兩人到附近K女士的住所辦些重要的事，不用太久，他們就會回來。

他別無選擇，只好同意這樣的安排。看著許得時與K女士併肩行走的身影離開了庭園大門，他心裡又冒出那個音量奇大的聲音：「就是這個了！」他擋不住這個聲音。他知道剛剛預感著要發生的，就是這個。兩個人離棄他而去。把他困在一個完全不知所在的庭園裡。他只能努力阻擋再下來如海潮正在蓄積能量的另一個聲音，無論如何不讓它拍岸而來。

可是前浪退去必定有後浪。那是擋不住的。「他們去做那件事了。男人與女人。陰和陽。他們就是去做那件事了。」既出於震駭也出於頹然，他無法再在庭園裡漫步，選了一塊長長伸入池中的白石坐了下來，他看不見池塘裡悠閒往來的魚，看不見精心編製的竹垣，看不見按著傳統工法設計擺置的正眞木、景養木、見越松、竹障木、垣留木、飛泉障木與門冠松，他只看見許得時將手擺上了K女士豐熟的身體。

他看到了胸乳。應該是K女士的胸乳，但卻只能長得像百科全書上的插圖一樣。連尺寸都沒辦法和K女士的身材調和。他悲哀地察覺，自己其實連女人身上的乳房具體應該長得多大，都沒什麼把握。他更悲哀地疑惑著：再來呢？再來許得時應該對K女士做些什麼？

衣物。洋裝上面淡紫色的碎點。碎點旁邊凸起的，應該就是鈕扣。鈕扣一顆顆解開，露出大片大片皮膚。裙子被掀起來了，K女士的大腿。也是大片大片不再遮掩，清清楚楚明明白白的皮膚。更多的皮膚。再多的皮膚。除了皮膚該還有些什麼吧？是什麼？腳趾趾甲腳踝渾圓的膝蓋大腿勻稱的線條。大腿與大腿連接的部位。最神祕的部位。太神祕也太迷人了吧。神祕到無法想像……

他只能承認自己無法想像。他對照想著自己的胯下，那一叢黑色的毛和一塊現在變得堅硬無比的肉。羞愧徹底占領了他，以致必須將臉埋在自己的雙掌中。雖然確知庭園裡沒有其他人，他還是不敢呈露可供辨視的面容。卑弱的哀求被關在腦子裡一個鳥籠般的角落，似吟似呼又似哭：「停了吧，停了吧，不要再想了……」太卑弱的哀求阻止不了不潔的罪惡的思維。他知道女人不會有那塊肉。應該也不會有黑捲雜亂的毛吧？那有什麼呢？純然白皙、因沒見過陽光而更白更細嫩的皮膚嗎？觸摸起來會如想像的胸乳般柔軟，還是如瓷玉般冰滑？……

卡在女人大腿間再也動不了。不知是離不開女人大腿間的想像，還是無論如何沒辦法給女人大腿間塡上內容，更讓他羞愧些。就這樣卡著羞愧著，直到許得時返回。

只有許得時一個人。而許也不解釋K女士爲何沒按照約定地再度出現。許得時看了他，揚揚眉毛問：「你怎麼弄得滿頭大汗？不會是在人家幽雅的庭園裡練起跑步吧？那是不行的喲……」

他虛脫得只夠力氣裝出一個承裝不了什麼內容，平凡的笑容。許得時聳聳肩：「擦擦汗吧，我們出發去看別的地方。」

許得時帶他繞了好幾個小時。到過什麼地方看了什麼，他都沒有印象。一直想起第一次在海裡游泳，載浮載沉於一片碧綠間，遠方基隆嶼歷歷可見，然而他一點也沒有平日在溪流中游泳的那種快感，只覺得害怕，雖然硬著頭皮一直揮動手腳停留在海中，然而心裡一意渴望著回到岸上，渴望用整個身體貼住穩穩不動的、讓人安心的大地。

和許得時漫遊時，他渴望著能趕緊回到學校，趕緊鑽進圖書館裡。那是惟一能讓他不滅頂在女人大腿間的大地。也許不是大地，也許只是一根漂流木。就算只是漂流木，他也得死命攀抓。

往後幾天，他耗了更多時間在圖書館。查遍了所有的參考書，還自我摸索出了翻查卡片的方式。零零星星地，他找到了人體繪圖，找到了不可思議地剖開皮膚肌肉現出血管內臟的解剖圖。他也找到了關於自然界生殖機制的許多片段文字，找到了最新的性心理學名詞概要，還找到了關於佛洛伊德性與文明理論的解說。

夜裡躺在自己的鋪位上，他仔細認眞地將蒐集來的種種資料，在腦中整理排列，比對差異並設法塡補缺漏，終於大大地呼出了一口氣，在入夢前安心地相信自己已經解決了女人大腿間的謎，已經可以把遮蔽著臉的雙掌移開了，「準備好要冒險的嗎？」K女士的話語幽幽浮響，他鄭重地在黑暗中點了點頭。

許得時又來找他閒聊閒逛，他小心地把話題牽上了K女士。從許得時的話中，他知道了原來K女士姓川崎，不過叫什麼名字無論如何套問不出來了。K女士是個護士，在東京的大醫院裡服務，是許得時心目中極少數極少數的現代女性。許得時顯然對護士這行有極高的評價，講起來時音調厚厚的，速度也放慢了，好像在斟酌著，也可能在刻意戲劇化話中內容的分量：「她們懂得這個世界。她們一定要學些科學、學些生命才能作護士，而她們卻都還是女人！這眞不是件容易的事。」看他一直同意地點頭，許得時也應和地點起頭來：「而且她們遇過很多人，你懂嗎？眞實的人、眞實的苦痛。她們跟這些眞實的人眞實的苦痛的接觸最眞實，你懂嗎？就是肉體，她們不能有排除了肉體的精神幻象，正因爲她們不排除肉體，只能通過肉體，所以她們才眞正與精神相遇……」

後面這段，他不懂。然而許得時說：「她們都還是女人，這眞不是件容易的事。」他懂，而且以一種領受天啓眞理般的愛敬銘刻在自己的心內。

她們都還是女人，這眞不是件容易的事。好幾天中，他沉浸在這句話裡。這句話化身成爲海洋，包圍浸潤著K女士的形象。閉起眼睛來，他其實無法準確記憶K女士的容貌，但那件洋裝，線條清晰碎花紋樣單純的洋裝就立在那裡，自然地裝塡上了秀月的臉模，立在一片大海裡，如岩如磯一動不動，展現著奇異的莊嚴與誘惑。

他終於鼓起勇氣來，到K女士服務的醫院門口。這是他到東京之後，第一次沒有別人陪伴，尋覓一個陌生的處所。他預期著會迷路，就算沒迷路，也必定費去大量時間才能找到吧。他做了種種準備應付預期中的困難。

結果卻毫無困難。醫院突然就出現在對街，掛著木匾招牌的和式房舍，門口種著類似馬纓丹的植物。夕陽斜披在黑色的屋瓦上，給進出醫院的人都染上了一層黯黯的金色。

太快出現的目標物讓他措手不及。他還來不及適應眼前的醫院，更讓他驚慌的是K女士也一併出現了。沒有來回踱步的苦候，甚至沒有看到K女士從門口走出躊躇要不要上前相認的時間，K女士像是從地底下鑽出來似的，就站在他面前。

來不及了。都來不及了。

「是台灣來的那位……啊！」

「K女士……」

「到這邊來看病，還是路過要去哪裡？」

「路過……要來找您……」

「本來路過，看到我順便就要找我嗎？你這話眞是不通啊……」

「我……我……這幾天……」

「這幾天怎麼樣呢？」

「……這幾天愛著妳啊！」

「這可不像是應該在大街上說的話啊！你是在跟我開玩笑吧！」

「眞的、眞的，眞的愛著，痛苦地愛著……」

他完全狂亂了。身體脫離意志，角色棄絕了劇本，自顧自地演了。他覺得好像意志無奈地飛了出來，站在旁邊無助地看著這幕話劇。看到他自己話沒講完就從雙眼裡迸出淚。淚越湧越多，淚水彷彿化成了兩道晶瑩透明的線，連到看不見的地方，有人拉動了這兩條線，於是如傀儡木偶般，他就開始劇烈搖晃起來。拉力越來越強、越來越激動，拉得他站不住了，各處關節一起崩開似地潰落下來，蹲在路旁突著……

K女士被嚇到了。可是她很快恢復了平靜，湊在他耳邊說：「這樣不行的。你這樣我要走開了。這樣不行的。」

他一時止不住淚。K女士眞的就掉頭走開了。不知哪來的勇氣，他完全看不到旁人的注視眼光，立刻站直身就跟著K女士走。K女士一邊走一邊用眼角瞄他，說：「這樣不行的。這樣不行的。」他把眼淚鼻涕揮擦在衣袖上，彆扭固執地喃唸：「眞的愛著，痛苦地愛著啊……」

還好很快就天黑了。藉著夜的遮障，他慢慢冷靜了。雖然還是昏眩，至少不再失控地哭。他隨K女士走到她的住所，隨她進入屋中，帶著一股從海崖上閉眼跳下去的決絕，門一關上，甚至沒有環顧觀察屋中的情況，他就從後方將K女士緊緊抱住。

K女士喲了一聲，又說：「這樣不行啊，這樣不行啊。」簡直像制約反應般，他就又開始反覆低聲呼喚著：「眞的愛著，痛苦地愛著啊……」

他感受到頂貼住K女士臀部的彈性。他的手掌，顫抖著，探向K女士的胸部。K女士說：「這樣不行，得慢一點啊……」他把兩臂擁得更緊，堅持地說：「眞的愛著，痛苦地愛著啊……」

K女士笑出來了，說：「總得先接吻吧……」

他覺得一輩子沒有聽過這麼美妙的聲音，幾乎像一把柔軟無形的刀從耳朵裡流進去，瞬間流過身體各個部位，所到之處就把他的關節腱筋都切解開了，他差點癱軟下去，手臂一鬆，K女士就轉過身來，唇貼上了他的唇……

換成他自己在心裡叫著：「得慢一點啊，得慢一點啊……」因爲太強烈的刺激把大腦衝成一片空白，沒有辦法及時回復功能來接收與記錄，那吻那觸摸那濕的黏的，就要忽忽囫圇過去了……

他勉強察知到K女士正在試探著他的褲腰，他勉強意識到應該脫除K女士的最後防線了，一陣手忙腳亂之後，腦中突然像是打了連串無聲的巨雷，刷刷地好幾道銀白光芒爆裂閃逝，原本恍惚的意識回來了，原本似乎碎裂開來的世界神奇地一塊塊都歸隊了，然後是驚奇恐慌與恐懼……

他發現自己正對著K女士兩腿之間一片黑幽幽的密林。一根根蜷曲的毛髮歷歷長露著。毛髮中間隱現著顏色豔紅，既似血漬又像開到極盛將要萎謝的玫瑰的軟肉。不可能吧，懷疑占滿了他，女人的兩腿之間不可能是這般醜惡的模樣吧，難道能夠如此輕易被他摟在懷中的K女士，根本不是一般的女人？……

清醒過來，也才發現自己胯間已經濕成一片了。發現K女士停止了原本的嬌喘與扭動。一切靜止了。沒辦法再有什麼別的，整個世界只剩下這單純、絕對的靜止。

不知過了多久，K女士帶點慵懶的聲音才從彷彿很遠很遠，時間與空間的雙重巨大距離外傳了過來：「是完全沒有經驗？還是一直就這樣呢？」

他沒辦法回答。他還停留在那單純、絕對的靜止裡出不來，而且覺得再也出不來了。

只能聽K女士那似乎是刻意慵懶到不自然的聲音一直說下去：「這樣不行吧。要玩至少得像個男人一樣能玩吧。這樣我怎麼知道你是不是有病的呢？從台灣來帶著殖民地的熱症呢？多麼可怕啊，這樣。這樣不行啊。如果只是叫叫妓女，看在給的錢多的份上，她們可能不計較吧，可是要玩，這樣算什麼呢？……是完全沒有經驗？還是一直就這樣呢？……不會沒有經驗吧？你們台灣人不是有一種熱帶的野蠻性，男孩女孩十幾歲就在野地裡玩了嗎？……許君說的啊。……如果一直就這樣卻又來找我，那就眞的太不應該了……」

他完全無法回答K女士不停歇的問題與責難。剛剛才拼好的世界又要散掉了，不過這次是融化，從邊緣開始融化成流質，逐步融向中心。融掉吧、融掉吧，一切都融掉算了吧，他內心這樣自棄地祈求著。可是連如此絕望的期望都不可能讓他如願。留著那最中心的，一小塊的自我意識，融解的過程就停了。融掉的世界模糊而黏稠的汁液單調緩慢地繞著那僅存的中央孤島轉著，每轉一圈，各種色彩就因混雜而失去一層亮度與彩度，直到全部變成厚塵般的濃灰色。在沒有亮度也沒有彩度的黑灰包圍下，他感到空前的孤寂。「比死還要孤寂。」他心底出現這樣的句子。雖然沒有死過，他知道這句話是再確實不過的眞理。比死還要孤寂的難過。

他記不得自己怎麼離開K女士的屋子，又怎麼找回學校去。卻記得K女士的話反覆一錘一錘敲擊著他：「怎麼會有這樣的男人？做了這種事一動也不動，連聲道歉也沒有？我怎麼會讓一個台灣人進到這裡來這樣對我呢？眞是丟臉啊……你自己丟臉也就算了，爲什麼要讓我也丟臉呢？……沒有能力就不要玩嘛？……我這樣怎麼辦呢？……」

我這樣怎麼辦呢？他也在問自己。爲什麼會有這種人？他也在問自己。更糟的是，K女士兩腿之間的影像在眼前一直揮之不去。他的生活只剩下K女士的下體，以及K女士近乎歇斯底里責罵他的聲音。

他提不起勁上課。一接觸到書本，悲哀的想法立刻就淹沒了他。書本與知識多麼虛空。不可能靠書本接近現實的。書本與現實間有一道天堂到地獄般不可跨越的鴻溝。而且不知道哪個是天堂哪個是地獄。他覺得自己永遠永遠無望理解還一直鮮活掛在他眼前的那塊肉，K女士兩腿之間的肉。他甚至永遠永遠無法理解在那一瞬間，他自己的胯下究竟發生了什麼。他更悲哀地想起，去找K女士之前，曾經如此自信已經準備好了……

準備好了什麼？他回憶才幾天前的自信，心中浮起可笑的畫面。一隻毛毛蟲在茄冬葉尖上抬起頭來，看到天空上飛的，有著長長藍尾翼的雀鳥，毛毛蟲突然相信自己可以跟雀鳥一樣飛起來。毛毛蟲正準備從樹上縱身時，雀鳥俯衝而下，尖喙準準地夾住了毛毛蟲。哈，毛毛蟲眞的飛起來了，被吞吃進雀鳥腹肚的飛翔經驗。

自己編的這個寓言，讓他更是沮喪。是了，蟲豸般的存在，那就是了。幼年時期嬉戲中見到的各式各樣蟲豸，牠們有著共同的特色，總是自以爲是認眞地走著動著活著，似乎完全沒有意識到自我的蟲豸性，然後在認認眞眞中突然輕易就被任何力量中止了牠們的動作、牠們的生命……

有一回在學校活動中，遠遠瞥見一個熟悉的背影，他竟然湧起了強烈的死亡的念頭。「死掉算了吧，這樣活著，活著逃不過一定得面對許得時，那還不如死掉算了吧！」他聲稱身體不適，急急地躲回學寮裡。躺在被褥上，輾轉反側不斷發展著「死掉算了」的念頭。要寫遺書還是不要？要投河還是要上吊？遺體可以葬在日本還是應該運回台灣？這種天氣回台灣不都臭爛了嗎？可是不回去爸媽就連最後一面也不見了嗎？有誰會在哪裡幫忙張羅到墓地嗎？墓碑上要刻寫什麼？日本人的墓碑跟台灣人的一樣嗎？……

他裝病冥思的那天，是八月卅一日。第二天中午，就發生了關東大地震。

地震大搖特搖時，他還獨自躺在空盪盪的學寮裡。也許是孤獨的警覺吧，他先聽到怪異的聲音。呼呼呼呼從遠方過來。像是一支行進奇快的軍隊發起衝鋒。聲音越來越大，而且節奏越來越快。他沒有多思索，就起身拔腿向外跑。害怕在一瞬間就蓋過了尷尬難堪，也蓋過了死亡的欲念，他拚命跑向其他同學所在的教室方向，不要孤伶伶面對似乎馬上要衝進來的大軍……

他才剛跑出學寮，就狠狠地摔了一跤。掙扎著爬起來，立刻又摔倒。他駭怕極了。「起來！起來！再倒下去整個世界都完蛋了！」有一個堅決的內在命令響著。他再爬起來一次，向前走了兩步，還是又摔倒了。更可怕的是，這次摔倒時，眼睛前方的教室建築跟他一起倒了下去。

他聽到哀嚎。四面八方傳過來的哀嚎。彷彿幾億張嘴同時張開，使盡力氣哀嚎。這些哀嚎拒絕混雜成一個巨大的總哀嚎，一直維持著再雜再亂不過，細細碎碎各有特色個性的狀況，他一輩子沒聽過這麼亂這麼可怕的聲音。眾人分成幾千萬部高高低低的哀嚎大合唱，讓他聽不到、讓他忘記了自己也在哀嚎。不知多久之後，喉嚨傳來撕裂的劇痛，他才意識到自己一直一直在參與哀嚎。

哀嚎過後是哭泣。然後是不可能也不願意記憶的混亂。不曉得地震過後幾小時了，在煙霧中午後太陽變成一顆遠遠的銀盤，像是放大、錯置了的月亮，突然有人攫抓住他的臂膀，用力拉他，他根本沒有力氣、也沒有意志去抵抗，只能踉蹌著步伐被那人拉著走。

原來是許得時。他其實認不出許得時，因爲許得時跟其他人一般狼狽，不過那說話的聲音不會錯，不會有別人用台灣話對他說：「你站在那裡幹嘛!?你有夠笨咧！你要跟人家一起去挖屍體嗎？沾到那麼多屍體，你一世人就完蛋了！死人的陰氣會跟著你，走到哪裡都拽脫不掉！你家人沒教過你嗎？看到死人不會唸佛號趕快躲開嗎？你沾到了，這裡找得到師公來幫你解嗎？人家日本人拖日本死人，你去參什麼？等一下再搖起來，換你被壓在裡面，你以爲日本人會要拖你出來嗎？你沒有頭殼了嗎!?……」

他眞的覺得自己頭殼好像空掉了。這一切，太不對了。許得時的表情不對。他講的話也不對。那樣氣急敗壞不應該是許得時。那樣講陰氣和師公也不應該是許得時。可是他連去疑惑的力氣與意志都沒有了。

他就跟著許得時，之後那幾天。許得時帶他在東京廢墟堆裡走過一個地方又一個地方。找到了日本橋一帶一位台灣親戚，幸運地房子既沒震垮也沒燒掉。許得時沒回學校，他也沒回去。

感覺上東京大火好像燒了一整年般。明明知道不可能，他記憶裡還是留下了鮮活如眞的影像：大風雪嘩啦啦地下，下在著火繼續燃燒的東京市區，雪花還沒飄到地上就熔掉了一大半，另外有一些被火所捲起的氣流帶動著，在空中狂舞，時而疾速上升時而如鉛塊般直落，時而形成映著透明紅光的漩渦……

火完全撲息後的一天，許得時跟他說：「該去看看老朋友了吧。」就帶著他前往K女士服務的醫院了。許得時全無猶豫地穿過醫院大門，熟門熟路地三轉兩轉，推開一扇厚重的木門，亂糟糟的一群人裡現出K女士那張因疲憊而顯得老了許多的臉。許得時叫了一聲：「Ms.川崎。」K女士轉頭，眼眶瞬間紅了。許得時招招手說：「跟我來吧。」K女士彷彿被催眠了般，放下手上不知是棉花球什麼的，立刻趨前，她走了幾步，被一個醫生模樣的人嚇阻攔截了，「做什麼!?」許得時竟然以堅決的語氣回應：「有更重要的事要叫她去做！」醫生模樣的人瞄了許得時一眼，口中囁嚅了無可辨認的幾個音，頹然低頭繼續原本手上的工作。

K女士跑著過來，又半跑半走地領路朝醫院門口走去。許得時和K女士低聲簡短地交換著問答：「出去嗎？」「嗯。房子倒了嗎？」「燒掉了。」「怎麼住？」「朋友家裡。」「……」「我知道一個地方。」「好。」……

出了醫院大門，穿過一個本來應該立著房子的方場，K女士呼出一大口氣，半嗔半撒嬌地放大壓抑了許久的音量：「你怎麼敢那樣？你要害我啊？……」

「怎樣？」

「那是我們的科主任哪，整個科裡最大的啊……」

許得時得意地笑了，「可是他也沒有反對啊，科主任。這是什麼時期？這是有能力有辦法的人下命令的非常時期。現在誰還管什麼科主任，科主任抵擋得了地震嗎？」

K女士沉默了，好像在咀嚼思考許得時邏輯怪異的話語。也在這時，K女士才有機會注意到許得時身旁的他，匆匆地鞠躬打了個正式的招呼。

他不是沒想起才幾天前，那災難的一夜，可是即使再見到K女士，那一夜都無法激動他了。他不知道什麼，但明明白白那一夜就是不再讓他有任何一點困窘羞愧的感覺了。

K女士帶他們走進一棟半倒的房子裡。原來裡面神奇地保留了一塊完好的堂間，幾張榻榻米還散放著新草的氣息。一在榻榻米上坐下，K女士就哭了。先是輕輕拭淚。然後用力地吸著鼻子。忍不住從喉頭發出呵呵呵斷續的顫抖。許得時保持著淺笑的表情，故意假作無奈地說：「怎麼會變這樣，變成我不認識的人了，哭成這樣，傷腦筋哪……」

許得時話才開頭，K女士就向前撲倒在許得時的懷裡。許得時很自然地用手掌輕撫她的背，從頸後一直撫摸到腰際。K女士抽噎地說：「以為你死了……以為大家都死了……」

許得時突然爆出大笑，說：「死了？哪有那麼容易？我是台灣野人呢，不是嗎？我們台灣蕃人不會隨便死的。在台灣的山上，到處都是毒蛇跟毒氣。你們日本地底下冒出來的是可以泡澡的湯泉，你知不知道我們台灣山裡冒出來的是什麼？是毒水！日本軍要占領台灣，台灣沒有一支軍隊、沒有一個士兵，為什麼日本軍人還是死了幾萬個？就是被毒死的……」

許得時越講越像真的，自己都捨不得停下來：「台灣山裡還有很多野獸。熊是最大最凶的。熊一掌打下來，像妳這樣嬌嬌美美的臉皮就整張不見了。還有山貓。妳別看牠小，甚至沒有狼犬大，牠撲過來一口可以咬死一匹馬。我們台灣還有台風，夏天的時候，台風，聽過吧，台灣的風。台風多可怕啊。別說房子，對準了颳的時候，連盤根長了上千年的紅檜，那種幾十丈高的最堅硬的樹木，都會被拔起來……

「你說，台灣的山裡為什麼還會有蕃人？換作你們日本人去，三年五年就死光光啦！我們為什麼還在？想想吧，我會死？妳再想想吧……」

許得時反覆摸著K女士的頭，那個模樣讓人錯覺K女士變成了還沒長大的小女孩。不過這種錯覺只存留了幾秒鐘，K女士突然支起上身，熱烈地親吻那個她心目中永遠不死的台灣野人……

站在一旁的他趕緊把頭別開了。可是兩人接吻互相吸吮的嘖嘖聲還是讓他胯下有反應。他悄悄地退開了。他知道這不是他應該待的角落。

外頭天陰陰的，好像快要下雨了。他想起幼年時候，五六歲吧，有一陣子最喜歡這種天氣。台灣每到六月會有暴雨，七八月則有午後雷陣雨。雨來之前，雲會變得很濃很黑，而且會快速地從天空降到山頂，再從山頂滑向平地。低得似乎伸手就可以摸得到。他會在庭埕上一直跳一直跳，想要摸到那快要跟墨汁一樣濃黑的雲。大人講過很多次，講過很多道理，說不可能摸到雲的，叫他不要再跳了。「囝仔要定著沉穩，才會有出息。」他不管大人說什麼，就是跳，一定要跳到雨滴大顆大顆打在頭皮上，才肯進屋去。

那一跳一跳，帶給他極大的快樂。現在他又感受到那種快樂。走著走著，他慢慢理解快樂的來源。當然不只是令人懷舊的天氣。顯然K女士不曾將他丟臉的行爲告訴許得時。那樣痛罵他的K女士在許得時面前變得那麼馴順，甚至主動投懷送抱、甚至主動獻吻！更重要的，他發現了原來自己也是不死的台灣野人。通過了地震考驗的台灣野人。難怪地震後和許得時走訪了好幾個地方，沒聽說有台灣人死掉的。原來我們都是不死的野人。

地震過後，東京一片悲慘的景象中，他卻一直哀傷不起來。恐懼是有的，但沒有哀傷。學校裡長期停課，學寮的管制也鬆了。台灣擔心他安危的家人，一收到他平安的消息，就寄送來大筆的錢。爸爸要他立刻買船票回台灣去，他回信說：「最危險的都過去了，已經平安了反而要放棄學業，那地震的折磨不都白受了嗎？」這是印象裡，第一次沒有聽從爸爸明白的命令指示。爸爸反而回信稱讚：「這不像是你平日能有的想法，看來內地的教育的確不一樣。」

不只是他，很多台灣學生都在震後變得富裕起來。許得時帶他認識了很多。就是許得時原本罵為「猾仔」、「又土又俗」的那些人。地震搖一搖，許得時和他們之間的意見、立場差異，好像就變得不那麼要緊了。

他問過許得時：「怎麼又願意和他們來往了？」許得時又現出那副標準的狂傲表情，毫不遲疑地回答：「因為地震改變了他們。把他們每個都搖成了浪漫主義者，體會到了生命的無常、瞬間的永恆，體會到了人沒有死在地震裡，就應該要珍惜生活。總不能連愛情與肉體的歡快都不了解，就變成一具排在路邊的屍體吧！他們說要用文章文字撼動社會、改變社會，現在想起來，難道你不覺得好笑嗎？」

他真的忍不住笑了。許得時讚許地說：「對啊，你馬上明白了我的意思。地震才真正撼動社會、改變社會吧，跟地震，沒有一個人想得到預見得到的地震相比，他們能幹嘛？地震之後，誰好意思再說什麼社會社會的話，想想自己都該臉紅吧！」

的確如此吧，的確沒有聽到這些台灣同學再說什麼社會了。大家在一起的時候，都是喝著酒，談論著自己或他人最新的羅曼史……

他無法哀傷，因為他也有了新的羅曼史。常去的一家酒館裡的女侍跟他熟絡起來。一個酒館生意冷淡的夜晚，叫做晶子的女侍向他吐露了身世。晶子的家鄉在信濃川的最上游，躲在信濃、甲斐、琦玉與上野交界的深山裡。本來不該有人家的地方，奇蹟般冒開著一處村落。因為那裡有美妙的泉水，就是信濃川的源頭，水質適合拿來釀一等的美酒。晶子形容村子裡每一間屋子，夜靜的時候都聽得到湧泉咕嚕咕嚕的聲音。就在屋下就在鋪底。咕嚕咕嚕咕嚕，美妙的節奏。不變中似乎有著變化。她小時候常常試著幫湧泉打拍子，不管怎麼打後來都會亂掉，然後就在亂掉的拍子和規律的咕嚕咕嚕聲中入夢睡著。

晶子是釀酒家的孩子。村子裡每家都釀酒。不過晶子自稱她家是最好最成功的。成功到可以幫她從長野縣招來入贅的丈夫。那是個身形高眺，比別人都高了半個頭，可能因自覺不尋常身高而有點神經質的男子。

晶子多麼懷念還是明治年號的童年時期啊。一換成大正，村子就開始敗落了。應該是外地釀酒技術快速進步招致的吧。過去總是笑嘻嘻領著一群從長野縣遠涉登山壯丁的酒商，越來越少來了。每次一來就皺著眉頭要求降價。「我要帶這麼多人來才能把酒扛過隘口，多麻煩啊，你們難道不知道長野的年輕人越來越難找了，走一趟要的錢越來越多嗎？我一個人承擔，受不了啊。」

不降價酒商就不來。後來降價了酒商還是不來。有一天，晶子招贅的丈夫竟然就跑了。丈夫跑了整整一年後，家裡的釀酒事業瓦解。剛好有人輾轉給她一個模糊的地址，說她跑掉的丈夫就在東京淺草橋人形町。東京在山的另一邊。她鼓起勇氣來了。最先在淺草住了好幾天，怎麼找都找不到人形町。後來才知道淺草和淺草橋不是同一個地方。到了淺草橋，到了人形町，她一輩子沒看過那麼多人形（人偶），她形容：「走來走去，人形比活人還多，到最後都搞亂了，幾乎以爲會在那些人形裡發現偷偷躲著的丈夫。」

晶子這樣嘲笑著自己鄉巴佬出身時，臉上有種奇異的光彩。一種讓人靜默的光彩。他覺得自己被籠罩在那光彩中，什麼也不想說，只是繼續一杯杯喝著晶子斟好的酒，用眼神鼓勵晶子說下去。

人形町找遍了，再往秋葉原的方向找，找到了這家酒館。酒館主人驚訝於她的出身，以及她對酒的品味與認識，就收留了她當女侍。「這樣坎坷的過程哪。」

「這樣坎坷的過程哪。」他學晶子的口氣跟著感慨。晶子輕輕拍了他一下，「這種事你也好拿來嘲笑嗎，眞是不正經。」他其實完全沒有嘲笑的意思，不過他也不辯解，不必辯解，因爲心裡通透明白：晶子並沒有眞正認爲他在嘲笑。那樣說才能那樣親暱地拍他。拍了他才能確定兩個人不一樣了的關係。

他心裡突然通透明白，晶子那輕輕一拍是個代替，也是個請求。晶子眞正要的，她坎坷遭遇眞正應該換得的，是一個擁抱。他一輩子從來沒有給過任何人的一種疼惜的擁抱。他突然通透明白了，在河邊秀月的背影爲什麼感覺那麼單薄，因爲那也是顆需要擁抱的，坎坷著滄桑著的靈魂。

後來他帶了晶子去那棟半倒的屋子裡，在那裡擁抱了她。晶子的身體先是抖著，然後發燙。晶子微微動著嘴唇，幾乎沒有發出聲音，他思索了一下才明瞭她在問：「不會有別人來嗎，這裡？」他俯身在她耳邊回答：「不會的，沒有別人。」順勢就親吻了晶子的鬢邊。

晶子閉上眼睛。那一瞬間，他其實想起了K女士。K女士會不會剛好又來到這個祕密的處所？會不會越過傾塌橫斜的梁柱與門牆，赫然發現他跟晶子在裡面幽會？會不會就站在隱僻的角落偷偷看著？帶點報復、帶點幸災樂禍的心情要看看這小子怎樣在另一個女人身上出糗？

K女士兩隻長得很近的眼睛，彷彿就在旁邊。他有點慌。必須不斷告訴自己：要冷靜，要能爭氣。他吻了晶子的唇。晶子沒有抗拒，可是也沒有像K女士那樣張口把舌頭伸進他嘴裡。他的舌尖觸到的是晶子闔著的牙齒。他的舌在牙縫間逡巡著，碰到了晶子的小虎牙。刺刺的利利的感覺。他忍不住在那虎牙上多停留了一會兒，舌尖像是在和小虎牙跳舞，也像是不懈、反覆地攻襲著小虎牙的防線……

小虎牙被攻陷了。他把舌頭伸進晶子的齒間，然而她的舌卻還是靈巧地躲著。用細細的牙齒嚙咬著他的舌。從未有過的感覺讓他興奮得差點暈過去。要冷靜，要能爭氣。他把注意力從唇舌間移到手掌上。手伸進了晶子的領口，滑下去突然晶子整個左胸就都在他掌中了。凸起的乳頭硬硬地頂著掌心。晶子的乳房沒有K女士那麼高那麼堅挺，可是有一種奇妙的對比。軟得像沒有形狀的水的豐丘上，有一顆又大又圓又硬的乳頭。他用食指尖探測著那不可思議的乳頭的形狀與尺寸，繞著一圈又一圈，突然晶子重重吐出一口氣，接著開始了短促而細的「唉唉唉」叫……

聽著那再嬌美不過的「唉唉唉」，他也才想起來K女士在迷亂中的聲音。晶子的聲音像是從口鼻之間吐出來的，和呼吸緊緊相纏，K女士的聲音則是清楚在喉頭產生的「唉，唉，唉」，也有比較重的節拍。這種感覺很奇怪，那羞恥夜晚的經驗，原來以爲已經完全遺落在地震另一端的，現在鉅細靡遺地回來了，穿插夾雜在與晶子的現實感官間，他好像這時候才眞正和K女士親熱，同時和兩個女人親熱……

在晶子輕輕扭動身子協助下，他鬆開了她的領口，迫不及待地舐吻她的胸乳，並且將手掌轉往她的雙腿之間。女人乳頭含在口中原來感覺這麼好。他確認了上次自己沒有嘗到K女士的乳頭。K女士一度將他的頭抱向袒露出的胸前，可是他只覺得壓迫在K女士的雙乳間幾乎喘不過氣，卻完全不曉得該做什麼。原來是這樣。青澀的、無知的自己。

他的手在晶子大腿內側不斷游移著。從左腿換到右腿，又從右腿換到左腿，甚至在晶子左腿上摸到一塊可能是遺留的傷疤。他讓手在傷疤上把玩著，試圖想像會是怎樣跌倒或衝撞意外，才在這個部位留下傷疤。不過他的想像飛不起來，因爲心裡有顆沉重的石頭丟不掉，他知道自己在拖延摸向那最神祕的三角地帶的時間……

要能爭氣。要冷靜。可是他越來越慌。彷彿看到角落的K女士臉上一層層佈上不屑的笑容。「怎麼辦？能嗎？做得還順利嗎？」彷彿聽到K女士如此的風涼問話。他的焦慮升高到快要爆炸了。在爆炸前一秒鐘，突然在想像中聽到另一個聲音，許得時的聲音爽朗地說：「不錯嘛，看起來做得不錯嘛。台灣野人，不會有問題的啦！」

是啊，勇敢的、地震震不死的台灣野人。心頭一鬆，手就摸上了晶子的陰部。也是粗粗鬈鬈的毛髮。然後是柔滑溼潤的嫩肉。太奇妙了，他的手摸過，那塊肉就變得更滑更溼。因爲滑溼，他的手自然會觸碰得更裡面。裡面隱隱透出熱氣來。像是另外有一個晶子躲在裡面「唉唉唉」地喘氣。像是另外有一個舌頭躲在裡面靈巧地逃避著他的探索。他激動起來，放開了乳頭，把頭湊向晶子的下體，堅持要親吻那逗誘著的另一張嘴。晶子抗拒了，她將兩腿緊緊夾住，慌張地抑聲喊著：「不行的，不行的。」晶子的聲音和K女士兇惡的「這樣不行吧」的指責疊合在一起，於是他更堅持地用力掰開晶子的雙膝，決絕地吻上了黑黝黝的，曾經將他嚇阻在外的神祕女陰……

那是什麼樣的滋味啊！他飢渴地吸吮著，更飢渴地將舌頭伸探進去，預期應該在裡面遇見另一隻黏液充滿的舌頭。探尋了半天完全沒有，只找到了一顆小小的圓球，像是顆縮小了的乳頭，在他的舌間滾著跳動著……

然後他才發現晶子整個人似乎也要跳動起來了。兩膝的抗拒早已不知何時退去了。晶子將兩腿毫不遮障地張開到極致，衣著的下襬在扭動中被折掀到腰部以上了，露出清楚的臀部線條。臀腰之間的線條曲線。他把原本置放在晶子膝上的雙手改而緊緊抱住她的雙臀，嘴無論如何不肯離開那不斷湧出美妙汁液的地方……

晶子全身起了一陣又一陣的痙攣。她的背敲拍著榻榻米。她近乎無意識地半歎半叫著：「怎麼可以……怎麼可以……會死掉……眞的會死掉……」在一次最劇烈的痙攣後，晶子用哀求的口氣說：「給我吧，來，給我吧。」

他匆匆脫去了褲子，將整個人壓在晶子身上。感覺到自己的下體碰觸到了晶子的毛髮時，一股熱氣突然從腹部直升上來，衝過喉頭讓他忍不住如野人般吼出了一聲長「啊——」，可是那氣並沒有就從嘴巴裡釋放出來，還繼續往上衝，衝到了腦門，變成了一陣接一陣的空雷……

噢，糟了，就是這個。那晚在K女士房裡，這是這樣的連串空雷破壞了一切。又來了。

他不敢看晶子，只能用眼角偷偷地瞄，卻瞄到晶子滿臉是淚。他嚇了一跳，脫口問：「怎麼了？怎麼了？」晶子拚命搖頭，兩臂卻將他擁得更緊了，說了他完全想像不到的話：「沒有怎麼。是太高興了。太幸福了。一輩子沒有過這樣的感覺。自己也不知道，那麼快樂那麼快樂，眼淚卻一直流一直流……」晶子抱住他的頭，反覆地說：「好高興……好高興……好高興……」

然後更奇怪的事出現了。他發現自己也開始流淚。止不住的淚水一直滴一直滴，滴進了晶子的耳朵裡。換晶子驚慌地問：「怎麼了？怎麼了？」換他半帶哽咽地說：「太高興了。眞的太高興了。」……

兩人緊緊擁抱了好一陣子。晶子臉上始終掛著的豔美滿足，給了他空前的自信。等晶子打破了沉寂，囁嚅地問：「可是，你……尚未那個啊……」他竟然已經有了讓自己都嚇了一跳的，準備好的回答：「我就知道妳會問……可是我是台灣人哪，你知道這個意思嗎？」晶子顯然不知道。他點點頭繼續說：「台灣人和日本人很不一樣的。正統的台灣人，具備蕃人血統的台灣人，是不可以隨便進去女人裡面的。我們的蕃刀不能隨便刺進去的。我們少年的時候，大概十二、三歲吧，就有一個鑄刀的儀式。那是台灣男人最重要最重要的儀式。日本沒有吧？」

晶子茫然地搖搖頭。她還沾著喜悅淚珠的睫毛快速地眨著，專注而急切地催促他繼續講下去。不曾如此被女人注視與期待的他，雖然無法完全克抑羞怯與靦腆，還是鼓足了氣，想像著許得時說起「台灣野人」時的口氣，源源地說起故事來……

鑄刀儀式鑄的是要一輩子隨身配戴的匕首，規定匕首的形式、匕首的長度，要跟自己的男根一樣。台灣蕃人小時候都在山溪裡和爸爸一起洗澡，爸爸每天看著兒子身體的成長，確定兒子的男根已經長好了，就是應該舉行鑄刀儀式的時候了。要鑄刀的男孩在廣場上脫得精光，露出被太陽曬得鋼紅的皮膚，然後村子裡還沒出嫁的女子中最成熟最美麗的一個從人群中走出來，跑在小男孩身前，開始用手讓小男孩的男根充漲。必須保證要到完全充漲，朝天頂立像把帶血的刀……

被選中參加鑄刀典禮，是女子們最大的榮耀。通常就意謂著她有了嫁入酋長和貴族們家中的資格了。不過有個條件，如果不能讓小男孩挺立起來，那麼最大的榮耀會變成尷尬的羞恥……

男根驕傲地站好了。然後鐵匠上來量繪長度和彎幅，男孩的親族們爭先上場幫忙壓鼓風爐，希望能燒最高溫的火，才能鑄出最銳利的刀。刀和刀鞘上都有美麗得不得了的花紋。花紋不是自己選的，而是按匕首長度鑄刻上去的。最短的刻百合花紋。長一點的是山豬。再長一點的是獵狗。再長一點就可以刻雷電。最長最長的一級，則是刻著最迅猛又最毒的百步蛇，兩隻交纏互相吐信的百步蛇……

靜靜聽著的晶子突然低聲插了一句：「你的一定是百步蛇了……」講完了似乎才意識到話中隱含的意思，連忙嬌羞地將頭整個埋進了他的懷中……

他輕撫著晶子略略鬆亂了的髮髻，繼續說下去。爐裡的火燒旺了，群眾的族人就開始唱起歌來。從開天闢地唱起。在一個夜裡天神化身爲百步蛇下降到世界裡來。那時候這個世界還沒有人。百步蛇在竹林裡竄走著，所到之地其他動物都紛紛走避。牠們從來沒看過沒有腳又沒有翅膀的東西，牠們害怕百步蛇沒有腳沒有翅膀卻可以既似跑又似飛地迅捷移動的身影。牠們更害怕百步蛇信信伸吐的尖舌，鮮紅中沁放著不祥的黑光……

百步蛇逡巡著、游走著，享受動物們的戰慄尊崇。突然之間，雷電大作、暴雨傾盆，天地彷彿劇烈地搖擺起來了，接著連天神化身的百步蛇都猝不及防的情況下，巨大山石紛紛崩落，其中一顆幾百斤重的石頭砸下來壓住了百步蛇的尾巴。百步蛇被壓住了，一動都不能動。偏偏下雨從天上一直一直傾倒，水快速地淹滿了百步蛇的周遭……

在這個危急時刻，百步蛇看到一隻狗在旁邊，就急急地叫喚：「狗啊狗啊，過來幫我吧！」狗好心地涉水過來了。百步蛇說：「你把石頭頂起來一點點，只要一點點，我就能脫身了！」可是狗用盡力氣拿頭去頂、用身體去推，石頭卻都動也不動……

眼看著水就要來把蛇和狗都淹沒了，石頭卻還是動不了。族人的歌開始加快節奏、開始激動起來，大家也坐不住了，起身邊唱邊拉著手奔跑舞蹈……快要完蛋了、快要糟糕了，百步蛇和英勇好心的獵狗，就要葬身在大水中了。狗說：「如果我有手就好了，手抓住石頭往上抬，你就可以出來了！」百步蛇大喜，說：「那你就有手了！」雷電一閃，轟隆，狗的前爪變成了雙手，雙手灌飽了力氣，一二三、一二三，石頭動了，百步蛇快速地從石頭下鑽出來，哇，得救了得救了。水來了、水來了，百步蛇可以浮在水上搖搖搖、游游游，可是狗怎麼辦呢？狗被沖得快要站不住，眼看就要滅頂在水裡了。怎麼辦啊怎麼辦啊。狗兒對百步蛇說：「你先去吧，我沒辦法了！」百步蛇說：「不可以不可以，你救了我，我也一定要救你！」怎麼救啊怎麼救啊，族人的歌舞狂亂了，絕望的吼叫在山谷裡迴盪迴盪，狗兒要完蛋了，狗兒要沒命了。已經浸在水中的狗兒說：「啊，如果我可以站起來，那就不怕這樣高度的水，那就可以逃離開了！」百步蛇趕緊說：「那你就站起來了！」雷電又閃，轟隆隆轟隆隆，狗兒站起來了，狗兒眞的站起來了，站起來以後水就只能淹到他的腰左右，再加上有雙手的揮擺協助，狗兒隨著百步蛇快速往更高的山上逃，逃離了彷彿要摧毀一切的大水……

這就是台灣蕃人的起源啊。賦予了蛇的神力，狗一般敏捷的命。所以台灣蕃人在自己臉上畫出花紋來，把鼻子塗得黑黑的，因爲那是狗的鼻子啊，那是最敏銳、狗賴以勝過其他動物的鼻子啊……

族人們歌著舞著，突然聽到「嗤——」一聲長音，歌舞停了，因爲刀鑄好了。在陽光下閃著新光的匕首。角落裡圈著的一隻山豬被放了出來，衝向還赤裸著身子的小男孩，小男孩必須英勇鎭定地躲過山豬第一擊，在山豬來不及轉身的瞬間，從長老手裡拿下新鑄的匕首，間不容髮、不夠讓眼睛眨一下的快速節奏中，俯身、準準抓住山豬前肢、閃過山豬逼向面前的尖牙、把匕首送進山豬的頸項間……

新刀染上了新血。新的蕃人勇士誕生了。族人一擁而上制伏已經中刀的山豬。提著淌流溫血的刀，正式成爲男人的男孩，站到酋長或長老前，領受屬於男人的訓誡……

「獵人一定要在森林裡用刀奪取動物的生命。可是動物的生命不是白白送我們的。牠們死了換我們活了。用刀奪取的，要用身上另一把刀換回來。只有確切奪命時才出刀插入獵物的身體，同樣的，只有確切可以種出新生命來時，男人的陽物才能刺進女人身體裡。從此刻起，刀就是陽具，陽具就是刀。刀亂用會鈍，陽具亂用也會鈍。刀鈍了陽具就鈍了，男人就不再是男人了。陽具鈍了刀也會跟著變鈍，陽具鈍了的男人在森林裡也殺不了山豬。這是台灣蕃人男性的命運啊……」

最老的訓斥，沒有任何台灣男人會忘記。台灣男人不隨便進入女人身體的。就是這樣的緣故……

故事講完了。好長一段靜默。他不知道還要再講什麼。事實上他根本不曉得自己剛剛到底胡說了些什麼。接著他開始擔心，這麼荒誕的故事，自己胡扯的台灣蕃人神話，如何可能說服晶子？晶子大概在心底嘲笑著他吧。晶子在想著要用什麼方式揭穿他嗎？他忐忑跳著的心臟似乎越跳越高了……

晶子終於開口了：「不會把匕首帶來日本吧？」

「……不行啊，殖民地的人怎麼可以帶刀呢？當然被禁止帶上船啊……」

「還好……」

「還好什麼？……還好他們不能禁止我帶另一把刀嗎？」他噗嗤笑出來。

「胡說，」晶子用小小的拳敲他的胸，「怎麼可能是這樣的意思。……還好我遇到了你，多麼奇怪遇到了你，那麼不一樣的台灣野人，以前連想都想不到的不一樣呢……」

他放下心來，把晶子摟得更緊更緊了，晶子也回應以重新發出的「唉唉唉」嬌愛喘息……

晶子「唉唉唉」的嬌愛喘息，整天都在他耳邊徘徊不去。刺激著他等不及地要到居酒屋去。

雖然他厭惡看到晶子周旋在其他客人間的樣子，可是在場看到，至少比獨處想像好得多了。

後來發生了另外一件事，讓他連看到晶子幫別的客人斟酒寒暄，都不再不愉快了。有一個晚上，因爲先去參加了台灣同學們聚會，到居酒屋的時間比平日晚了許多。沒想到他一掀起門口吊掛的江戶藍布帘，裡面竟然就此起彼落響起了「來啦！」「來啦！」的叫聲，隨而居酒屋裡擠滿的客人每一雙眼睛都朝他投來。

「台灣人哪！」「……蕃人，就是サバジ（野人）嗎？」「不像嘛！」「怎麼不像！……那個眼神！」「不簡單哪……」「サバジ也會講我們的話啊？」「是啊，不簡單哪……」他狐疑著走進去，四下傳起這樣的低語……

平日和他只有點頭鞠躬交情的居酒屋老闆，突然從蒸著熱煙的料理檯後面大叫著招呼他：「喂，搞什麼啊，還以爲你今天怎麼不來了咧！趕快過來這裡坐吧，我去準備燒鯖魚和清酒！」

好一陣子混亂之後，他才弄明白，原來晶子把他是台灣人，以及台灣蕃人的種種故事，閒聊中轉告了老闆。個性外放的老闆忍不住對店內客人張揚起來，大概還添油加醋揑造了一些他的特異舉止吧，於是惹起了整家店裡客人的好奇與議論，很多人甚至是刻意拖遲了離店回家的時間，必定要一睹老闆口中的「台灣サバジ」。

他一坐下來，幾乎所有人都挪動了座位方向，他察覺到自己成了全店的中心，他還察覺到四面轉過來的臉上，閃爍著的懷疑與失望。一種比低語還更隱晦的情緒在醞釀著，比低語還更難聽見的靜默語言在人們偶而交換的眼角互瞥間流傳著：「怎麼會是這傢伙？」「他不跟街上看到的所有日本人一樣嗎？」「野人在哪裡？眞的在那身衣服裡面嗎？」「野人……嗯……這是個店家的玩笑吧？」

那麼多人注視讓他很慌。可是那些懷疑讓他更慌。絕對不能讓懷疑確立硬化成爲失望。不能在晶子面前。他還想要再觸摸晶子軟得如水的胸乳，還要嘗晶子下體沁流出來的汁液。

「我是台灣人，台灣人連講的話都跟你們不一樣。對不對？我老爸告訴我，台灣人的話像山風，像台灣山上吹著的熱熱的山風。日本的山風是冷的，可是台灣，風像是有體溫的手掌……」

四座全都安靜下來。不是因爲被他的話吸引了，而是大家都聽不懂他在說什麼。他講的是台灣話。然後停下來，他改用日語：

「剛剛是用台灣話講的：我是台灣人，台灣話就是那樣，像山風，我父親告訴我的。在山裡面用台灣話，可以感覺到韻律，和山風相應和的韻律，也和動物呼吸相應和的韻律。我們蕃人最重要的，就是學習這種韻律。學會了韻律，才能在山風呼呼吹著耳朵時，從中分辨聽到動物的所在。在山裡，聽不到感覺不到動物在哪裡，你就完蛋了。獵人找不到獵物，而且自己會變成其他大型動物的獵物。我們一生都在山風中練習，所以我們的語言才會變那樣，我們一開口講話，隨時開口講話就隨時在做打獵的練習……一輩子不能鬆懈中斷的練習……」

「再講一下台灣話給我們聽吧，拜託。」座中一位因酒氣而滿臉通紅的紳士，突然用正式的敬語如此請求。請求太正式了，他無法拒絕。他用台灣話再把剛剛那段重複講了一次，他說著，那提出要求的人閉上眼睛，口中喃喃：「山風哪……」

靠門口的地方有個留洋式小鬍子的人，清了清喉嚨發問：「可是日本，我們的國家，也有很多山，也有吹不完的山風啊……」

他換回日語，絞盡腦汁想著該如何回答：「不一樣吧……我只到過一次日本的山上，地震之前，應該是往神奈川的方向吧。山沒有很高，而且又是夏天，可是日本的山風就是有種清冷。怎樣說才好呢？空空的，不飽滿的風，好像風裡面有很多洞。怎樣讓你們瞭解呢？像我父親說的，台灣的山風一年四季即使在最冷最冷的冬天裡，都是有體溫的。台灣的山風像動物，日本的山風像竹子，這樣你們能懂嗎？台灣的山風是整個大地化身成爲一隻最大最大的巨獸，吸氣呼氣吸氣呼氣，所以是完整的，一整塊的，所以有清楚的韻律。日本的山風，是一片片竹葉、一根根竹竿分開自己動，一下子這裡動，等一下換成那裡動，傷腦筋哪，至少我是聽不到日本山風的韻律的啊……」

小鬍子摸著鬍子點點頭：「這樣啊，很神祕哪，台灣啊……」

換成一直維持在亢奮狀態的老闆說話了：「再告訴我們一些台灣的故事吧，獵人……」

「講什麼好呢？」他是眞的困惑了，忍不住搔搔頭，偏過去眼睛剛好遭遇了刻意隱身在人眾裡，卻掩藏不住投射異常亮光的晶子的雙目。目光接觸的剎那，不思議地他的下體竟然猛地跳了一下，猛然得可以感覺到兩顆卵蛋強力的收縮。新的勇氣與新的靈感從那收縮力道中擠竄了上來……

「講獵熊的故事吧……台灣黑熊是山林裡最龐大的動物，也是台灣蕃人傳說中的雷電的代表。黑熊全身都是黑的，像夜一樣黑，可是很奇怪，黑熊胸前有一道純白的、和大正午的太陽，日中沒有攙雜一絲一毫黃色的日光一樣白的利紋，像兩枝交叉的匕首，更像是天空裡劈下來的雷電……只有當黑熊站起來的時候，牠身上的雷電才會出現。黑熊什麼時候才站起來，各位知道嗎？只有當牠極度憤怒，準備要全力一搏時。黑熊站起來，是山林裡最可怕最可怕的事了。沒有任何一種動物不怕的。站起來的黑熊發出連山巔石塊都會被震落的狂吼，向前以箭一樣的速度衝過來……獵人們都知道，如果你在熊的後面，熊站起來朝相反方向的你的族人衝過去，你連放箭都來不及，箭都追不到黑熊的。狂吼狂奔的黑熊揮舞著探出長長利爪的大熊掌，雷電般襲擊牠的敵人……

「多麼可怕啊，台灣黑熊。獵人敬畏台灣黑熊，黑熊被視為是台灣蕃人的守護神。平常我們聞到黑熊的味道，就遠遠走開了。可是有一種情況，我們必須去面對可怕的雷電。那就是當族人接二連三有人病倒了，我們稱這種狀況為『狗瘟』。不要誤會，不是狗帶來的瘟疫，而是瘟疫把我們族人變回了狗……

「台灣蕃人本來是狗，因為救了天神化身的百步蛇，所以才在雷電閃動中站起來變成了人。我們一定是做錯了什麼事，天神決定取消給我們的恩賜，不讓我們繼續享有人的幸福。這就是『狗瘟』，人被變回了狗。『狗瘟』來時，族裡的勇士就必須出發去獵熊。要看到熊身上的純白雷電，我們才能克服『狗瘟』，再度變回天神寵信的幸福的人。

「少年時代，我參加過一次獵熊的行動。族裡合格的勇士，清晨齊聚在會所廣場上，按照年紀分組排列。巫師唱誦起我們過去從未聽過的歌，雖然只有一位巫師，卻像有八部複雜音階同時從他口中高低交錯飛出，朝太陽即將升起的山頭飛去。歌的內容時而向天神祈求，時而對即將出發的我們訓斥。我們必須去尋找黑熊，黑熊不會那麼容易被找到。尋找黑熊同時也就是在尋找天神之所以憤怒不悅的起因。我們必須準備走過森林的每一個角落，渡過每一條溪流。有時要爬到只有隼鷹才有辦法停歇的樹頂上。有時要像最強健有力的銀魚堅忍溯游到溪水的起點……

「我們要謙卑求取一切智慧的指引。我們會遇到很多同行搜尋的夥伴，如果我們認得出他們的話，他們就會帶我們越來越接近黑熊的腳步。當然，巫師告誡，我們也會遇到很多困難和危險。但記得，所有的困難與危險，包括黑熊的尖齒與利牙都沒有一件事來得可怕與致命——看不到黑熊胸前的雷電。『用刻在皮膚上的圖案一樣，用深入到心肺的痛楚，記得、記得、記得——雷電！雷電！』

「準時在旭日升上大檜木樹頂那一瞬間，巫師的歌聲停了。接著是我們從未聽過的絕對的寂靜。山中森林裡不應該完全安靜下來的。可是那一刻，應該是巫師的法力吧，鳥不叫了、風也不吹了、樹葉也不搖了。一切都停下來，一切都靜靜凝結了。我們也被靜寂震住，彷彿連呼吸都暫止了。只有太陽莊嚴地、逆反周圍靜寂地持續往上爬。那樣的太陽傳達著某種絕對的、不能被抗拒的意志……

「巫師打破沉寂，又唱起一首奇異獨特的歌。歌聲使人不由自主地渾身起疙瘩。一邊唱巫師一邊抓起手邊準備好的草、葉、花，放進嘴裡咀嚼。咀嚼的動作模糊了歌聲，我們始終聽不清楚他究竟唱了什麼。咀嚼過的植物渣屑，吐出來在巫師掌中團揉成球狀，然後挨次一顆顆餵進每位勇士的口裡……

「每個人都吃進了草藥丸，我們就出發了。走了一陣子，身體裡開始起變化。先是肚子絞痛，然後痛感沉沉地壓進腿部，每走一步，腿就要撕裂開來般。我們少年班忍不住駭怕地叫起來了，前面有經驗的壯年班回頭命令：『繼續走，勇敢繼續走，走下去！』繼續走、繼續走，嘩，腿眞的裂開了，親眼看見自己的腿裂開了，兩條腿裂成四條腿。裂開來就不痛了，而且發現自己以兩倍的速度，不，不只兩倍，以雲豹的速度奔馳著……

「由腹部源源激出的痛，傳到身體哪個部位，那個部位就發生變化。胸部長出了老虎般的毛。頭上則有天牛的觸鬚。手的外廓多增加了大冠鷲的翅翼。背上背著厚厚的、金龜子的殼甲。我們變成了怪物。每一個都是怪物。壯年班的人說：不能回頭離開森林了，除非獵到黑熊。我們已經成了怪物，離開森林的庇佑，到任何村落都會被視爲祟鬼遭到巫師襲殺。要獵到了熊才能變回原狀。

「我們在森林中一般打獵到過的最深最遠的地方稍微休息。日頭離正頂還有幾度。平常打獵要花八到十天才能深入到這塊小空地。成爲獵人的第一天就被告誡過：不准越過小空地這一線。再進去的森林，不是我們的，是異族的。我們好奇問過千千百百次，那一邊住的是什麼樣的異族？是傳說中的矮黑人嗎？還是半人半獸？還是半人半鬼？從來沒有人願意回答我們的問題。現在，化身爲怪物的我們竟然不到半天就蹲坐在小空地上，竟然即將要打破禁忌，進入沒人可以描述的國度……

「我們在小空地分頭。一共分成四組走四條不同的路。約定了發現黑熊時要呼哨通知。『呼哨會不會聽不到？』『呼哨傳不了太遠不是嗎？』有人問。壯年班的成員毫不猶豫地回答：『一定聽得到的。』『那森林不是你們想像的，我們彼此看不到，卻都走不遠的。』我們不敢再問，雖然心底還是很疑惑。朝不同方向一直走下去，怎麼可能走不遠？

「我們進去了。開始時大家都很緊張，耳朵也豎得尖尖的，準備收聽同伴們的呼哨。然而整個下午過去，沒有熊的蹤影。第二天又過去了，還是沒有熊的蹤影。用任何方式估計，我們都已經脫離可能聽到其他年班呼哨的範圍了。我們有點沮喪、也有點緊張。可是我們還是依照命令維持方向找下去。入夜前獵了幾隻野兔和飛鼠，大家在篝火前用餐並取暖。有人提起：據說參與獵熊的人，如果順利獵到熊，除了可以解救族人外，還可以完成一件自己的夢想。於是同屬少年的我們，七嘴八舌講起自己的夢想了。『要贏得那個女子的芳心。』『要成爲最英勇的獵人。』『要成爲長老。』『要被收爲巫師的徒弟。』……

「有一個少年的夢想跟大家都不一樣。『要瞭解天上所有的星星的奧祕。』還剩下一個，公認最聰明、吸收了最多部落智慧的少年沒有發言。大家慫恿著他，催促著他，他才終於說：『要能夠記得現在的所有的事。』這是什麼願望？爲什麼會有這樣的願望？他幽幽地解釋：『據說獵到了熊以後，我們就會忘掉所有這一切。沒有人能記得獵熊經過的細節，尤其是獵熊之前許下的心願。據說我們會徹徹底底、完完全全忘記自己出發時許下的心願，於是等到心願實現時，我們甚至無法辨別出那是自己曾經如此渴望的事。例如說你會得到女子的愛，如同藤蔓緊緊攫抓住大楠樹般的全心全意的愛，然而你已經忘掉自己的渴望，那愛說不定只會帶來苦惱，不曉得該如何逃躲、該逃躲到哪裡去的苦惱啊！例如說你成了全族最英勇的勇士，但那時你已完全不了解作個勇士有什麼意義了，你一心一意只想把弓箭掛上，離開部落到山下去念書，書裡寫的知識道理熱切地召喚你……你們懂我的意思嗎？如果眞的會忘掉，夢想就可能再也不是夢想了……』

「我們眞恨不得聽不懂他的意思。聽懂了他的說明讓我們更沮喪了。大家低頭想著。不知過了多久，有一個少年試圖重新提振起比較樂觀的氣氛，故作高興地說：『還好，還好你許了要記得的心願啊！你會記得今晚，你會替我們記得每個人的心願啊！』最聰明的少年搖了搖頭，歎口氣：『不見得。或許我記得一切，卻忘記了自己曾經那麼害怕遺忘。那時候我說不定會被超強的記憶力折磨得受不了。想想看，什麼樣悲傷的尷尬的丟臉的可憐的憤怒的事，統統都記得，都沒辦法忘掉，眞有那一天，我該會咀咒、用最惡毒的話咀咒自己的記憶力吧……』他說完，我們每個人都深深吸了一口氣，然後化成此起彼落悠悠不絕的長歎……」

他一口氣把故事講到這裡，靠門口那個小鬍子又清了清喉嚨，在他話語稍歇的空檔插了進來：「有疑問哪，台灣先生……如果參與的人回來後會忘記，爲什麼你能記得這些來告訴我們呢？」

他被問住了，完全沒準備到會有如此一問。他高張起雙臂，先誇張地伸了個懶腰，掩住因焦急而陡地漲紅的耳根並爭取些時間，伸完懶腰，腦袋裡還是沒有答案，只能用盡量平淡的語氣說：「那是有道理的。那是耐心聽下去就會明白的……」講到這裡，靈光一閃閃出了找下台階的方式：「眞對不起，這個故事太長了，勞煩大家費去一整晚在這裡聽眞不是辦法哪……大家大概也聽得累了吧，何不今天就歇止在這裡……」

酒館群眾掀起了小小的暴動。「不要！」晶子最快尖叫。「不可以！」酒館老闆幾乎同時的抗議。很多酒客馬上響應了這分情緒，「講下去吧，拜託！」「要知道獵熊的結果啊！」「千萬不能停啊！」……

他爲難地搔搔頭，抬頭往門口處看了一眼，小鬍子坐不住了跳起來，拚命辯解：「不，不，不，我沒有那個意思啊！絕對沒有！當然還要再聽下去的，和所有每個人一樣有興味一樣有耐心啊……」

「謝謝大家啊，」他說，「可是眞的太晚了，而且這故事還很長哪……傷腦筋，作爲一個非日本人的台灣蕃人，我實在不曉得怎樣長話短說，故事無論如何今晚是說不完的，不如就暫且今夜到此爲止，餘下的熊啊森林啊什麼的，下次找時間再講下去吧……」

不管酒客們怎樣要求，他堅持該要回去了。老闆只好拿出主人的權威，說：「那明晚一定再來繼續講啊，一定啊，是不是？」他點點頭承諾了，酒客們才願意放他離去。他要走出門時，小鬍子特別幫他拉開店門，鞠躬有禮地說：「抱歉啊請原諒，台灣先生。」他大方地揮揮手說：「哪裡哪裡，沒有沒有啊。」

走在依然嗅得到飄浮焦味的東京街上，他一直想著自己剛剛那個揮手的動作。先是驚異、既而佩服起自己來。竟然在從來沒有預先演練過的情況下，做得出恰切於這個場合的瀟灑反應。難道自己原本便具備著如此瀟灑大方的性格能力的嗎？

回到寄宿的地方，他一夜未眠。想著那座其實遙遠而陌生的台灣山林。現在變成了大家認定的他的生命根源的台灣山林。得要讓山林裡的那隻巨大黑熊活起來，得要讓那些出發打獵的蕃人活起來……

到了天濛濛微亮時，一直保持在興奮狀態中的精神眞的疲累了。一直拒絕闔上的眼皮也終於頻頻垂降了。結果反而在這個時刻，在閉上了的眼前，那些蕃人們活過來了，他們在茂密得沒有路的亞熱帶森林裡走著走著……

他們遇到了許多動物，許多不該會在台灣出現的動物。像是羽色豔麗長喙彎勾的大鸚鵡。像是應該在草原裡邁步奔馳的羚羊，竟然和鹿群混跡。的確是個不一樣的森林。然後他們開始遇見各式各樣的人，幽靈般顯影、又幽靈般消逝。一位少年驚呼：「那是我的阿公！」眞的是，死去多年的阿公對著他們微笑。阿公是族裡唯一曾經航海的人。阿公描述海洋，將船隻輕易拋擲逗弄的海浪，也描述從海上回看陸地時看到的雲氣，那白與灰與藍與綠無重量且無質地的混和，像是畫在一張透明卻又堅實存在的畫布上的景色。接著遇見沒有任何人認識的，戴著酋長羽冠的人。他自稱叫帕古流，正在山頂遠眺一場平地人的戰爭。戰爭從海上就開始打起。船隻彼此衝撞，船頭裂開了，船慢慢地沉下去，船上的人紛紛跳船，可是手上執持的沉重兵器卻拖著他們和船一起朝海底裡沉……

他們遇見吹藤笛的老婦人。藤笛吹起高亢的音調，像是整個山林都在哭泣。老婦人解釋說有一年到處都是這個聲音。整座森林燒起來了，樹帶頭先哭號，然後是必須拋棄幼雛拍翅飛走的鳥，然後是山羌獐鹿野狼。空氣裡到處傳著肉被烤熟了的香味。那香味惹得人飢餓。空前的、一輩子沒有經驗過的大飢餓。想要把整個世界吞下去，覺得非把整個世界吞下去就無法解決的大飢餓。可是卻連一瓢水，不，連一口水都得不到，從體內到喉頭到舌尖，都燒灼著……

可是黑熊在哪裡？這些人跟黑熊有什麼關係？另一個幽靈般的人飄出來回答：「必須通過我們才能找到黑熊；啊，我們就是黑熊。」

少年班裡有人哭出來了。不知是嚇哭的還是累哭的。哭像是會傳染般，一個哭其他也跟著哭了。就在大家都哭著時，黑熊竟然就出現了。喔，不是黑熊出現，是呼哨的聲音出現了，而且就在近旁。來不及收淚的少年矯捷地紛紛爬到樹上，發現怎麼所有一起出發的勇士們都集合在這裡了。再爬高一點，果然有一塊黑呼呼的暗影……

大家屏住氣息，用顫抖的手取出弓箭和刀來。黑熊似乎並沒有察覺他們的行動，牠靜靜地站在一棵可能有幾千年、樹圍粗得嚇人的大紅檜下。黑熊一動不動，一直不動，簡直要讓人以爲那只是顆形式酷似的大石頭。黑熊不動，勇士們也不能動……

突然，黑熊似乎抬起頭來了。一支箭倏地飛出去了，隔了瞬間放掉彈出的震動聲觸發了其他人本能地也將已經拉得酸麻的手臂放直，於是十幾支箭跟著飛去，壯年組的領路人忍不住大吼：

「停止！停止！」……

太遲了，箭接連射在黑熊身上。黑熊顫跳了好幾下，然後就崩倒了，只在倒地前回頭傳來一個不像痛楚也不像憤恨，反而比較接近鄙夷的眼光……

他看到那個眼光。鄙夷的眼光。然後他又看到壯年組領路人直衝到他面前，整張臉扭曲得彷彿五官要全部逼擠在一起，又像五官下一秒鐘就會分開散飛出去，領路人用他沒聽過的淒厲音調大叫：「是這樣嗎!?是這樣嗎!?勇士是這樣偷偷放箭的嗎!?黑熊站起來了嗎？白光啊雷電啊在哪裡？你可以算是勇士嗎？你可以算是我們台灣蕃人嗎？」

領路人的吼聲在山林裡不斷迴繞，聲音轉著轉著不肯向外散去，形成了如波如浪如漩渦的氣流，猛撲朝他攫抓而來……

嘩！他跳了起來。原來是場夢。窗外陽光早已大亮，街上雜沓的人聲傳了進來，關東腔的日本話。

到了晚上，他如約去了晶子的居酒屋，把夢中看到的原原本本講給了還是滿座的客人聽。他模仿領路人大喊：「你可以算是我們台灣蕃人嗎!?」所有的客人都被震懾住了。大家鴉雀無聲，懸宕著心情，等著他再下來要說的。他就讓氣氛懸宕著，懸宕著，到期待快要轉成焦躁時，無奈地歎氣說：「我就被取消了勇士的資格。族人後來再次出發去獵熊，我就無法參加了。在部落裡，我變得像個女人般，不再能自由地出獵了。更慘的是，女人會的本事，種芋頭編麻布，我還都不會。沒有理由再待在部落裡了，所以才下山到平地裡那個叫做台北的城市，所以才會流落到日本來吧，一個不成材沒有用的台灣蕃人啊……」

說到這裡，一股奇異的情緒衝上來，他竟然哽咽，繼而哭了，一邊哭一邊仍然堅持地說：「一個做不成眞正台灣蕃人，所以才流落到日本來的失敗者啊……」

不顧儀節，在眾目睽睽下，晶子竟然從人群中擠出來，緊緊地將如小孩般痛哭的他擁入懷中，反覆地安慰他：「你不是失敗者啊，絕對不准你這樣說，絕對……」他一輩子沒有感受到比那一刻晶子給予他的，更深刻更純美的愛情。

我記得，我彷彿記得，祖父在一九二三年一度成爲冒牌的台灣蕃人，換到了他一生中最深刻最純美的愛情。我問祖父：「那後來呢？」

「後來？」祖父從喉嚨裡逼出乾乾的笑聲：「地震的混亂整理完，學校又重新上課了，我們就搬回去住在學寮裡，秋天快過完，大正十二年馬上就來了。」

「可是，那晶子呢？」

祖父摸摸只剩下短短幾莖白髮的頭顱，說：「唉，晶子……如果還有晶子，難道會有你嗎？」

——原載《印刻文學生活誌》二〇〇三年十月號

我不懂哲學，不懂柏格森，卻讀了許多佛洛伊德。在少年失格時期，任何談論性慾的作品，都被我們以閱讀情色刊物的態度熱烈地擁抱。

一九四六・戰爭失格

一九四六年，戰爭結束後的第二年，二姑先是離家出走，後來就出家了。二姑爲什麼會出家？很小的時候我就問過這個問題。從爸爸媽媽到大伯、四叔，每個人都說：不清楚。我只好去問阿媽。話才問完，阿媽就開始掉眼淚。眼淚落了一大串，哽著說不出話來，勉強指指點點屋裡另一方向。要我去問阿公的意思。我大著膽去問了，也不曉得那時中了什麼邪，非要知道二姑爲什麼出家不可。阿公猶豫著、思索著，想必在決定要不要發一頓脾氣把我轟走。最後他耐下性子，把五斗櫃裡的舊相本拿出來，翻啊翻，翻到一張失焦的相片，隱約看來大概是哪個人的背影吧。阿公說：「被這個人害了。這就是那個去了南洋的少年郎。」我盯著相片看不出個所以然來，祖父用十分決絕的口氣接著說：「就是這個人。其他我也不知道，我也不想知道。別來問我。」我知道這意謂著「呯」地一聲祖父把自己關起來了，再去扣再去問不會有任何用的。

我帶著這個疑問長大，長到把這個疑問慢慢給忘了。一直到當兵時，一直到那天晚上，這個疑問突然迸了回來。

當兵下部隊沒多久的事。每天被罵、被釘、被操、被老兵欺負、被班長侮辱。部隊裡我頂無能的，像擦槍就永遠沒辦法在規定時間內完成。總會出些什麼差錯。人家都把槍送回槍架了，只有我還在手忙腳亂。好幾次弄到熄燈前都沒時間洗澡。恨透了那種渾身汗臭上床去的感覺。有一次，我以爲大家都睡了，起來假裝要上廁所，溜到浴室裡沖澡。在空蕩蕩的浴室裡沖個痛快。我想我是有點得意忘形了，拿著勺子拚命舀池底的水沖了一勺又一勺。部隊裡澡堂的水是有限定管制的，一天一個營六池水。我想反正今天已經結束了，這些水不用白不用。不過我錯了，沖到一半，進來了兩個隔壁連的班長。好死不死，隔壁連跟我們連平常就多有磨擦。那兩個班長看每個池子都見底了自然是暴跳三丈。他們個子又沒有我高，根本舀不到水，沒辦法洗澡。

他們當然整我。叫我光著身體立正跟他們說話。問我爲什麼熄燈後跑來洗澡？不知道這是軍士官洗澡的時間嗎？我老實說因爲擦槍擦太晚了。其中一個班長就說：「大槍擦太久了，所以沒時間擦小槍是不是？」他這樣一講給了另外一個班長靈感，說要罰我，怎麼罰呢？要我抓住自己的那裡「舉槍」，繞著澡池踏正步一圈，邊踏要邊唱：「我有兩枝槍，長短不一樣，長的打共匪，短的打姑娘。」

我只好照做。要不然如果他們把我偷洗澡的事報回連上，我根本不敢想像連長更會怎樣整我。因爲牽涉到面子問題，兩個連長勾心鬥角，被對方向營長告狀管教不週，那是很嚴重很嚴重的事。

我在澡堂裡踢正步，那兩個班長笑得人仰馬翻。他們問我是不是大專兵，我說是，他們就更樂了，其中一個故意俯下身來看我的「槍」，怪聲怪調地說：「媽的，你的『槍』沒有舉起來嘛！怎麼回事？大學時泡妞泡太多，連幹自己、打手槍都不會啦？」我是眞的沒有舉。在那麼羞辱的環境下怎麼可能？然而他們的話觸及我內心更深更慘的一個傷口，讓我差點忍不住哭出來。

我大學時代的女友剛剛離開我。她新交了一個男朋友，而且可能跟人家很親密了。我放假日早上到她家門口等她，她穿著一件隨便的襯衫出門買豆漿，我清楚看到她脖子到胸口一帶紅紅的斑跡。應該是吻得太重、太激烈以致於留下的痕跡。

她跟我說長痛不如短痛吧。她說我學文，她學商，價值、觀念差異太大，溝通、相處都有困難。可是她以前從來沒提過什麼困難啊？她說那是因爲她都忍讓求全，以爲自己的想法太現實、太虛榮，所以壓抑著屈就我。畢業後去上班，發現大家想法都跟她一樣，沒什麼不對的啊。於是她覺悟了，我們是走不同方向的人。她應該有權利自在地賺錢，享受生活。

「而且我覺得你不是眞的愛我。」她說，「你總是那樣不慍不火，怎麼說呢？我從你那裡感覺不到異性、陽剛的激情，你懂我意思嗎？」原來不懂。後來看到她身上紅紅的斑跡才懂了。我沒有侵犯過、探索過她的身體。我把她當作聖女般捧著崇拜著。小公主。銀鈴般的聲音，甜美的笑容，彷彿帶著光環的天使美女。結果她懷疑我是不是性荷爾蒙分泌失常。

被隔壁連班長罰踢正步，又是滿身臭汗了，回到寢室在床上翻來覆去睡不著。想死。覺得人生一點意義都沒有。還要忍受部隊一年半。爲什麼？就爲了要等退伍嗎？退了伍又怎樣？要找工作，要從最微不足道的職位熬起，而且我們這種學日語的能有多大前途？我們學長中最了不起的、最賺錢的充其量不過是幹導遊，每個禮拜替一百個日本人拉皮條，然後到藝品店趾高氣昂地拿回扣。這樣有意思嗎？何不乾脆現在就把它結束掉？

想死。不過死眞的不是那麼容易。要準備要有勇氣，要眞能想像眞能面對那終極的痛苦與終極的黑暗。想死想一想，自己退了一步，想：那不然出家好了。

於是二姑和二姑出家之謎，隔了十多年重回我腦中，下一回再休假，我就帶著頹然的心情，搭車上獅頭山去找二姑。

二姑已經六十歲了。可是看上去像才四十幾歲，穿著一件灰袍子。那件灰袍子穿了二十幾年，洗得薄薄的，看得見縱橫交織的纖維。她問我怎麼想到要去找她。我直截了當地問：「二姑，你爲什麼那年會出家？」二姑沒有反應，既沒有表情變化，也沒有說話。

我又問了一次：「二姑，可不可以告訴我，你那年爲什麼要出家？」二姑淺淺地說：「講這個幹什麼？……你阿公最近身體好不好？」

「阿公喔，差不多就那樣。病倒了不能走路以後，就常常叨唸。唸這個唸那個。一次還唸到妳的事。」

「唸我什麼事？」

「唸妳很多很多年前，有一次回家小住的事。」我說。二姑沒提，我還差點忘了阿公那天沒頭沒腦講的這段。

我轉述給二姑聽。阿公說二姑下山來住了兩天，第三天就要回山上去。阿媽一早殷切地拉著二姑到市場，想買些東西給她帶。時候還早，家裡店門還沒開，所以阿公也就無可無不可地跟去了。盛夏的朝陽照得一街長長的樹影輪廓黑白分明。一排的攤子上沒什麼二姑想要的。阿媽一樣一樣問：帶點芒果好不好？帶點甘蔗好不好？也許買一雙拖鞋，包仔鞋整天穿著不舒服？不然總用到洗髮粉，還是新出品的齒粉？二姑一樣樣微笑搖頭說：「免啦，免啦。」

走到街角，只買了兩塊洗衣服用的粗肥皀。阿媽當然有些難過。二姑走在前面，先轉彎了，阿媽才驀地發現一個水果攤上擺了幾顆亮紅紅的蓮霧。她急急地想招喚二姑，趕過去，嘴張了一半又停了。連忙返頭氣急敗壞地催促阿公：「你叫伊啦，你叫伊來看蓮霧啦……」

阿公愣在那裡反應不過來。二姑繼續一個人捧著兩塊肥皂走著。阿媽使不動阿公，只好自己又追了幾步，深呼吸故作鎮定地叫了一聲：「師父……」

二姑佇足轉身。母女間約莫有五、六步的距離。阿媽重重嚥了口口水，掛上笑容說：「有人在賣蓮霧呢。你最愛吃蓮霧了，小時候還因爲偷吃蓮霧被你阿爸打……」阿媽講不下去了，雙掌舉起摀著臉咿咿地哭起來……

阿公說：三十年前，這一幕匆匆飛過，並沒有特別覺得怎麼樣，可是三十年後，隨伴著來重現影像的多層情緒，卻固執地扣擊著他的心，怎麼也不肯褪色消逝。記憶與遺忘的雙重折磨。記起阿媽那樣艱難不知該如何稱呼自己女兒而向他求援。那一聲「師父」叫得多麼辛酸，茫茫然無從尋索她因偷吃蓮霧被打的事，究竟是何時，在怎樣狀況發生的。

「而且，」阿公承認，「三十年前你阿媽要我叫你二姑那一刻，我頭殼空空的。她幾年不在家裡，我根本忘了這個女兒的名字……」

三十年後，阿公掩住臉呼應三十年前阿媽的悲懷，幾至不可抑遏。然後他吩咐我把舊相薄全部拿下來，翻過一本又一本，口中喃喃自語：「那次回來應該有給她攝影……那時陣還在瘋相機，不可能沒攝啊……」

找了半天，沒有找到他以爲應該有的相片。放下相簿，阿公頹然成歎：「生這些囝仔，最軟心的是你屘叔，最硬心的就是你二姑。」

我半不解半抗議地說：「二姑是信佛吃齋的出家人，最有慈悲善心的啊……」

阿公就罵我一知半解，是左鄰右舍的街頭佛。就是那些去廟裡點香拜拜的歐巴桑以爲的佛。其實只是婦人之仁。最最可憐的半調子。這種歐巴桑一方面要照顧塵俗家事煩瑣雜碎，一方面還要發宏願擔世人的苦難不幸，選重的挑，壓死自己。

眞出家的人，不是這樣的，阿公說。人情思戀哀濍當下說捨就捨，說斷就斷，放棄這些複雜纏捲的線頭種種，單心奉侍一座佛一卷經，甚至一個意念，這是人生大清倉，剛好跟那種拾拾撿撿的街頭佛徹底對反。

「他罵我硬心……」二姑眼神茫然地說。

我說：阿公有解釋，「硬心」不是「狠心」。「硬心」毋寧是對原本泥般混沌紛亂的人生，抱持著太清楚、太簡單的快心。一步步安排自己所要的，其他別人繁錯現象就任它們在身邊幻生幻滅，不予理會，這樣的條直、死心眼。

彷佛要彌補什麼似地，阿公鄭重下個結論：「你二姑自小就是這樣。直溜溜。眼睛看哪裡都不會也斜一下。最不用人家操心，自作主張打點得好好的。沒想到時代作弄，愈是不招惹人，一些垃圾無聊的事愈是要來招惹你。」

聽著聽著，二姑眼白上的細紅血絲一根根曲曲折折浮上來。「沒有想到……」她說。

「沒有想到什麼？」我問。

沒有想到阿公畢竟還是明瞭她的個性。死心眼，條直地看世界。

我又不放棄地追問：「到底是怎樣時代，怎樣作弄？」

二姑歎了好長好長一口氣。「故事很長很長，你眞的要聽？眞的有耐心聽？」

當然要聽，當然有耐心聽。

「我十六歲就到嘉義市役所當小妹。」二姑這樣開頭。自知是個安靜、內向，不適合服侍那些年齡、職位不等課員們的人，二姑很用心自修學習。熬了三、四年，讓她等到一個機會。

那時戰爭進入後期，日本帝國顯露了衰疲的跡象。正因爲這樣，戰時宣傳更熱烈地進行著。爲了堅定殖民地人民對大東亞共榮圈的信心信念，並加速全島皇民化的步調，總督府規定若干地區成立公共圖書室，收集、陳列有助於這些宣傳目標的書報，作社會教育、傳播的中心。

嘉義市的公共圖書室就設在市役所裡，二姑被派去負責做書報整理、歸檔的工作。她很喜歡這個工作，整個圖書室都在她的控制之下，沒人吆喝、差遣她，也沒人批評、挑剔她。

她每天穿著素淨的白衣黑裙，早早就打開了圖書室的大門。裡面簡單的兩張長桌和十來隻圓凳擦得乾乾淨淨，書籍、報紙分門別類收得整整齊齊。她不是個容易跟人家親近的人，不過如果有問題找她幫忙，通常不會失望。

一九四四年，昭和十九年，雷特島海戰之後，美國開始以飛機轟炸台灣。也就是在這個時刻，二姑收到了遠從南洋轉來的信。

空襲警報在中午時分響起，正巧郵差送完信的時刻。二姑將新到的信抓在手上就跑向防空洞去躲警報。潮霉的地下磚石建築裡黑黝黝的。還好她占到的位置離洞口不遠，可以借到那盞約莫十燭的燈泡的光。她拆開信件大致辨讀。大部分都是跟圖書室業務有關的，隨便認出幾個段落就知道是什麼事。只有那一封來自南洋的信稀奇古怪。

二姑說那封以及後來的許多信，出家時都燒了。然而人有一顆刻了業孽的心卻燒不掉。她記誦了那麼多篇卷的佛經之後，還是沒有將信的內容給排擠忘掉。

那是一個去了南洋的軍士寫來的信。軍士的名字二姑完全陌生。軍士開頭就說他受了傷住在醫院裡，隔壁病床的戰友有一天突然問他：「如果心知再也回還不去台灣故里，第一個會思念的、會不捨的是誰？」戰友問題一問完，他心裡毫無防備地立即湧起市役所圖書室的光景，以及二姑的背影。

信中接著解釋：被調出征前，他每天都到圖書室讀些書報什麼的。他很喜歡二姑排列書籍的方式。他相信二姑一定自己讀過許多書，才知道應該把什麼書擺在一起。他還記得小說部門，橫光利一的新書《旅愁》緊貼著湯瑪斯・曼小說《魔山》翻譯本擺放。兩本書他都讀了，表面上看似完全不同的書，事實上內容都是關於青年在思想、尤其是形上意義方面的困擾與追索，對照著看，正可凸顯日本現代青年與德國知識分子間的程度差異。

有一天下午，他在圖書室裡讀到明治時代詩人島崎藤村的小說作品《破戒》，爲之感動不已。一口氣讀到書末，才長吁一聲抬起頭來，就在那一瞬間瞥見二姑的背影，完美的背影。他突然覺得二姑是與《破戒》所傳達的氣氛最相合的人。在明治時代通行的「私小說」風中，島崎藤村這本不同流俗、獨樹一格，在敘述主角無視於父親的禁戒娶女子爲妻的親密經歷時，島崎維持了一種奇異的冷漠，彷彿刻意在推斥給予主角全部的生命力，在這種欠缺、靜止中處現出特殊的美感。

就像二姑的背影。

他說他掙扎了很久，畢竟不敢上前。只是一直盯視著她的背影，享受存留在細緻茫失的悸動，作品與現實的交錯而過，到二姑轉過身來，他便匆匆忙忙收拾了東西離開圖書室。

突然了悟自己說不定回不去海島故鄉了，於是下決心把這件經驗讓二姑知道……

信裡就寫了這些。二姑記得那天空襲警報特別久。防空壕厚木門外一片死寂。門內擁擠悶熱，還飄滿了各類煙塵及引人不潔聯想的氣味。吱吱喳喳的語聲朝各個方向錯雜交換瑣碎的話題。二姑很怕旁邊的陌生人會爲了排解無聊而來搭訕，講些乏味、打發時間、舒緩憂煩的應酬語，便將頭埋得低低的，反覆誦讀手上的信件，不給人家一點可趁之機。

不曉得第幾次讀那封南洋來的信，一個念頭襲了上來。戰時郵政通訊很不穩定，一封南洋來的信，經軍部三轉兩轉，平均要費一個多月才會返抵島上。信上說：「歸返海島故鄉的夢隨著戰事的劇烈而寸寸斷碎了……」千里萬里之外，一個多月前寫這封信的人，會不會已經葬身戰火中了？二姑猛地如是想起……

剛好此時，盟軍飛機隆隆地從天邊飛過。單調的引擎持續絞扭乾晴的空氣。大家都停住手邊、嘴上散出的聲響，豎起耳朵緊張傾聽。分不清到底是向嘉義接近，還是要遠離。感覺上沒有音量變化。固執地在天空一方懸著、懸著。聽久了，單一頻率的振動似乎倏地散落開來，遠遠近近浮著跳著，無從預期、無法捉摸。到最後，繃得太緊的耳膜疲乏了，似眞似假地捕捉到許多雜音。好像那飛機聲原來是外面街市活動籠統交和而成的。錯覺以爲其實空襲什麼的根本沒發生，黑暗周遭是界於夢醒之間特有的恍惚氣氛。人的存在被這種懸宕等待掏得輕輕的、空空的，像只透明的靈魂。

不知究竟等了多久，終於有人打破沉默，略顯自作聰明地說：「沒來嘉義啦。我看是去台南炸烏山頭。」

甦醒與解凍。許多人幾乎同時開口發表意見，好像必須聽到自己的聲音才能壓住依舊忐忑亂跳的心。

二姑說那種奇特的經驗，是死亡遠遠的凝視。不是眞正臉對臉、肉對肉的威脅，反而製造了更深的恐懼。她發現自己握著信的手不自主地顫抖著。晃動的白紙中彷彿有一股微弱然而堅持的莫名力量掙扎著要出來。一顆靈魂。一顆透明的死靈魂要出來再看一次她白衣黑裙的完美背影。

名喚林義男的南洋軍士就這樣進入二姑原本封鎖的心。不知長相不知來歷，甚至不知死活的一個人。正因爲都不知道，也就無從驅逐，只能日復一日地在不確定中心神不寧。

大概十天之後，收到了林義男的第二封信。二姑先是覺得鬆了一大口氣：原來他還活著。可是急急拆開信封抽出信紙，讀了開頭第一句，就又意識到這種輕鬆畢竟沒有道理。「我即將離開醫院回部隊裡去了。想念故鄉，然而故鄉卻愈來愈遠。在這裡遇到太多再也見不到故鄉的人。我明瞭然而卻又不甘心地思索著自己的運命……」

大概爲了通過檢查，林義男的信寫得有些隱晦，大量使用多重否定的日語句式，讓意義模稜兩可。不過敏感如二姑者，立刻意會到了南洋戰場上台灣兵士死傷慘重。收到這些信不能證明什麼。重回戰場上的林義男，還是可能已經在信寄出後這些天中不幸陣亡了……

林義男的信籠罩在游移的無可奈何情緒裡。他說前線沒什麼書報，只能仰望著白白的天花板咀嚼過去讀的作品殘遺在腦中的印象。他回憶起每天到圖書室坐在角落座位啃讀文學書刊的光景。最爲震駭的是接觸到日本從明治末綿延到戰前方興未艾的「私小說」流派。文學原來不是要說些傳奇故事娛樂鄉野俗人，而是要挖掘、暴露自己，從自我最黑暗、私密的意識積澱裡去質疑、摸索現實……

「我過去是如何地因閱讀『私小說』而感到羞赧不安啊……那些似乎刻意誇大的非理、不思議的動物性、踰越性的內容，讓我蹙眉、讓我嘔吐、讓我想把書丟入垃圾桶卻又一次次病態地找來把玩……」林義男長達四頁的信這樣寫著，「被說爲最高大家之一的谷崎潤一郎竟然書寫像《少年》那樣的作品，眞是令我尷尬窘迫。讀完那本書時，我呆坐在圖書室的座位上良久不知所措。眼角是妳來去走動的素淨模樣，然而正面視網膜上搬演著無法阻止的各種他筆下少年的失格行爲。我竟爾不知該如何將這樣一本書交還到妳手中。我懼怕，我顫抖著。如果妳已經明瞭這書的內容，會用怎樣的眼光看待我這個讀者？而且我怎麼能想像讓這書和妳那明顯潔癖化身爲的氛圍氣相沾染呢？我這樣地自我苦惱著啊……一直一直等到圖書室要關門了，我才鼓起勇氣把書棄置般地放在妳桌上，粗暴失禮地轉身就走……」

啊，這些字句二姑竟然都記得。愈是想忘掉愈是忘不掉。二姑自己從佛理上解釋：其實刻意遺忘往往造成了完整保留記憶的反效果。這是什麼道理呢？刻意的遺忘就是將一堆東西擠到頭腦、心靈正常運作的範圍外。像塞在陰暗潮溼的房屋角落不理它，以爲這樣就會忘掉。可是人的存在是無時無刻不變動的，一直和外界的其他種子互相薰習、互相影響。結果是：記得的、一般日用的意識都在不斷薰習、污染中變得面目全非了，反而是藏在角落的保存得最完整。等到它喪失了殺傷、破壞能力之後，就成了生命中最眞切最純精的主題主調了……

林義男的那封信還沒完。他接著說：在戰地醫療所中，在生死邊緣踩著細而不穩的鋼索，他領悟到以前帶給他諸多麻煩的「私小說」，其實才是文學最終且是唯一的眞理。

離開家人、親戚、朋友，最普遍的感受是失落的暈眩。在身旁相同制服的部隊裡，人會開始懷疑：「我到底是誰？我和其他人有什麼不一樣嗎？這個隊伍少了我補上另一個人，難道都不會有差別嗎？」

外在規範下有條有理的那種存在，大家都是一樣的。眞正的「我」只有在剝脫了一般的秩序，顯露出黑暗、私密一面時，才能獲得理解和掌握。林義男說：「領悟了這點後，我不但可以咀嚼別人寫的小說，也可以反芻自己可能即將結束的生命。從停止計劃、停止想望未來的那一剎那起，過去豐富的頹廢意識便獲得了解放……」

信寫到這裡突然中止了。底下換了一種墨色（可能隔了一段時間才又續寫的吧），同時也換了一種語氣，用懇請的話作結：「最近圖書室裡有什麼好書嗎？衷心托請君爲我介紹一二，聊慰前線志願戰士思慕故鄉與本國的心情。皇軍聖戰萬歲！」

二姑講到這裡，我忍不住插嘴說：「應付檢查的方法啊……」

「什麼？」二姑問。

「跟我們在部隊裡寫信一樣的作法啊，那個林義男。」我解釋，「信會被抽查，不過只要不是被『點油做記號』的特定分子，檢查人員倒也沒那個閒工夫把你的信從頭讀到尾。所以最好的方法就是注意開頭和結尾，一頭一尾要寫得安全些，甚至乏味些，讓檢查人員失去興趣。看來當年他們就用這種方式在對付檢查了，所以才有那一段『皇軍聖戰萬歲』……」

「是嗎？是這樣嗎？」二姑想了想，說，「我不是那麼瞭解檢查什麼的，可是，他那樣的結尾，我不能不回信啊……」如果林義男整封信都是私人語氣，二姑就算被感動了，也不可能回信給他。然而那種正式、官樣的請求，讓二姑無法拒絕。作爲市役所的雇員，作爲日制官僚體的一分子，在職守範圍內支持戰爭，滿足戰士要求，這在當時是天經地義。

於是二姑照信上留的連絡方式，以嘉義市役所圖書室的名義回了一封信。信中首先表示：圖書室所收藏的書乃是以對一般島民之社會教育有普遍益處者爲主要目標，由於「私小說」在這方面的功過得失，即使國內（日本）也還在熱烈爭議中，所以陳列開放給讀者取閱相當有限。二姑接著對那麼少數幾本「私小說」作品，竟然還是給林義男帶來過困惑、疑沮，表達了遺憾與歉疚之意。

「不過，就我有限知識的了解，『私小說』傳統不見得就一定是黑暗、背理的化身，」二姑繼續寫道，「例如作爲『私小說』代表大家之一的崛辰雄，他所挖掘、記錄的少年私我，是那般的純淨透亮，尤其是圖書室內藏有、我曾反覆閱讀的《麥稾帽子》，平淡簡直的文句中藏不住什麼傳奇質素，而十五歲的初戀心愫又能隱伏有任何敗德因子嗎？這樣捕捉自我在未曾被無可挽回地污染前的最後清美，以醫補成人世界逃避不了的失樂鬱抑苦悶，不也是一種誠實、值得尊敬的追求嗎？」

信的最後一段這樣寫：「崛辰雄發表《麥稾帽子》的同年寫了〈普魯斯特雜記〉，裡面說：『也許正因爲不讀柏格森、佛洛伊德，他才能把心裡的眞摯掌握得如此溫潤、生動吧……有不少人因著讀了現代作品，於是便也生起人家描述的現代病了，渾然不知眞正的症狀竟是消化不良呢……』這樣的毛病畢竟是與大和軍魂格格不入的呀……望君保重自己的身體，也保重一顆燦明的赤子之心……」

哇，我暗自在心底叫了起來，我眞的不知道，眞的不曾想像二姑會寫這樣的信，討論這樣的事。我自己的親姑姑，那麼那麼複雜的內容。而且是那麼久以前的年代。

二姑也說她很驚訝自己竟然會寫那樣的信。不過她驚訝的理由不一樣。她驚訝自己傲慢的口氣，訓斥人的無禮。入了佛門後的智慧讓她反省：那時整個人充滿了知識帶給她的傲慢與偏執。單純從職務的角度看，她實在沒有理由如此把林義男，一個在戰火邊緣掙扎思考的南洋戰士，冷嘲熱諷地罵一頓。寫完信，她猶豫了一陣子，可是不知怎地，胸中無可抑遏地燒著伸張自我知識見地的衝動……

照那個時代的風習，一個男人絕不可能忍受讓才二十歲的小女娃如此教訓。寄出信後，二姑良久心中波濤難定。一方面是興奮難得有機會可以不受直接威脅、敵意影響地表達與一個男人相左的看法，然而另一方面，確知收信後的林義男不會再來信，又難袪愴然若失的虛麻感受。

還好接下來的一個月，每天都有反覆忙碌的空襲消防演習。

「消防演習？」我問。

「是啊，消防演習。」二姑半瞇著眼，好像要看清楚飄在面前的記憶影像。二姑說剛開始，大家對消防演習都有點勉強，有點排斥，想逃避，找機會最好能不去。演習是集體參與的一場大戲。假裝有空襲，假裝房屋著火了，假裝男人都去了別的崗位無法照顧後方家園，女人要趕緊去救人滅火。

所以演習都是婦女參加，街坊鄰居中只找了一個年紀大些，德高望重，親日立場上靠得住的男人負責組織監督，萬一這些婆婆媽媽小心眼彼此計較鬥起來時也可居中調停、緩衝一下。除此之外，演習百分之百是女人的事。

女人聚在一起，漸漸地演習小組成員間熟起來，就發現演習倒也不是什麼太令人討厭的事。雖然在體力上是蠻重的負擔，不過幾次下來習慣了，似乎也不比留在家裡做家事來得累。

二姑憶起阿媽那時樂得把家事一股腦丟給媳婦們操勞，去參加演習和鄰居婦人自由自在地放聲講些女人家的體己話。最初她們還避忌著名義上的監督官，那個象徵帝國威權的老男人。可是在人數極端懸殊的情況下，不用多久，唯一的男人就被排擠到邊緣位置，無助、無聊復無可奈何地靜靜旁觀。別說要管什麼啦，只要婦女姊妹們不拿他當對象開些讓他臉紅無地自容的玩笑，他就感激不盡了。

二姑記得那一陣子阿媽的笑容格外開心，可能是阿媽一生笑聲最響亮的時刻。阿媽那時大概快五十歲吧，不過看起來還蠻年輕力壯的，提得動一隻大水桶。二姑感慨，晚年的阿媽整個人縮水了二分之一，而且不愛講話，連開心笑起來時，都沒有聲音。

我也記得那樣的阿媽，坐在電視機前看中午閩南語節目裡的短劇，尤其喜歡脫線和黃西田兩人演的窩囊小角色。有時候她真的被短劇逗得很開心，嘴大張著，變得灰白的唇間露著磨擦萎縮以至空隙的齒排。可是全然無聲。像一個被關去音量的螢幕上誇張的魅影。很不自然，挺恐怖的。

消防演習時的阿媽不是這樣，戰爭反而帶給她嘉年華般的高昂情緒。二姑印象裡遠遠看到阿媽雜在一群已婚、有經驗的女人間，用男女之事的隱晦語言逗弄得一位和二姑年齡相仿的女子，漲紅了嬌豔如花蕊的臉吃吃笑著……

二姑記得阿媽開朗笑容消失的那一天。昭和十九年四月十八日。那天發生了什麼事？那天發生了天大地大的大事——美軍用燒夷彈轟炸嘉義。

「燒夷彈？」我又忍不住驚異地問，「你是說用黃磷做的燒夷彈？」二姑點頭說是。我知道燒夷彈是什麼，新兵訓練兵器課裡當作重點教過。黃磷這種東西一旦著火，除了讓它自己氧化燒盡，幾乎別無他法可以撲滅。

二姑補充說：「而且你要知道，那個年代的嘉義，不要說鋼筋水泥，連磚砌的房子都沒有幾棟。爲了防地震，向來總是選木頭爲主要建材。於是一燒不可收拾……」

炸彈顯然是故意投擲在嘉義市區。那時台灣中部幾乎沒什麼空防設備、高射砲什麼的，盟軍飛機來襲都大膽低飛，應該目視就能區別城鄉景觀的差異。飛機銀白肚子的閘門嘰嘎嘰嘎地打開，陽光照耀下看來活似一隻隻白蛆的空投彈一一被擠出來，剎時間，嘉義籠罩在一片火海裡。聽說十幾公里外都能清楚看見比平常夕陽還要誇張淒豔上千百倍，而且會不斷搖晃變形的炫麗天光。燃燒所製造的聲響，波波浪浪地一潮潮向各個方位捲去，呼呼起伏彷彿有一隻大恐龍在人耳邊呑吐咬嚼……

死傷狼籍。遇到那樣的火，演習還有什麼用？一個城市驀地毀滅消失了。整個嘉義市差不多有四分之三的建築被燒垮。從火車站到東門圓環噴水池沒有殘剩任何一片屋頂。二姑覺得這場大火是讓阿媽養成不出聲黯啞地笑的主要原因吧。敞聲地笑提醒了阿媽那段快樂與哀愁太過強烈對比的往事，那些埋在無聲地底，散放著苦澀的亡魂們……

「啊，說遠了，說到戰爭快結束時的事了。」二姑從大火敘述中回過神來，不好意思地說。嘉義大火時，二姑並不在市內，她隨市役所到鄉下疏開了。她只是從演習想到阿媽，想到一去不返的阿媽的笑聲。

回到那段演習忙碌的日子。二姑沒精神沒功夫再去想林義男和他的信。可是林義男卻不放過她。一個月後，那不算熟悉，卻又很不可能忘卻的字跡再度出現。二姑聽見自己的心跳不規則地變著頻率。噗、噗噗、噗噗。混亂了的節拍持續愈敲愈響，弄得人更加煩躁，心緒更是不定，如此惡性循環。二姑猜測林義男一定對她那樣回信惱火不已，不甘心地要來報老鼠怨。

那信沉甸甸的。光是郵費就夠嚇人的了。二姑拆信的手失去控制般地抖著，留得稍長的食拇指指甲不斷交擊……

林義男的信似乎在極激動、極倉促的情況下寫的。一串串平假名互相牽連纏繞，或長或短地結組成難以整理的線團。二姑第一次讀時，根本無法讀出這堆符碼要承載的意義……

信是一氣呵成寫完的。可以感覺到他因來不及翻抄自己腦中不肯停留，光一般閃過的念頭而產生的挫折感。幾個點畫破了紙面，或迷失在邊緣之外的莫名處所。這樣匆忙寫就之後，林義男一定花了許多時間反覆檢視，可能矛盾著拿不定主意該把厚厚的一疊信紙丟入垃圾桶還是郵筒。每張紙上都留有被揉捏過的皺摺。好多個段落被用不同的筆，在不同的時刻，輕重不一地塗掉了……

那些平假名像是有生命，自己會動般地逃躲人的掌握。相形之下，這裡那裡星散著的漢字清楚地扎人眼睛。尤其是一些平常不會出現在正式書信裡的詞語，例如女體、病態、鬥爭、裸……

這整個氛圍暗示了什麼。二姑帶著驚慌、鄙夷、失望等交織複雜情緒，重重地把信甩到桌子的角落，讓它在兩面牆間撞擊翻落。然而卻甩不掉一種惡德的誘惑……

二姑說她出家學佛一直到五十歲才眞正了悟，爲什麼不管是佛經還是基督教聖經裡都有修道過程中受敗德、淫慾試煉的故事。在強調無慾、男女隔離環境下長大的人，往往最難理解這方面的宗教深義。二姑說她自己年輕一點時，就是無法忍受本起經或密教傳統裡的這類描述。鮮活地形容各種塵俗慾望如何被佛祖拒斥。爲什麼要用這些文字來激動修道者的平靜心湖呢？已經躲無可躲地進到佛的領域裡，爲什麼還要接受這種變相的污染？二姑當時甚至懷疑是不是有用心不純的佛弟子，不能忍耐四大皆空的嚴苛戒律，故意去製造了這些無聊故事，祕密地自娛並娛樂一樣對紅塵勘不破、捨不徹底的出家人。

年紀大了老了，眼看這個社會漸次由農村主導轉變爲忙碌的都市形態，二姑像個局外人，帶著好奇興味讀了一些論現代文明弊病的文章，才恍然自己的錯誤。其實，佛教作爲一種在動亂中生發形成的義理，本來就不是避世的。至少不是單純要保養一顆顆清澄、剔透、未經任何離亂苦痛的靈魂，相反地，它是要幫助那些已經飽嘗人間極喜極哀，因而被虛空、焦躁、徬徨、一種毀滅性的衝動攫抓不得脫身的人。由這個角度看，眞正的佛理對體驗過三界十方悖失顚倒的墜落者，反而才會有更清楚的開示吧。

二姑預言說，世紀末台灣佛教會大流行。因爲這個時代台灣人從生活裡就吸滿了各種形式的虛無，要理會佛所說的眞解脫、眞涅槃，應該易如反掌吧。這才是接近釋迦牟尼活過的中印度諸國混亂、生老病死脫卻了規律叢然冒生的社會。與二姑她們初出家時懵懂無知，只想要找一條棉被蓋起來，遮去自己害怕、不喜歡的聲音與景象，大不相同。

那時候，林義男再次來信時，二姑就是太清淨了，所以抗拒不了黑暗、敗德的招誘，身上沒有免疫機制。林義男的信靠牆斜立著，寫著二姑名姓的信封倒轉、扭曲著。似乎象徵地也把二姑整個人倒轉、扭曲著。她終於忍受不了那種無窮無盡的懸疑，說服自己：即使是一封罪惡意圖的信，畢竟也還是得處理掉，擱在一邊它不會自行消蝕無影無蹤。而且反正林義男徹頭徹尾就是個陌生人，往後這一生很可能不會有碰頭交錯的機會，就算他有猥褻意圖也不至於產生任何結果。

愈是禁忌的東西讀來愈是印象深刻。愈是難辨認的字跡讀來愈是專心。

和預期的完全相反，林義男沒有指責她，反而堆砌了長串的讚美、仰慕詞語。林義男說他再度看見那個近乎宗教經驗的回憶：從激動幾至不可抑扼、折磨人追求條理本能的錯亂小說，谷崎潤一郎的《少年》情節中努力掙脫出來，一抬頭赫然面對的是二姑走動起來韻律平穩似起伏卻又似靜止的裙襬。她彷彿界於平面與立體間的背影。時間與空間的凝結。與戰爭、與世紀人類最劇烈的紛擾事件全然無涉。一種無可名狀、最酷寒與最溫煦弔詭結合的漠然。在對比中看似缺乏生命潮騷的無動於衷，讓人驚愕駭怕，卻又觸啓了心底前現代式毋需惶惑提防的存在的懷舊情緒（他用了 nostalgia 這樣一個二姑翻查字典才明瞭的外來語）……

他說他眞眞不能想像，即使在討論「私小說」時，二姑也能那樣冷靜地聆賞崛辰雄的少年。讓他羞愧不已。也帶給他一種近乎超越的洗禮。驀然發現自己幾乎錯失了文學的最高享受。那個希臘哲人幾千年前不就說得明明白白了嗎？文學最終極的社會功能是澄洗俗心俗情，閱讀是靈魂的澡浴……

於是他努力回想二姑提到的《麥稾帽子》，專心地拾取那種少年單純思慕所代表的人性菁華……

信寫到這裡，卻筆鋒陡地一轉：「然而進入深夜依舊未肯停歇的遠方砲聲一而再、再而三打破我試圖想像的一片瑰色曙光……砲聲來自機場的方向。許多昨日才在同一個營棚裡和我用鄉音交換著關於台灣種種憶念的戰友同僚們，正被派赴修築不斷爲炸彈破壞的跑道……爲什麼我還拿著筆在黑暗中蠕寫，而他們在燃燒火中無處藏匿？這中間沒有什麼道理可說，純純粹粹是機運，不可見不可捉摸的一顆鋪天蓋地的上帝的大骰子。我失敗了，無法遵照在信中殷殷期許地那樣『保重一顆燦明的赤子之心』，也無法繼續從崛辰雄那裡吸收更多的潔淨效果。天邊因著傳播速度不同，而和轟炸聲脫節了的閃光，讓我不再想到人性、世界……這一類大而空泛的範疇。我只能想到自己，這一具單薄身軀、污穢靈魂，在下一時辰、在明日、在下週的存活……」

林義男說，那一剎那湧上一股全然非理的對崛辰雄的嫉妒加恨意。是的，是的，那種「私小說」誠實同時又値得尊敬，那是因爲崛辰擁有乾淨、可愛的少年故事可供挖汲，不是嗎？可是已經度過少年期的林義男卻永遠不可能重塑一個私我。他誠實揭露自我，恐怕就會失去二姑的尊敬；然而在旦夕短瞬的存活難定中，去說謊、去讓二姑認識一個粗拙地虛構出的人物，又有什麼意義？

由此以下，林義男的信失去了基本結構，也失去了前兩封信刻意塑造的整然語法。名詞、動詞、形容詞、各類子句不合習慣地集在一起。像囈語，加上中間有許多被塗掉的部分，更像猜謎。

用我們現在的用語，也許可以說是蒙太奇效果。取消了一般線性的敘事邏輯，把一個個、一塊塊影像、意符堆疊並列。衝擊創造出平庸文法無法表達的感官領受。

可惜蒙太奇式的文本難被忠實記憶。太零碎分離了，沒有辦法叫頭腦像相機或影帶般全部予以存留。二姑記不得林義男信中原本的字句。她記得的是自己整理釐清後的重點。

林義男東一個西一個講了一堆成長過程的事。和崛辰雄小說相反，林義男的童年少年經驗充滿了不馴的事故和念頭。

第一天上學就感受到小學校與公學校間的差異。小學校白膚襯得唇色豔紅的日籍少年，三三兩兩步伐篤穩地從街上走過。學自歐陸的深藍滾白邊制服彷彿散放著他們貴族血液不同於一般人的顏色。一種文明的自信的美。對照下，一身土黃的公學校這邊的學童露出的是蟲般無時不刻躁動難安的模樣……

林義男本來只是隱約意識到父親對無法讓他進入小學校就讀懊惱不已，視覺的第一手經驗塡充了父親沮喪情緒的眞正內容，凝攝人心的美，無可跨越的象徵距離……

沒多久，他也就跟在較高年級的學長後頭，參與了公學校和小學校學生間的衝突事件。通常都是放學的路上，雙方的人在窄窄的街上各據一邊，互罵一些沒什麼實質意義的話。罵到一個程度，通常人多的一邊陣中會有鷹派的衝動者，撿起石頭或索性橫闖過街來；這時候，人少的一邊便鬨然而散。遇到雙方勢力相差不多時，兩邊都會比較節制，所以眞正幹起架來的情況絕無僅有。

林義男說他每天渴望著那種對峙的場合。與一般大人的概念不太一樣，林義男覺得面對面的緊張氣氛中其實並沒有什麼仇恨，反而是在每天黃昏夕照長影組構成的決鬥般戲劇性布景下，兩校學童拉近到只隔著一條石頭鋪的街道。兩個被社會規範完全絕緣的群體，事實上因著年齡相近而無可避免相互吸引，趨近到一個程度，在沒有任何基礎可以相處的狀況下，只能用敵視衝突的外觀來合理化被禁抑的好奇心……

林義男跳躍地描述：如何隔著一條街渴切地想要找出小學校學生那種神祕美感的來源，在無能掌握、擁有這種美的反覆挫折裡，才油然生出了想要全盤推倒、毀滅破壞的莫名念頭……

「像《金閣寺》啊……」我喃喃地低聲評論。

「是啊，是有點像《金閣寺》吧，」沒想到獲得二姑的同意呼應，「三島由紀夫筆下那個和尚，因受不了金閣之美，受不了金閣之美的不斷炫誘，而放了一把火把金閣燒掉的情緒……的確有點相似吧……」

林義男當然不可能受《金閣寺》影響。《金閣寺》要到戰爭結束十幾年後才出版。但那種美到極致迅速轉成無理性破壞的特色，或許是相通的吧。那是最深的迷惑，最混亂的無可如何，就是不知該拿那麼美的東西怎麼辦。永遠有一個空間阻隔著你和極致的美，永遠無法平息心中的悸動……

少年林義男不可企及的小學校無可如何。不定期的衝突對峙既是解脫也是新的折磨。一直到三年級時。有一天，死黨下課時神祕兮兮地約他放學後到嘉義公園一棵苦楝樹下。再三叮嚀一定要保守祕密。其實林義男什麼都不知道，無從洩漏起。

他去到時，樹下已經會集了五、六個人。都是學校裡好鬧事的鋒頭人物。他們壓低聲音討論，卻壓不住臉上興奮地浮起的酡紅。

低年級的林義男沒什麼發言權，只能湊過去聽。聽到一個驚人的大消息。小學校裡有一個學生不是日本人，是台灣人。不折不扣的台灣人，爸媽以上各算三代都沒有日本血統。是嘉義市第一個獲准念小學校的台灣人。

林義男從激昂的氣氛中警覺到樹下集會不只是要流傳、討論這個消息。他立刻預知了接下來會發生的事，既害怕又忍不住偷偷期待。他們挾持在公園裡落單的那個學生。四年級，矮瘦身形。洗得乾乾淨淨的臉上看不出和其他日本學生有什麼不同。突然之間，分別小學生與公學生的那條街的距離不見了。不再是對峙對罵，而是直接地揪扭拉扯。

林義男從來沒想像敢這樣對待一個小學生。打他、踢他、羞辱他。少年林義男雖然肉體上參與了所有的行動，然而內心感覺卻跳脫出來，驚愕觀望，分裂的意念像被攻擊的小學生般掙扎、抵拒著……

正被毀滅、羞辱的到底是什麼？他自己一向崇仰的美，抑或是一個僭用了這份美的台灣少年？好像要替他明確解答這個問題般，有人開始撕扯剝脫那個小學生身上的制服。他們人多力大，把小學生脫了個精光，用泥塊攻擊、黏染他赤裸在秋涼空氣裡的肌膚……

甚至有人拿池邊污泥塗抹那個小學生的生殖器。小小看似未發育的陰莖竟然陡地勃翹起來。惡戲者先是嚇了一跳，意會過來之後轉成劇烈、無可抑扼的狂笑……

林義男十幾年後忘不了這一幕。複雜的情緒從不同方面打擊著他。他的靈魂成了一個戰場。這些同學們不知道，林義男差一點也進了小學校。他們更不知道，林義男對小學校的美學的感動。制服、秩序與主流地位。這一切被在他充滿禁忌心中最污濁的男性器官形像，無情地摧毀了……

過去在兩校學生隔街開罵時，這個台灣人小學生也曾大聲地吼著：「清國奴！清國奴！」現在被打倒在地了，公學校的學生報復地在離去前繞著他用手指重重地戮他的頭，說：「清國奴！清國奴！你自己才是清國奴！你們祖宗八代都是清國奴！」

林義男至今弄不清楚除了實際被揍的那個小學生之外，到底還有誰被羞辱了？中國人清國奴？想望著能上小學校的自己？還是只敢欺負自己台灣人，而繼續和「純正」日籍小學生保持一街距離的那些學長、同學們？他清楚的是，那露著貴族藍光的制服從此不再是單純、賞心悅目的形象，穿在畢挺輪廓裡的，有少年林義男無從解讀的複雜暗碼……

林義男說那是他告別童年的關鍵。也是他不可能保存崛辰雄式「赤子之心」的命運契機。在混亂難解的日復一日成長中，各類失格行爲遂接踵成爲生活重心，似乎在無盡的惡戲，看別人惱怒、失衡中，可以忘掉許多自己的屈辱、挫折，用膚淺的笑聲掩蓋深藏的憂慮……

「這便是我眞實的少年時代哪，」林義男字裡行間充滿了告白的痛楚，「甚至男女情事的種種，幾乎都是在惡戲的偶然裡習得知曉的。想到這裡，不免嘲笑自己方才竟然意圖接近崛辰雄的少男純情。現在什麼都記起來了。在《麥稾帽子》書中主角的年紀，我已然經歷了偷窺女性裙底，設計由湯屋探視女體（第一次成功看到的是一個可能幾近五十歲的老婦人，下垂的雙乳和褐黑無光澤的奶頭，仍然讓我啞張著嘴，無法處理體內急劇的荷爾蒙變化），到撿取婦人月事時襯墊的棉布，從血跡佈形模想猜測女性下體，到別人家屋頂吊桿竊取年輕女子的內衣褲，嗅聞著洗過曬過的香味和半想像半眞實的體臭混和，急急地用手讓自己達到性的解脫……」他如此大膽、栩實地陳述著。

「唉，我一定嚇著妳了，甚至可能永遠也得不到妳的原諒了。」林義男顯然努力要把這兩句話寫得清楚、端正，表示他的誠意。然而底下又變回了急速纏捲的筆畫……「但我能自欺地隱藏這些，否認它們是塑造我的，也是我的一部分嗎？就算我能在成人的階段重新給自己一個紳士、像樣的外表，我也無法向自己隱藏因爲這種失格少年期所帶來的欠失。妳的背影，妳提到的嶇辰雄……在在都點燃了我生命欠失所造成的辛辣燒痛。是啊是啊，我最缺少的就是無邪初戀的感動……」

告白至此，林義男坦承：二姑是第一個讓他極想要能拾回少年純眞，無設防地接受柏拉圖式愛戀曲折、緩慢過程的女人。二姑的存在，堅決無誤地提醒了他失樂園後的苦惱，以致於他曾長期將對二姑的感情壓抑在潛意識的角落。

「我不懂哲學，不懂柏格森，卻讀了許多佛洛伊德。在少年失格時期，任何談論性慾的作品，都被我們以閱讀情色刊物的態度熱烈地擁抱。」林義男寫道。

潛意識是多麼神妙的東西啊，他繼而讚歎，在日常顯意識中只感覺到二姑是個在她那年紀中算來非比尋常嚴肅的女孩，那種近乎老處女式的不苟言笑，與她少女蓓蕾般的柔潤外表，如此唐突、刺眼地並存著。林義男覺得她的莊重自持，完完全全打消了任何肉體、色慾上的想像。

不知是出於愧悔或是一點點誇耀的用意，林義男描述了少年的他如何被青春衝動驅使著，練就了看穿女人衣裝的眼力。當然不是眞正的透視眼，而是不管女人穿的是寬鬆洋服，較新潮貼身的褲裝，甚至是盛艷和服，他都能在短短的凝視間虛擬想像其重要性徵的可能模樣。他準確地掌握幾點重要暗示。頸項線條。經腋下彎曲幅度延伸向胸前的形構。小腿、甚至是腳踝的粗細。腰到兩腿交會處的距離。幾乎像是一個裁縫學徒應受的訓練、測試。和裁縫學徒大不相同的是，他的能力不用來遮掩、裝飾女體，卻用來徹底在想像中剝脫、暴露女體。晚間睡前躺在床上，他閉起眼睛便在黑暗的背景上放映裸女姿態，伴入夢鄉。

這項功夫，對二姑完全失效。在林義男的記憶印象中，二姑是一具燒得溫度完實的瓷像。那身白衣黑裙就是瓷像的一部分，除非打破，不可能脫除下來，而就算打破了白衣黑裙外表，內裡呈露的也只會是殘缺的空白……他不知道這種感覺是什麼。突然偏好起黑白單純對比並列的安排，每次看到黑白配，就有一股柔柔酸酸又癢癢麻麻的感覺舒舒緩緩地爬過全身上下每一吋皮膚……

離開日常生活環境，在戰地醫院裡，接受了砲彈碎片擦劃穿刺的劇痛，潛意識才突破理性守門，向林義男展現。林義男自己感慨：從佛洛伊德的理論看，他的失格存在多應荒謬！應該禁忌的性，被反叛的莫名心態執意追求著，成爲生活的一部分，結果反而將社會規範視爲應當、正常的愛戀壓抑封鎖進了潛意識裡！

「是的是的是的，」林義男在信中反覆吶喊，「那是我對妳的愛，那是我對妳純情的思慕……」

愛的告白，多麼奇怪的愛的告白。二姑原本輕扶著信紙邊沿的手不知何時捲緊成了拳狀。肌肉不肯聽從神經使喚，緊抓住久久不肯放開。

讀完信，二姑發現自己之前的想法錯了，全錯了。林義男不是個陌生人，不再是了。你能認識一個人比進入到他的潛意識世界裡還要深嗎？就像他對二姑的愛是顛倒的，二姑對林義男的認識也是顛倒的。完全沒有任何外表形相可供具體捕捉。然而卻充分持握了內裡不可碰觸、不該捉摸的許多祕密……

而且二姑開始希望不至於眞的這一生不會碰見、認識林義男。怎麼能讓一個把心完全交給你的人，就這樣死在戰場上化成骨灰？怎麼能？

二姑被感動，甚至可以說被征服了。她仔仔細細用手指指著一個個字，把信再讀了一遍。確認自己辨識了每一道不馴筆劃所要傳達的訊息。她甚至猜出了信尾最後一段被塗抹掉的附言的內容。林義男向她要求一張相片。想要放在軍服左口袋裡帶上戰場。他說空無一物的口袋直捷、明確地反映著心臟的跳動，讓人格外覺得脆弱無助。如果哪天子彈眞的尋來時，裝有相片的口袋會擋在前面讓一部分的二姑的影像被帶進他即將爆裂的心與血中……他把這段劃掉了。害羞、不安的緣故吧。不過並不是劃得很縝密很徹底，二姑花了兩小時耐心追究，復原了其意思。她想像著林義男決定不向她作非分索求，毅然劃掉這段充滿眞情的話的表情，竟不禁心疼地落下淚來。

於是她第一次，也是唯一一次，主動要求阿公幫她照相。在嘉義公園的苦楝樹下。一共照了七、八張。當然挑了她自己最滿意的那張要寄給林義男。

二姑還記得阿公很驚訝，怎麼平常躲著不跟家人照相的這個女兒，突然說要照，而且堅持要獨照。阿公不喜歡幫人家照獨照，他喜歡熱鬧，而且老覺得同樣花一張底片，多照幾個人不是比較好？

二姑自己去勸阻了本來想要跟來的兩個妹妹跟么弟。而且爲了照相特別打扮得跟平常不一樣。平常挽上去的頭髮披放下來憩息在肩頭。斜戴一頂留日女子才戴的白底滾紅邊小圓帽。穿著一襲咖啡色袖長及肘、裙襬及脛的正式洋裝。

照相過程中又跟阿公起了爭執。二姑一定要站在樹下，要連苦楝樹一起攝入鏡頭，違反了阿公的照相準則。那時的相機沒那麼敏銳，拿捏不準太細膩的光差，底片感光度也不夠好，所以照相通常要在大太陽下進行才能保證影像品質。等了半天，各讓一步，有的在樹下拍，有的在陽光中拍。後來洗出來的相片，效果竟然不錯。樹下拍的也都清晰鮮麗，阿公得意極了，逢人就說：「你看，我多會拍，拍得好像我女兒自己就會發光一樣。」二姑羞紅了臉，是啊，也許就是因爲她自己會發光，發著奇異的愛情之光。

和阿公去公園拍照的那個假日，照完相二姑沒有跟阿公一起回去，她一個人穿過嘉義公園到公園後的住宅區去探訪林義男的家。

二姑在市役所工作，當然比較容易查到戶口資料。上面載有出生年月日、住址、志願從軍期別、出征日等等。

替那顆強塞來給她看的赤裸裸的心，紮了一點外表。至少知道眞有林義男這個人，比二姑大四歲，家住嘉義公園後門外。

然後二姑寫了一封溫婉的信寄去南洋，祈禱在火光煙硝中還能找到那個人。

「……感受到離家孤寂對君產生的壓力澀苦。自作主張代君探問家中的種種訊息。遠遠從籬笆外看見簷下掛著一個標有神社白紙籤的風鈴，在微風中鈴錘依然莊重自持地穩挺不動，讓人一直等待著鈴聲而不可得，襯托出周遭徹底靜寂的空無禪機。

「左鄰右舍告知：君家人皆已安全撤至鄉下佃戶處疏開，勿慮。想必屬高貴人家的宅第荒而不廢，莊嚴地等待著居者（包括遠去了南洋的君你）的勝利返回吧……」

二姑不好意思在信中提相片的事。反正林義男應該會知道她的心吧。包括她辛勤解讀劃去了的那段內容的事實。取來漿糊準備封口了，才不甘心地衝動在相片背面後頭潦草寫了這樣一句：

「白衣黑裙不是我唯一的顏色，更不是塑黏在我身上不可離脫的皮膚。」

是有那麼點暗示意味的話。很含蓄，但也可以是很大膽。二姑說當時心亂如麻，哪裡弄得清。寫完連看都不敢再看一回，匆匆封黏，擲扔一顆燙手蕃薯般地予以投寄。到現在還耿耿於懷好像有一個動詞變化弄錯了，卻也完全無法求證、改正了。

這麼些年過去了，二姑才承認女人的矛盾。當男人用色情的眼光投射時，義憤填膺地擺出聖潔不可侵犯的高姿態；可是如果男人純純粹粹就是仰慕崇拜，遠觀而不敢褻玩，女人又忍不住要提醒：她那血肉躍動、激情澎湃的一面……她也才承認自己有點大膽踰矩了，彷彿在提示要林義男擺脫那白衣黑裙的固定印象，正對她也是一名女子，也有一具青春軀殼的事實……

林義男下一封信顯然就是接收到這暗示後的回應。「捧著妳的寫眞在曠地被風吹得東倒西歪的茅草間吶喊。帶太多複雜情緒以致只能還原爲單調的『啊——』不斷長音的高低起伏。我覺得自己在一切語言、文字、象徵的洶湧瀚海裡泅泳，找不到、握不著與我心情相切合的表達，於是只能發出最終搏命般的狂吼……」林義男的信如此開頭。

「吶喊、吶喊、嘶吼、嘶吼，一直到聲音破裂，體內不再存留一絲一毫可供逼擠的氣息……我如同死去了般癱倒在野地上，然而妳的寫眞貼在我胸上卻不停歇地按摩，緩緩地將新的生命鼓湧進來……

「我好似死過了一次，而由妳賜了另一番人間存在。過去禁錮著我的種種顚倒藉著重生而反正了，我不再需要白衣黑裙外物的中介來接近、認識妳了，現在我可以凝望、擁抱一個眞實、多彩（儘管寫眞上只能呈現爲不同程度的灰色，我毫無困難地替它塡補回彩色，尤其是在南洋戰地此處不會缺乏的顏色，火光或是絢麗的夕照的顏色）的妳。」

林義男說吶喊過後，他就開始想像。想像他和二姑會怎樣相遇，怎樣相愛。他的想像很具體、很詳細。像第一眼的現實感，到兩人手心觸電般一碰即彈開，到親吻，到緊緊纏抱的痛楚中自虐虐人的愉悅。

病態啊，他自己知道很病態。「我爲什麼如此急於想像這些？爲什麼不能保留給未來的眞實去發展？」他這樣自問。「答案是：我是個沒有未來的人。我沒有辦法等待眞實，我所能有的一切的一切，只是想像，只是寫眞與內在傾吐兀自混織的虛構愛情悲劇……悟及這個無法逃躲的答案，我竟像個失掉心愛玩具的五歲男孩般，忘卻外界，專心一意地傷感痛哭起來……」

看信的二姑也專心一意地大哭了一場。帶著全身因哽咽而抽搐、顫動的肌肉，二姑一生中第一次敞開自己，給林義男寫了一封長信。她沒有餘錢多買郵票，盡量用濃縮精鍊的字句描述自己如何從小就不被父親疼愛，母親又太忙碌無暇照顧，一直是家中最被冷落的一份子。大概是所受的差別待遇太明顯了吧，她被祖母（我曾祖母）同情地憐惜了。跟在祖母身邊四年，竟至開始養成被嬌慣的習性，然而就在六歲那年，祖母溘然謝世。

「被祖母寵壞了的脾氣，看在父親眼裡，是近乎不可原諒地惹人討厭。尙未從喪失最愛最依賴的人的悲哀裡恢復過來，赫然發現自己成了父親的眼中釘。我早就棄絕了想討好父親的念頭。只想讓自己從他眼前，甚至從全家人的意識中，消失無影無蹤。於是養成了和別人間只存在著如遊魂般虛無空洞的最低限度交往，而潔癖就是我保持這種關係的護身……我把世界看作一個能不經過便不要隨便經過，更不要輕易涉足的大垃圾場……雖然有時也會意識到，眞正的污穢其實藏在我自身看似潔白無瑕的外表下……」

一對浪漫、讀了太多文學作品的青年男女。二姑自己這樣半自嘲地慨歎著。往事煙塵中她想起那一刻，寫回信的那一刻，她以爲自己得到了新的領悟：潔癖無法眞正保護她，和另一顆同樣生著疾病苦痛，卻勇敢呈露的心彼此交會，才是她救贖脫困的出路……

聽到這裡，我內心翻擾著難過的感受。這個故事，那麼浪漫那麼動人，可是偏偏我已經知道結局了。喔，不，我不知道結局，卻知道結局不會是甜美的快樂的。這樣更糟。明知有個悲劇即將要發生，可是還不能不好奇，不能不讓自己殘酷地，彷彿急急要到達悲劇的終點似地問：「那後來呢？難道是林義男戰死了嗎？」

二姑搖搖頭。不是那樣。比死亡複雜的結局。一段奇異的過程，沒有辦法簡單地把結局揭露，只能將故事再繼續說下去。

二姑寄出那封信之後，台灣和南洋間的一般通信就中斷了。戰事升高，日本敗象更顯，軍部的控制也就一日比一日嚴格。

統治者在風聲鶴唳中害怕時，第一步做的事總是取消被治者的若干自由。愈怕的愈需要控制，以為控制了人民，同時也就能控制自己的命運。製造為所欲為的自欺欺人假相。這是戰後二姑讀到的，日本政治學大師丸山眞男的名言。

有一年多，得不到任何消息，一直到終戰。聽到天皇廣播，那宣告歷史性訊息卻平乏單調得令人難以置信的聲音，當時二姑和許多被戰爭弄得心力交瘁的鄉人一樣，掩面啜泣。

那瞬間，想不到什麼「光復」的事，至少一般不涉及政治事務的老百姓們是這樣。就是疲憊後遲來的舒解。眼淚裡分不清悲喜，更多的恐怕是一下子放鬆神經的本能反應。二姑可能比別人多一點什麼。對林義男的等待終於到頭了。不管是生是死，總要傳來消息了吧……

整整又等了八個月，兩百多天。南洋軍士復員返鄉只是未來一連串混亂的開端。被日本殖民了半世紀的台灣人很不習慣、不能理解這種混亂。以前即使在戰爭中，帝國官僚系統依然運作著，創造、保存各種紀錄。誰是誰在哪裡幹什麼。統治機器滲染久了，變成人民生活的依賴。一夕崩潰。不知道自己的親人、子弟在哪裡，是生是死，什麼時候會搭哪條船回來，都不知道。

二姑更是無從打探林義男的下落。非親非故。而且光復後，聽說原來在日本人公家機關做過事的都要被以「漢奸」名義約詢，甚至起訴，嚇得阿公、阿媽無論如何不准二姑再接近市役所。陸續開始有人經海南島、菲律賓、乃至帝汶島回來了。各類傳說隨而滿天亂飛：哪個島上的台籍兵全數「玉碎」了啦，哪個兵團消失在叢林癘瘴中。更有哪個人的兒子託夢哀嚎想家，哪家的子弟夜半現身家後面的土坡上，滿身血污……

二姑剛開始每天都在嘉義公園裡裡外外繞行數匝。遠遠窺探林義男家中的動靜。她認眞地想：如果林義男死了呢？她走到前番照相的那棵苦楝樹下，檢查最粗最結實的枝幹，彷彿看到自己小小的腳在那枝下騰空吊晃。

半年過後，二姑不再走進嘉義公園了。她覺得自己想通了。反正只有三種可能。林義男活著回來。那麼他會來找她，開始他們已經在想像中預演過一次的戀情。林義男的骨灰回來，她會從車站的公告上得知。去公園裡默默殉情。林義男失蹤，杳無消息。那只能等下去。有一個永恆的懸疑陪伴著，這一生牽牽延延得怕還會比較有意義、有活力些。她想不出會有第四種可能。

民國三十五年初，局勢稍微穩定，「漢奸」問題沒有了，二姑重回崗位負責市役所圖書室。職務變得比終戰前複雜。多了一個接收人員，也多了一批中文書刊。另外得把原有的日文書籍整理一遍，凡是有明顯皇民化、內地延長政策宣傳動機的，一律要繳府銷燬。其他暫時仍供市民借閱，等待下一步命令指示。

二姑在忙碌中發現一本岩野泡鳴的書，《毒藥的女人》，早先是視爲不適戰時氣氛而未陳列的，岩野的「剎那主義實行哲理」，立刻讓二姑想起了「私小說」的種種，而「私小說」正是她和林義男書信來往的第一個主題……

帶著傷懷心情，二姑忍不住起身到架上尋找跟林義男提過的《麥稾帽子》。出乎意料之外的，書不在架上。二姑明明熟記每本被借出的書的資料，爲了確定，又查了一次出借卡，也沒有那本書的影跡，失蹤了。圖書室開放當然難免有丟書的事，可是怎麼會有人要偷崛辰雄這本冷門、無甚通俗娛樂價值的自白小說？

幾乎像遊魂般，二姑反射地走向擺著谷崎潤一郎作品集的架子。《少年》也失蹤了……

當然排除了偶然的可能。二姑整個人突地僵硬綳直成一具機器，不顧接收人員的反對，放下手邊一切工作，徹底清查失書。神經感官一下子都被封殺了，只剩下查對書卡和存書的單純機能繼續在運作。小小圖書室沒有太多的書，不過還是花了她一下午。下班時間過了，不知何時落起的雨完全封鎖了殘餘陽光。

空盪盪的廳裡只剩二姑一個人盯視著桌上清單。湯瑪斯·曼的《魔山》。橫光利一的《旅愁》。島崎藤村的《破戒》被割劃毀損了三分之一。

他回來了。林義男回來了。這是唯一的解釋。可是爲什麼、爲什麼用這種方式？……二姑明明記得他在信中想像著說：「也許是拿著永井荷風的詩集吧，悄悄跟在妳身後，妳一轉頭，就將遭遇一雙大膽、無保留的眼睛，那第一眼，卻像是前世故事的熟悉再續……」她一直在等待轉身喜悅顫忧的那刻，卻頻頻失落……

二姑終於鼓起勇氣到嘉義公園後的人家間打探。真相是她以爲不存在的第四種可能。林義男回來了。立刻和去南洋前匆匆聘訂的未婚妻完婚。「妳不知道嗎？兩個嘉義旺族聯姻呢！」熱心的鄰人這樣指點著，「林家先生在兒子的大婚席筵上還講了一段精彩的話呢。日本人走了，我們現在當家做主，大家可要更團結，兩家緊密結合，保障嘉義的民眾福祉……不忘記作宣傳呢，八成有意思競選參議員……」

我幾乎失口叫出：「天啊！」這是什麼樣的故事啊。早已預期會是悲劇，然而這甚至不是羅密歐、茱麗葉式有頭有尾有中腰的悲劇。男女主角甚至從來不曾謀面……

在過度震驚而恍惚不知所以的幾天內，二姑無意識地進行著日常的生活。半睡半醒度過長夜，隨便扒兩口稀飯，到圖書室裡終日一言不發，默默做事。她甚至沒有多餘的精神來改變，過一點不一樣的生活。徹底累倒了，心靈上。

不知過了幾天，她不經意瞥見書架角落，有個人披著件與漸熱季候顯然不合的軍大衣，正將一本書往懷裡塞。即使離了二十步遠，二姑都能感覺到那人偷書時情緒激動。她並沒有照職務要求立刻出聲制止。她不能。全身沒有一個關節，一條神經在那瞬間能有任何動作。連眼球都不聽使喚不肯挪移一下，無助地任那遊魂的影子飄走。一個邋遢、失格、成年了還玩著少年無聊遊戲的人。悄然無聲無息，未引起任何注意地走出圖書室。

林義男從頭到尾就是那樣一個遊魂般的影像。包括留在我們家唯一的那張背影相片中。阿公曾經拿給我看的那張。二姑偷了阿公的萊卡相機，等在林家的巷口。林義男裝扮齊整地出來了。二姑本來只有一個單純的念頭：自己給了他一張相片，手頭卻沒有他的寫眞。然而看到家居進出儀態正常，找不到一點邋遢失格痕跡的林義男，二姑猶豫了、混亂了，無法下定決心要不要照。加上技術生澀，最後留下了一張模糊幾近無從辨認的相片。

二姑覺得這個林義男不是她知道的那個林義男。成家、齊整的林義男的生活中沒有一點點她存在的空間。她只屬於林義男失格、非分的少年過去。將只能是林義男懷舊、美化少年經驗的附屬。那顆眞摯的心其實是失格的錯誤……

爲了那張相片，長到二十多歲的二姑還被阿公掀起裙子來用掃帚柄打屁股。二姑手揑著相片一滴眼淚都沒流。第二天，她把所有東西整理得乾乾淨淨，只穿著一套最素最粗的工作布服，離家出走。那張相片丟在垃圾桶裡，她甚至不願麻煩去揉它、撕它、燒它。就像處理一張完全無意義的紙片那般丟著。

二姑後來才知道，相片被阿媽撿起來，偷偷收著。阿媽希望有一天能用那張相片讓二姑回家。後來相片被阿公意外找到，又偷偷收進相簿裡。

「他們不了解，你大概也不了解，」二姑說，「一旦你可以這樣把相片放進垃圾桶裡，人生就不會回頭了，人就不會回頭了。你也有那樣的東西，刻骨銘心才得來，卻又讓你不能保留不想保留的東西嗎？你有勇氣有決心，要把那樣東西安安靜靜，不帶感覺不帶情緒地丟進垃圾桶裡嗎？出家，就是這麼回事。」

獅頭山上的太陽早就落了，周遭殘存的日光突然像有人吹熄最後一根蠟燭似地徹底消失。在黑暗全方位向我們捲抱而來的剎那，我聽見二姑低沉、中年了的聲音又講了一次：

「出家，就是這麼回事。」

——原載《皇冠》雜誌二〇〇四年二月號

一九四八・人尋

我不會講，那種味道。很複雜，長年樹葉樹林生長又掉落、枯乾又爛去累積的味道。青苔滑爬上石頭的味道。動物覓食同時又藏覓，嚼食或被嚼食而產生的血腥味道。一種原始性的味道。

1

「少年仔，你家有人搞丟嗎？」

我聽見這樣的問話，蒼老沙啞的聲音從不知什麼地方傳來，而且跟平常的人語不太一樣，還沒完全被耳朵接收，那聲音似乎就退走了，不肯多留半秒餘震在空氣裡。嘎然中止。消失得那麼快，以致讓人懷疑其存在的確鑿程度。

我睜開眼睛，一片茫然。甚至搞不清楚自己怎麼會閉上眼睛的。眼前一盞白光茫散的陌生小燈兀自亮著，一會兒，才想起來自己在病房裡。

燈下的床上，躺著老人，應該說，躺著老人瘦削單薄的影子，薄薄一片貼在床墊上，像床單一樣薄，好像也可以跟床單一樣折疊起來，存放或帶走。

我沒看過這麼薄的人。不是瘦，是薄。骨架寬度都在，可是躺在床上顯不出一點厚度來。兩天前，我第一次和老人獨處，忍不住盯著看他那規律、單調起伏的胸膛，不知過了幾分鐘（還是幾十分鐘？），一個奇怪的念頭飄上來，以幾乎像是詩句的形式排列在腦子裡：

「這軀體，連靈魂都住不進去。」

第一次發現，自己想像中的靈魂，應該是有厚度的。接著起了一身雞皮疙瘩，如果靈魂都住不進去了，那這個人不就……

還好沒有。他總是平勻穩定地呼吸著，護士進進出出，也從來不曾有過驚慌意外的表情。老人只是很少醒來，幾乎一直睡著。有一次，我忍不住壓低聲音偷問巡房的醫生：「他爲什麼一直睡，都不醒來？」醫生說：「他懶得醒來。他太累了。」

老人九十歲了。感冒引發肺炎住院，是小姑丈的祖父。小姑提起說姑丈他們家找不到可靠的人幫忙照顧，雖然早班晚班各有一位看護，還是很難放心。媽媽毫不遲疑就跟小姑推薦應該讓我來幫忙，反正我剛畢業正在等兵單，無所事事在家裡吃閒米，幹嘛不去做點好事積積德？

是嘛，積積德，順便還培養一點事業機會。媽媽的心眼，我再清楚不過。老人是他們家族集團的創建者，這個集團光是上市公司的總值，媽媽算過，有九百多億。媽媽以前就常常對爸爸嘟噥，說小姑嫁過去，怎麼都沒想要招呼一下娘家。不是過年過節回家這種招呼，是隨便提示一下讓家人知道股票什麼時候買什麼時候賣啦，要不然轉點生意給爸爸或大伯的公司，還是幫小輩安排工作，這一類的「招呼」。爸爸解釋：小姑年紀小，沒比我大幾歲，懂什麼？嫁進「豪門」才兩、三年，哪有什麼辦法？她嫁的這一支，本來就比較弱勢不得寵……

這次小姑眞的幫忙安排我看護老人，媽著實高興。這幾天，她反覆跟我說的話是：「有時候，一天的好運，就可以讓人一輩子用不完，知道嗎？」我半認眞半開玩笑地應她：「還是實力跟苦幹比較重要吧！」她給我好大一個白眼。

我每天在病房裡至少待十二個小時。幾天下來，我相信媽媽白費心機了。除了小姑和小姑丈來過一次，我沒見到任何一個老人他們家的成員。進進出出的，永遠只有看護、護士和醫生。坐在安靜的病房裡，我忍不住苦笑：他們可眞是信任我啊！信任到沒人覺得需要過來察看察看。正因爲我在這裡，代替他們，解決了他們作爲子孫、親人的責任苦惱，他們當然也就不必來、不會來了。

我也從來沒跟老人講過任何一句話。事實上，我很少意識到老人的存在，除了偶爾關心他的靈魂怎麼擠在那麼沒有厚度的身體裡。老人倒也不是完全都不醒來，他會舉起那同樣沒有厚度沒有重量感的手臂，在空中微微晃動，像一株無風自搖的小草，看護或我就過去幫他將床頭調高，老人半臥半坐的，眼睛看著窗外，一句話不說。

我以爲，他已經老得不說話，沒什麼話要說了。

2

「你家有人搞丟嗎？」

第二次問話，我確定是來自老人。我趕忙過去，將他的床頭弄高。他的眼神，輕輕地盯放在我臉上。

我竟然緊張得結巴起來：「搞丟、搞丟……什麼？」

「不是搞丟什麼，」老人的閩南語，有種我分辨不出來的腔口，感覺像布袋戲台上會聽到的。「是人搞丟，整個人，就這樣不見了，消失去，沒去，找不到了。」

這是什麼問題？我猶豫著：老人神志清楚嗎？我該回答這沒頭沒腦的問題嗎？他知道我是誰嗎？他爲什麼不先問我是誰？……

疑惑著，然而老人的問話，卻像是帶著什麼神祕魔力般，一下子從我口裡引出我自己都沒料到、沒準備要講的話。

「有一個舅公，二次大戰時去了南洋……我沒見過啦，聽大人講的，我也不知道……」

「去南洋，沒回來？」老人表現出一種虛弱卻熱切的好奇。

「有回來。戰後第二年回來。可是人怪怪的。說常常看見自己身上多了一根手指頭，突然嚇得大叫，叫：『這誰的？這誰放在我這裡的？』別人看，都沒事啊，可是他就是嚇到，常常嚇到。」

這是多久以前的事？我出生之前二、三十年？我什麼時候聽來的？應該是很小很小的童年吧，怎麼會記得？

「然後，有一天，他，這個舅公，就不見了，怎麼找找不到。就是這樣。」說完了，突然臉紅了，講了這麼簡短無聊的一回事。

「後來，就不見了。」老人幽幽地點點頭。「沒回來，也都沒消息？」

「啊——」我被突如其來的記憶嚇了一跳，「我想起來了，奇怪我好像感覺看過他，其實我沒有，我出生前他早就失蹤了。可是我記得有一天，他突然說自己多了一根那個……就是男人那根，他一直說那根不是他的，是別人的。然後，他決定要出去找，要把那根還給別的男人的太太。我阿祖不讓他出去，把他關起來，他就哭：『你不能把我和這根關在一起！』大家想，完了，要來的終於還是來了，他瘋了。阿祖把他關了幾天，舅公突然平靜下來，說太悶了，要出去走走，只要從我們家拐個彎，到我大姨婆，他的姊姊那裡去。阿祖就叫當時還沒出嫁，最小的小姨婆跟他去。小姨婆蹦蹦跳跳的，走前面先到了大姨婆家摁門鈴，大姨婆出來，卻沒看到舅公。兩個姨婆一起回頭找，找不到。怎麼找都找不到。就在那麼十幾公尺拐個彎的地方不見了。

「想起來了，我小時候還走過那裡。台中舊市區裡一堆有院子的老房子，記得是條小巷子，走出去突然變成熱鬧得要命的自由路。大姨婆家還在，阿祖家拆掉了。我從大姨婆家走到原來阿祖家，真的只拐一個彎，真的很近。」

我竟然講了一長串。竟然好像真的看到舅公失蹤的經過哩！人的感覺與記憶真奇怪。

「也是在台中？」老人問。我鄭重地點點頭。

「哪一年，知道嗎？」老人又問。我茫然地搖了搖頭。

「有拜託人去找嗎？」

我只能聳聳肩說：「應該有吧！」

3

「我專門找人，那時候，專門找別人找不到的人。戰爭剛結束，沒幾年又戰爭，續來是逃難。這現在沒人知道了，我當年的行業。真正重要的行業。

「好多人搞丟掉，少年仔你知莫？空襲那年，我四十歲。實在是感覺人生過得差不多啦，沒什麼意思，那當時怎麼想也想不到自己還要再活那麼長。

「美軍飛機兩、三天就來一次。隆隆隆、隆隆隆來，又隆隆隆、隆隆隆去。奇怪的是沒投什麼炸彈。戰後聽朋友說，炸彈爆炸多可怕，飛機上裝的機關槍掃射多可怕，我攏不知。只有在防空洞裡聽過一點點、遙遠微弱的高射砲的聲音。要不是旁邊的人興奮地說：『咱的砲，那咱的砲在響。』我還不曉得那就是高射砲的砲聲。悶悶的。跟飛過上空的美軍飛機引擎聲比，實在沒什麼氣魄。難怪防空洞裡有人，一個歪靠在土壁上的年輕人，自言自語說：『那無效啦……』

「台中沒有被炸到。我也不知道爲什麼。有人傳言，美軍只是在偵測，看看台灣幾個大城的防衛程度，以便決定到底要不要登陸台灣。可是嘉義被炸得很慘，燒得眞厲害。誰知道飛機上有沒有炸彈，台中會不會變成下一個嘉義？所以警報一響，還是得乖乖去躲起來。

「跑空襲，中間要經過一塊舊菜園。菜園中央，一口大井。不知什麼年月挖的，井口特別寬，井欄矮矮的。有一天，坐在防空洞裡，飛機沒有來，卻也沒有解除警報，早春過完年才舊曆二月初吧，坐久了防空洞裡開始悶熱起來，貼身棉衣慢慢被汗浸軟了。我忍不住想，害了，再來三月、四月，要是挨到七、八月，還要躲空襲跑防空洞，那會悶熱成怎樣！

「突然，我彷彿看到自己走在菜園間，走向那口水井。這才意識到那口井應該是廢了，井口上既沒有蓋，旁邊也沒有井架、水桶和繩索。一邊沁著汗，一邊我親像看見自己走過去，沒有停留、也沒有準備動作，爬上井欄，就掉落去。瞬間，先是被黑暗包住，再來是涼涼的水，再來是水中更黑的黑暗……

「我想，與其忍耐溽夏的防空洞，熱、溼、汗臭、越來越稀薄的空氣，我甘願跳落古井內，還爽快些。自己心底應該是這樣想的吧。

「少年仔，我那年四十歲，看著自己踏入古井，一點都不害怕，而是眞正爽快。你知道這種爽快嗎？你呷過菸嗎？喝過酒嗎？我少年時還好玩跟朋友去呷鴉片。鴉片吸入，人直直愛睏，不過頭殼中卻有好多別人，不存在的人在說話。講一些你平常聽不到的話。特別好聽、特別有道理。你一定沒有呷過鴉片。那，你幹過查某嗎？應該有啦。這些事，都眞爽快。不過，那感覺是：人生不該這樣，所以爽快。我在想像的古井黑暗中，卻經驗了『人生就應該這樣』的爽快。眞爽快。

「過幾天，厝邊有個人失蹤去。五十幾歲的老伙仔，出去跑空襲，幾天卻沒回去。我不認識他，可是在防空洞看過他。安安靜靜不愛講話的人。沒表情時都像在微笑。老伙仔的媳婦和幾個婦人在街角路燈下講話，我經過，她們正講到失蹤的事，實在想不出來老伙仔會去哪裡，我就跟那媳婦說，我去替你們找看看。我直接就走到舊菜園、走到井邊，井邊草叢裡有一件短外套。我撿了外套，走回去，那幾個婦人話還沒講完還沒散，我就說：『找到人了。』附近起了騷動，大家招招相幫忙，在井底撈出了失蹤的老伙仔。

「老伙仔的兒子，包了一個紅包給我，忘記多少錢，我也沒留著，老伙仔出殯時，我又當作白包包還他們了。後來就變慣習了，找人要收錢收紅包，可是找到的人如果沒有氣息了，我一定去參加喪禮，一定把大部分的紅包錢做白包包回去。我實在沒多想什麼，覺得該這樣做就做了，沒想到傳出去大家都說：這個人有情有義，不會藉機占人便宜啦！所以厝內找沒人的，都來拜託。太多了，我不可能都答應下來，我就勸他們先請別人找找看，別人找不到、特別難找的、實在無從再找了的，我才試試看。

「那幾年，多少人失蹤你知道嗎？所以就有不少人專門替人找人。現代，你們用國語講，叫做『尋人』，那當時，我們用日語式的，叫做『人尋』，我就是『人尋』，專門找人的，而且我是『トップ人尋』，最會找人的人。

「……我找到的，不少是不在的人。我找到他們時，他們已經不在了，我不曾跟他們打過一聲招呼，不曾講過一句話。可是去參加他們喪禮時，我一定被安排在喪家這邊，喪家的人看到我就哭，死者最要好的朋友看到我就哭，我好像就跟那個死掉的人，有了不可解釋的，親密的關係。這關係是怎麼發生的呢？我有時忍不住想，是今生還是前生，現在還是未來，到底什麼時候什麼地方，我跟這個人生命搭上了呢？我想……

「啊，我累了，太累了。」

4

「啊，我累了，太累了。」老人說完這話，就閉上了眼睛，我去將床板再放平，他似乎立刻睡著了。

沒一會，晚班的看護來了，我簡單交待兩句，就離開了醫院。

醫院的自動門打開，外面溽暑的溼熱空氣立刻撲擁上來。突然覺得自己好像從乾燥的岸上，被推入了水池裡似的。走進夜色裡，那高溫的空氣，彷彿承受了我的質量，而溢放出向外擠湧的一波波漣紋。

我沒有走平常彎鑽在小巷裡的那條近路回家。順著鋪了寬闊人行道的大馬路走。走一走，忍不住回頭看看，還好，醫院大樓還在，一根根等距立著的路燈還在；再翻轉頭，嗯，該有的路口、路口的車輛與繁亮的車燈，也都還在。

說不上來，那種奇特的感覺。有點像害怕，又不算怕。似乎自己不是走在路上，而是在走一道漫長的入口，似乎剛剛醫院那扇自動門，原本薄薄幾乎沒什麼厚度的那個門口，被拉長了一千倍、一萬倍。我在門口，一直在門口。向前走，就可以走進去；回頭走，就可以走出去，這點是確定的，所以沒什麼好怕的。然而，入口那麼長，入口一直不結束，應該只是個狀態，卻延伸成了過程……

晚上，做了夢，夢醒忘記大一半，不過還記得夢見了那個從來沒遇過、沒見過，連照片都沒看過的舅公。夢很長很曲折，醒來後只記得這一段：

年輕時代的舅公，理著日本軍人般嚴格整齊的小平頭，兩腮微鬚，穿著一件下襬沒有收進褲腰裡，顯然太大太長的白色台灣衫，手上小心翼翼捧著個小盒子，小盒子的輕、小，和舅公兩手肌肉的僵直緊繃，形成了強烈對比，他走在一條小巷子裡，正要拐彎，突然一個低沉而枯乾的聲音，說：「是誰？是誰捧著自己的骨灰要進來？是誰在那裡捧著自己的骨灰呢？」

醒來後，我無法理解那聲音到底說的是什麼語言，然而在夢中，我聽到那聲音突然柔和了，說：「放下吧，放下就可以進來了。」

5

「少年仔，再說一次，你舅公怎麼搞丟的？」

老人一醒來，就問。白天班的看護，餵過老人後出去吃飯的時候。我特別問過，看護說老人一如前幾天，昏睡著、沉默著，沒說話、沒發生任何特別的事。

然而他現在卻堅持要再聽一次，舅公失蹤的經過。

我講了，照上次講的再講一次。原樣。

老人說：「怎麼會，沒有來找我去看看呢？同樣都在台中啊……」

「如果，我阿祖他們那時候知道要找你去，你會怎樣？你會找到我舅公嗎？」我好奇地問。

老人想了好一會兒，沒有直接回答我的問題。

「我找過一個人，怎麼看都不該搞丟的人。他從山佳站上火車，要到艋舺去。擔了兩大擔白米。他們家是開輾米廠的，家裡小徒弟幫忙他挑擔挑到月台，看著他上了守車。少年仔，你知道守車嗎？客車的最後一節車廂，專門給帶著太多太重東西的客人搭的。就是一個空蕩蕩的鐵皮車廂，有門，有一點小窗。其他什麼都沒有。沒有椅子、沒有行李架，什麼都沒有。平常火車開的時候，守車的門都不會關，只用一根鐵鏈隨便橫在門口，夏天關上門的話，裡面的人都會被烤死悶死。可是冬天門不關，風灌進來，有時候還有雨，冷得要命。

「這個人，叫他王君吧，要把兩擔白米送去艋舺的黑市賣。那兩年，他每天擔白米坐火車去艋舺賣，賺了不少錢。大批大陸人來台灣，政府管米管得很嚴，農家不能把多的米賣去換錢，只能賣給政府。就得靠輾米廠搞些名堂。一百斤穀子進到輾米廠，本來可以出來七十斤米，比方說，輾米廠只繳六十五斤去。這中間扣下來的，就可以拿去黑市賣。一點分給農戶，其他自己留著。

「大家都窮，那幾年就是輾米廠賺錢。賺好幾手。一邊從政府、農會那裡領代輾穀物的費用，一邊賺黑市米價。誰有門道賣黑市，農民就會自動把米送來給你輾，你就有越多米可以送去黑市換錢。這款道理，少年仔，你明白了沒？

「王君就是這樣做起來了。收山佳附近的米，從鶯歌到龜山，運到市內給他的一個老同窗銷黑市。他很小心，他的米絕不賣家鄉附近，而且他的米固定每天賣一、兩擔，不會搶著在收成季大批大批賣掉。

「家裡的人說，勸過這位王君很多次，不需要每次都自己擔米去艋舺，那麼辛苦。要不然至少可以不必自己辛苦搭守車，可以坐客車，帶一個學徒留在守車上看米就好了。王君從來不接受。他不放心米、不放心學徒、也不放心讓人家跟他的老同窗，賣黑米市的夥伴，接頭，所以不管冬天夏天，都自己搭守車，小心到這種程度的人。

「他那天如常從山佳登車，學徒看到的，學徒還等到車開了才走。山佳下來是樹林，再來是板橋，再來就是艋舺了。這幾站，都很短，幾分鐘就到了。可是火車到了，王君卻沒有下車，他沒有到。

「奇怪的是，他那兩擔白米還在車上。鐵路局的人把米放到失物處去，在倉庫角落放到發出芽來。王君家人隨鐵路局人員去領時，遠遠就看到本來粗黃的麻袋，竟然鋪上了一層毛茸茸的嫩綠。好像自己會發光般，綠色的螢光交錯映在牆上，像露著溫柔笑容的魔鬼——王君的家人，他的年輕女兒形容給我聽的。

「他們來拜託我時，王君失蹤已經四、五個月了。年輕女兒陪著媽媽來台中找我。我皺著眉頭問他們：『輾過的穀子，已經變成白米了，沒有胚芽，怎麼會發芽？』年輕女兒聽了我問話，突然失儀大哭起來，『眞正發芽了，相信我，拜託、拜託，眞正發芽，非常非常可怕。』

「她講到『可怕』，特別用了日語。還有『拜託』也是用日語懇求的，おねがいします、おねがいします。我一時幾乎搞不清楚，她們是專程來要拜託我相信那兩袋輾好的白米在倉庫角落冒發了幾千棵幾萬棵細小嫩芽？

「她們本來相信，王君在路上被打劫了，人家搶了他的米，然後把他推下火車。她們鐵軌沿線走了幾十次，從山佳到艋舺，從艋舺到山佳，想找王君的蹤跡。她們不曉得那兩擔米還在。兩擔米沒有被搶走，那更難解釋，王君怎麼搞丟了？

「我爲了這個人，到北部住了快一個月。住在王君他們輾米廠樓上。聽輾米機呼呼呼、鏘鏘鏘叫。呼呼呼呼、鏘鏘鏘鏘，一天；呼呼呼呼、鏘鏘鏘鏘，又一天。

「白天，我就去搭火車。從山佳站搭到艋舺去。再從艋舺搭回來。然後，從山佳搭到艋舺，花一整個下午沿著鐵枝路走回山佳。然後，從山佳搭車，過了艋舺不下車，一直搭經過台北、水返腳到八堵去。然後，回程到了山佳不下車，越過長長的山嶺道，到桃園去。我發現，車長總是山佳到桃園那段查票，因爲那段最長，火車慢慢地上坡、慢慢地下坡，一直走一直走，很久很久都沒有停，沒有票的人無處逃。

「我一定坐守車。坐在又冷又硬的鐵廂板上。本來還覺得擔心，我什麼都沒帶，卻去坐守車，很奇怪啊。也想過要不要假裝帶一點什麼。可是我總是相信找人時不能有什麼牽絆，是沒有遇過要跟人在街上跑相追啦，卻總還是覺得要輕便才對。

「幾天坐下來，我發現守車上沒帶東西的不只我一個。有些人一上月台，自然就走到最後面去。守車上，不同的人帶不同的東西。最多的是牽腳踏車的。然後有帶雞帶鴨的。有像王君一樣挑著擔子，卻看不出擔子裡到底是什麼的。慢慢地，我發現，守車上其實只有兩種人，所有搭火車的，其實只有兩種人。一種是上守車的人，一種不是。

「我一眼就分辨得出來。像那些牽腳踏車人，就算他每天必須牽車去上班，他們看來就不屬於守車。他們屬於他們的腳踏車。比較像是腳踏車帶著他們來搭守車，到站了，腳踏車又走前面帶他們下車。可是另外有一種人，他兩手空空，也還是只會跳上守車。

「我一點一點注意到。守車上有不同的味道。一定有味的，少年仔你可能這樣想，這麼多東西，還有雞鴨活物，味道當然很重。我講的，不是任何一種味道，是各種味道，包括吹進來的風，混雜起來變成的味道，在客車上聞不到、在街上聞不到、在市場裡也聞不到的味道。

「奇怪的夜的、山林的味道。初夏的白天，我靠坐在車廂最角落，閉上眼睛，殘餘在眼前的光影印象慢慢消散了，突然，我清楚意識到自己應該是身處山林的邊緣，而且是山腳，而且是深夜，我聞到。

「聞到的，甚至會改變感覺到的。黏在皮膚上的熱氣，失去了原本的溼暑，變成爲像是前面，車廂的中央，有人生起一堆柴火，在深夜裡取暖。有火的味道，有相思木炭燒過的味道，有一種火的溫度努力、勉強趕走夜寒的味道……

「我不會講，那種味道。很複雜，長年樹葉樹林生長又掉落、枯乾又爛去累積的味道。青苔滑爬上石頭的味道。動物覓食同時又藏覓，嚼食或被嚼食而產生的血腥味道。一種原始性的味道。

「守車上，那味道加鐵輪跳過鐵軌空隙的間斷聲音，使人愛睏。可是還沒睏去，就好像看到遠遠的天邊，有微光，甚至分判不出顏色來的微光，微光引著你開始上山，走進森林裡，一步步被樹林包圍，都是高大的樹，高到你抬頭看會暈，可是越暈越沒辦法不看。害怕逼使你去看，頭低下來更沒安全感，所以即使暈、甘願暈也不敢不抬頭看。感覺一直聽見貓頭鷹『囂——囂——』的叫聲，實在是因爲你自己心內嚇得一直在尖叫。

「然後，走進去走進去，越走越深，慢慢沒那麼怕了，接下來是驚歎，這些樹那麼高那麼直那麼美，任何一棵的形狀、顏色，變化曲折，就已經超過我們人所能領受、記錄的，而這裡有數不清的，那麼多棵樹！以及其他。你感覺眞偉大，自然的偉大，人的渺小。

「不過，再走一陣，奇怪，人變作更渺小，完全被森林吞沒了，可是卻不怕也不驚歎，人變作森林的一部分，人身上也開始放送出森林的味道……

「我醒過來。火車正駛入艋舺站。在月台，我離開守車，跳上客車，客車沒有那種味道。那是守車的味道，也是山林的、夜的味道。

「再過幾天，我試著和守車上的人講幾句話。我找的，當然不會是那些牽腳踏車的，而是眞正的守車的人。

「我問他們要去哪裡，帶了什麼大包袱，平常搭火車的時候都會幹嘛，這一類的話。他們，大部分被我問到的，都沒有馬上給我反應。好像沒聽到我講話，也像是沒意會到我跟他們講話。我很尷尬，摸摸鼻子裝作沒開口吧，換個對象又要重新搭訕了，原來那個卻說話了，『喔，這些散柴要拿來去給我們第二後生啦，伊修理家具要用到。』換作我弄不清楚，他是在跟我講話嗎？

「我後來才慣習，原來，那是他們的速度，他們那個世界的速度。他們好像都比我們慢一點，聽話慢一點，想代誌慢一點，講話也慢一點。就那樣一種完全不覺得自己需要跟得上別人，慢條斯理的慢條斯理。慢慢聽、慢慢想、慢慢講。

「和他們講話，我心內有了奇怪的聯想。少年仔，你相信人的靈魂嗎？不是人死去會飄來飄去的那種靈魂，是活人、人活著時的靈魂，有一種東西，看不到摸不著，卻眞正決定我們是怎樣的人。我突然間想，這些坐守車的人，是不是他們平日負擔的重量，壓得他們的靈魂也變重了？他們，他們的靈魂，親像我少年隨日本伐木隊上山坐過的柴車，車很小，卻可以在彎曲山路，幾乎沒有路的地方，載很重很重的木頭，上好上密的老紅檜，爬高爬低。很多時候，我都以爲車子停著動不了了，可是那種柴車就是不會停，載再重也不會停，會慢、很慢很慢，但不會停。

「這些沉重的靈魂。一顆沉重的靈魂對我說：『這車卡寬啦。這車卡寬卡坐得下。這車卡寬我們坐下去不會擠到別人。這車卡寬，坐下你坐我坐不相擠，不會吵架。這車卡寬，不會吵架不會搶位，就大家什麼款人都坐得下。』

「平常，我一定感覺怎麼那麼囉嗦。在守車上，他這樣講，我卻感覺本來就該這樣講。那慢，和火車行走的喀喀啦啦，變成一種音樂，奇怪的音樂。

「還有一個，背好大一個包袱，手上還提一只小銅鍋。他跟我說，慢慢地說：『車頭那裡，巷子底，自那間大旅社，門口有兩枝梨木大柱仔那間大旅社，旁邊巷子拐進去，拐的時不要去撞到孤輪仔車，那裡常常放一些孤輪仔車，拐進去那間剃頭店，給人剃一粒頭要兩角銀那間，那間旁邊有在賣冰。兩個少年仔在顧，一個查甫一個查某，不知是不是尪仔某？他們那間賣冰，有紅豆綠豆和杏仁，不過奇怪，不賣清冰。紅豆冰什麼冰，攏一碗五分錢。我去那裡，給他講，買兩分錢的清冰。不要紅豆也不要杏仁，綠豆在這裡，我自己這裡有一鍋。我跟他們講，這綠豆不吃可惜，我是要配綠豆吃涼的，你知我意思嗎？天氣熱要吃涼，不然綠豆也會壞掉，可惜，你知我意思？買兩分，冰多剉一些給我，淋一點糖水就好，不要紅豆也不要杏仁，綠豆我自己有，不吃可惜，你知道我意思？若是查甫的，沒講話，冰捧給我；查某的，冰捧來，講：「我們沒賣清冰，你不能在這吃啦！」。我就講：「沒要緊，我去口仔那裡吃。」我就起來，冰捧著，去口仔那裡吃。』

「平常，我哪有可能忍耐人家這樣講話！可是在守車上，這種話變成音樂。

「可是，那音樂又不重。也許，他們的靈魂並不重，說不定比我們的還輕。一不小心就會從敞開的守車車門飄出去，飄回夜的、緩慢的山林裡。

「我就這樣黑白想。沒一項跟失蹤的王君眞正有關係的。一直到有一天，早上又要出門坐火車時，自樓梯下來差點撞到王君的年輕女兒，我突然間脫口問她：『你老爸，賣完白米要回山佳時，是坐守車還是坐客車？』

「王君的年輕女兒費了好一陣，才弄懂我問什麼，她的反應是：『不過我爸明明是去艋舺途中失蹤的啊？』然而，我還是要知道，賣掉了米，只有拿一根扁擔，身上可能多了幾十塊錢的王君，是坐客車還是坐守車？王君的年輕女兒不知道。去問王君的妻子，也不知道。她們甚至不明白這問題有什麼意義。

「少年仔，你知道有什麼意義？」

老人長篇獨自回憶，不意中止在對我投來的問句上。我楞住了，只能茫然地搖搖頭。

老人也輕輕地搖了搖頭，指指床板，就閉上眼睛。

幫他搖下床頭時，我內心竟然有一股從未有過的強烈衝動，想要對老人道歉、對老人哀求，請他不要因爲我答不上那個突如其來的問題，就對我失望，更不要就這樣停止、中斷了這段回憶。王君呢？王君究竟去了哪裡，後來有找到嗎？

可是老人已經天衣無縫地回返成懶得醒來的病弱模樣，一下子把剛剛的故事、剛剛說故事的人，全都收藏得不見絲毫蹤跡。

就在這時，看護回來了。

6

幾天，我都盡量躲著媽媽。不過，畢竟不可能躲得過。

媽媽問我在醫院裡碰到誰，跟誰聊了什麼沒有，我據實以告，除了小姑姑、小姑丈，沒跟誰講到話。媽媽臉上罩過厚厚一層陰影，嘴角戲劇性地拉成一直線。「跟人家講幾句話，你會少一塊肉啊？」

我趕緊辯白：「沒有任何人來啊，我要跟誰說話？」

媽媽不信：「沒有人來？都沒有人去探病？」

「眞的沒有，一個都沒有，不信妳去問早班晚班的看護，他們有看到一隻鬼嗎？」

「講什麼鬼！你還要進去醫院，講什麼鬼？不怕眞的碰到鬼？」媽媽一邊罵，一邊確認：「你是說都沒有人去看那個老人？都沒有人？」

我聳聳肩，說：「沒有啊，一個都沒有。」

媽媽臉上的黑雲竟然散了一大半，露出一點點禁抑不住的欣慰：「唉，眞的就是這樣，再有錢什麼用？越有錢人越沒感情。有錢到家人之間都不關心了……」

應該可以轉變話題了吧，我想。「媽，妳記不記得有一個舅公，從南洋回來失蹤的？」

「那是我四舅……」媽說。

「他如果還在，現在幾歲？」

「你問這幹嘛？……我想想看，四舅比小阿姨大四歲的樣子，這樣，應該……啊，知道了，四舅去南洋那年十九歲，剛剛好六十年前，如果在，七十九歲囉……」

「妳覺得舅公可能還在嗎？」

「哪有可能!?那麼多年了。我阿媽、你阿祖在的時候，是還會唸啦，唸說四舅可能去了哪裡在幹什麼，阿祖很疼四舅，一直都不接受四舅歿去，然而阿媽自己都歿去這麼多年，早就沒人再提起四舅，啊你問這個幹嘛？」

「妳記得那個四舅公什麼嗎？」

「拜託一下，自己媽媽幾歲，你眞的不知道啊？四舅失蹤已經五十六、七年了，我幾歲，要怎樣記得什麼？」媽眞的有點生氣。

「不是啦，」我連忙解釋，「我小時候聽你們講過舅公的事，他是在巷子拐彎的地方突然就不見了，對不對？妳還記得聽過什麼跟他有關係的事嗎？」

「……四舅，他們說，主要是你阿祖說的啦，我阿媽留了一本四舅的相本，翻著相本跟我們講。四舅很聰明很厲害啦。自小學小提琴，厝內沒有別人學音樂，他去醫生館聽到曲盤裡的聲音，就說要學那個。醫生好心介紹了一個日本老師教他。我阿公阿媽他們，根本不知道什麼音樂，四舅在家裡拉小提琴要練習，阿公聽了暴跳如雷，罵：『吱吱叫，聽得都起雞皮疙瘩了！』不准他在前面拉，趕到後面去。後面也不能拉，因爲哥哥姊姊受不了那麼難聽。」

媽媽猶豫了一下，似乎不確定講這些給我聽要幹嘛。我努力讓自己眼光閃爍出最興奮最期待的亮光，鼓勵她繼續講。

「我阿媽說，四舅學琴學一陣子，老師來家裡拜訪，問說可不可以讓四舅每週多去一次老師家學琴，我阿公以爲老師要多賺學費，很不高興，沒想到老師說：多學一小時，不多收學費。阿公想老師都這樣講，免費學，那就學吧！結果四舅在旁邊哭起來，原來他以爲老師嫌他回家都沒練，才叫他多去一次，他覺得好丟臉！」

「阿媽說，四舅愛哭，有時簡直像女生一樣。其實日本老師根本沒有察覺他沒練習，是覺得他天分不錯，願意多栽培。後來他就跟那個日本老師很親，老師對他很好，對他很有期望。

「阿媽說，台中那時候只有昭和町一帶，有賣曲盤、賣樂器樂譜的地方。日本老師會帶著四舅，大老遠走去昭和町看樂譜。看四舅還沒拉過、還不會拉的曲子。有時候看小提琴跟其他樂器合奏的曲子。教四舅學讀譜、學看複雜的譜。回程路上，老師會突然吟唱一段旋律，叫四舅接下去。老師也可能唱一段鋼琴的樂句，問四舅那這部分小提琴的譜又是怎樣，樂句如何處理才能跟鋼琴搭配。兩個人就這樣一路走回來……」

我眞的很驚訝：「媽，我不曉得妳也懂音樂呢？」

媽白了我一眼，「你以爲你知道很多事嗎？……我小時候也學過鋼琴啊，拜爾教本也彈到很後面了，就是因爲我在學鋼琴，阿媽才會想起來跟我講四舅的事……那個日本老師還會帶四舅去聽音樂會。有一個日本鋼琴家來台灣演奏舒什麼的作品，我猜不是舒伯特就是舒曼，日本老師去找了曲譜，完整的譜，一小節一小節，一句一句、一段一段，左手右手，仔仔細細教四舅讀譜，邊讀邊把音樂裡蘊藏的感情指點出來。如此準備了，四舅才去聽音樂會，聽到他在樂譜上先領略過、想像過的音樂，從鋼琴家的十指下彈奏出來，四舅竟然激動得流下淚來，整場淚眼模糊，看不清記不得鋼琴家的模樣，一直到回家了，還在抽噎呢！」

「怎麼會有這麼好的老師？」

「是啊，如果碰得到這種老師，那我也不會放棄彈鋼琴了。難怪他們老一輩都很懷念日本時代。那個日本老師特別疼四舅，也有關係吧。四舅念到高校了，高校的導師安排他對全班演奏小提琴，導師選了一首當時最流行，很英勇很有精神的日本軍部的戰爭宣傳曲，叫《共榮圈之男》什麼的，要讓四舅演奏。四舅自己沒覺得怎樣，可是他日本老師，教小提琴的那個，聽了卻暴跳如雷，大怒說：『不准你拉這種音樂！小提琴不是拿來演奏這種沒有音樂內容東西的！』四舅很爲難，不知怎麼辦才好，日本老師索性衝到學校去找四舅的導師，兩個人在眾多學生面前大吵一架，這個罵那個：『不懂音樂的笨蛋！』『沒有文明教養！』那個回罵：『非國民！』『沒有帝國精神！』眞熱鬧……」

「後來怎麼辦？四舅有拉《共榮圈之男》嗎？」

媽搖搖頭，不自主露出幾分得意：「四舅怎會去拉那種曲子！吵完了，日本人彼此還是得對待有禮嘛！吵架時『無體』，吵完和好是『有禮』，日本人就是『有禮無體』，你懂不懂？……小提琴老師先釋出善意，要表演就表演得精彩點吧，他要讓四舅拉特別的曲子，阿媽說是那個有春夏秋冬的曲子，我猜應該是韋瓦第的《四季》吧，其中的『春季』樂章，而且小提琴老師也上台陪四舅合奏。這樣一說，那個導師，怎麼能拒絕呢？

「阿媽說，這個老師眞是疼四舅。老師自己對音樂很『頂眞』，不隨便演奏的。連平常的師生音樂會，老師也不上台的。據說是因爲他認爲：幹嘛表演給這些對音樂沒興趣、不懂音樂，也不會先去讀譜做準備的學生家長們聽，他們不配吧！這麼驕傲的人，竟然願意爲了四舅去學校裡拉琴，而且是讓四舅拉協奏曲中小提琴主奏部分，他自己拉改編的伴奏部分，唉，這麼好的老師！」

「這麼好的老師，後來到哪裡去了？」

媽又白我一眼：「急什麼，還沒講到那裡！阿媽講：戰爭越打越厲害，光復前一年，很多台灣青年被調去打仗了，美國軍艦在中途島戰役以後，就到太平洋的這一邊活躍了。在台灣都開始訓練神風特攻隊。神風特攻隊負責駕自殺飛機的，聽說都要是處男，沒有被女人染髒的，而且要是高校甚至大學優等生，當神風特攻隊，很光榮的。好像是四舅被上級列入推薦名單，還是他自己有興趣去參加神風特攻隊吧，急死了阿媽，好好一個人駕飛機去撞船艦，把自己跟飛機一起撞得碎碎爛爛的，這什麼道理！可是戰爭時代，要怎麼勸阻小孩幹這種大人覺得莫名其妙、痛苦不得了的事？阿媽想來想去，只有一個辦法，叫四舅先去跟日本老師，小提琴老師商量……」

「難道那個老師反戰……」

「你到底在急什麼？幹嘛一直打斷我講話？」媽眞的不耐煩了，口氣之重，嚇了我一跳，趕緊閉嘴，乖乖地聽下去。

「我有問阿媽：小提琴老師是日本人哪！你不怕他贊成四舅去當神風特攻隊，說不定還鼓勵他馬上去報名嗎？阿媽回答很絕，她說：一個人愛音樂愛到那種程度，一定惜生命的。生命沒有了，就聽不到音樂，不是嗎？他又那麼疼四舅，會捨得讓他用拉小提琴的手去開自殺飛機？還蠻有道理的，是不是？」

我殷勤地點頭，不敢多說一句話。媽繼續說：「阿媽就是這種人，沒念過書，看事情卻比誰都準，知道一大堆事情。眞的，小提琴老師不讓四舅多想什麼神風特攻隊的事。老師將四舅留在自己家裡待了一夜，跟四舅講他對戰爭、對日本、對『大東亞共榮圈』眞正的想法。老師說：他熱愛日本、就算下輩子輪迴轉世，也還要選擇當日本人，然而正因爲他愛日本，他希望日本戰敗，日本戰敗是日本惟一的出路。愛哭的四舅，聽到這裡，不是像我們覺得奇怪、覺得不懂，而是開始稀里嘩啦地哭，大概是感受到老師話中有一種悲壯的情緒吧！

「那個老師的意思是說，日本的文化那麼美，又有那麼大的胸襟接納那麼美的西洋文明，可是後來日本人越來越傲慢，也就變得越來越狹隘。只有戰敗，才能讓日本重回那條謙虛欣賞西洋文明的軌道上，他一點都不希望日本打贏戰爭……

「阿媽說她記得四舅轉述的一句話，小提琴老師講的，阿媽覺得最有道理的話——『非國民就是眞國民』，哇，這個老師好酷，教學生不要愛國，要當『非國民』，你瞭嗎？」

我忍不住了，囁嚅抱怨：「妳不要故意學年輕人講話好不好，很噁ㄟ……」

媽做樣子要敲我的頭：「噁你個頭！」

「那四舅公……」

「你到底爲什麼要問四舅公的事？」

「沒有爲什麼，就是突然想起來，突然想知道他怎麼會那樣就不見了。」

媽嘴角動了動，「誰知道？也許……唉，我怎麼會知道？」

「如果我失蹤了……」

媽立刻橫眉瞪眼，提高音量：「你別想給我搞鬼！我就猜到你在轉什麼鬼心眼！兵單來就給我乖乖去剃光頭當兵，沒什麼好躲的！又不是叫你去開自殺飛機、也沒有要把你送到南洋去！是不是個男人啊你，這麼大了！你敢想要幹嘛，你以爲你老媽會找不到你!?……」

7

我聽到音樂，從未聽過的音樂。尖尖細細，游絲般氣息輕輕飄起，應該是長笛或豎笛一類的聲音，然後不知不覺地有大提琴加進來，低沉的撥奏形成了默啞無聲卻打在心臟上的節拍，再來應該是定音鼓將大提琴撥奏暗示的節拍正式呈現，突然，小提琴和銅管響起，對話式地彼此呼應一段簡短旋律主題的變奏，從弱到強、再從強到弱，漸次消逝中，聽者才赫然發覺最早的笛聲和低沉節奏，其實一直還在，重新浮現後，竟然帶著一種神奇的，既甜膩又驚怵的感覺，像是驀地看見一個原本圓潤調皮的女孩，長大成了豔美少女散放出令人不安的性的挑逗般的感覺……

再來，小提琴獨奏莊嚴地開始，有力而厚重的聲音，貼著地面而來，遠遠地過來，一邊靠近一邊穩穩地升高，音樂的質地與速度進行著巧妙的角力，向下沉的力量與向上飛的衝動迴旋拉扯著，那音樂靠到最近最近時，忽然不可思議地拔尖竄起，從頭頂倏起越過，在空中繞一個大彎，具體化鋼鐵化變成了一架引擎隆隆作響的零式戰鬥機，迅疾回頭、俯衝，機身反射的陽光比飛機先打中我，讓我不得不因瞬間的暈眩而閉上眼睛，下一刹那，飛機果斷無情地撞上來，呼——飛機不見了，只有音樂，奇怪的音樂，固體且固執的音樂，形成一個近逼狹仄的甬道，緊緊將我封鎖在裡面，只有極遠極遠處，似乎有洞口，閃著似幻似眞的一點點亮光……

我朝洞口驚慌地跑去。肩膀不時撞到隧道兩側堅硬凸出的石塊。跑到一半，從洞口那邊有什麼東西正朝我襲來，我停下腳步，想了一下，糟糕，像是水，洶湧而來的水道中的大水。來不及了！水撲上來，在淹沒我的那一瞬間，水又變成聲音，老人說話的聲音。

「……少年仔，人沒有那麼容易失蹤，你知否？戰後，人一個一個失蹤，可是他們沒有眞正失蹤，你知否？

「我把他們找出來，一個一個。沒那麼簡單，要失蹤。有時候，我甚至希望自己不要那麼會找人，不要找到人，不要找到他們聽他們講他們爲什麼要失蹤。

「人若已經死了，我一定去參加他們的葬禮，和喪家站在一起；人若還活著，他一定會告訴我他爲什麼失蹤的，眞奇怪，一定會告訴我，好像我是他們的兄弟、好朋友，也許比兄弟、好朋友更親。我都沒有問，他們就是一定會告訴我。

「有一個日本人，要去港口搭船回博多的途中消失了。我找到他，一點都不困難。他說在港口，要上船的地方，他覺得有一雙眼睛盯著他看。他不認識的人。他就過去問那個人：『我們認識過嗎？』用日語講一次，再用不標準的台語講一次。那個人搖搖頭，都不講話。怎麼都不講話。他再一看，怎麼周圍好幾個人都目珠青青對他看，他嚇出一身冷汗，口裡隨便東說西說講了一堆話，可是這些人沒一個開口，一句話都不說。他知道了，他們要把他推下碼頭去，任他在水裡怎麼掙扎怎麼叫喊，他們會靜靜地看著守著，不讓他上岸、不讓別人救他，直到他累死在水中。他知道他們要這樣做，所以就趕緊逃了。

「我問他：『那些人，你到底認識不認識？』他說：『不認識。可是又好像有點認識。』我又問：『你怎麼知道他們要對付你？』他說：『他們都不講話。』然後突然好像起痟，對我大叫：『他們都不講話！』

「原來，這個人管過監獄。憲兵隊的監獄，專門關軍部下令要抓的人。這個人在日本是幹『特高』的，專門抓共產黨。後來嫌抓人工作太累又太危險了，所以換到台灣來管監獄。幹『特高』的經驗，使他格外敏感，對犯人之間祕密通信，交換消息甚至串供的把戲，敲牆啦、唱歌啦、大吼大叫啦，甚至只是坐在牢裡用腳打拍子……」

講到這裡，老人停歇一下，拿起床頭放置的橘子汁，慢慢啜飲著。我有點怕這樣的沉默，找了話題：「聽說日本憲兵隊有水牢，把人泡在水裡面，一泡泡好幾天……」

老人艱難地嚥下橘子汁，抬頭看我，沒什麼表情：「這我不知道。」

我有點自討沒趣，還是乖乖安靜等老人再開口吧。

「那個人，規定監獄裡不准弄出任何聲音，一點人爲的聲音都不可以。他弄了一間眞正的黑牢，除了高處一點點小窗外，牆壁全用日本式的蒲團，像厚棉被一樣的東西包起來。犯人誰弄出聲音被逮到，就關到黑牢裡，手銬在身後，嘴巴貼起來，不讓他再有機會弄出任何聲音。在他管理下，整座監獄靜悄悄。從早到晚。他看得到那些犯人的痛苦。他們，幾乎毫無例外，每個人嘴唇都微微顫動著，可能在壓制自言自語講出話來的衝動，也可能無音地練習著自己說話的能力，怕太久的沉默後忘掉了該怎樣說話。他看見他們那微顫著的嘴唇，覺得很安心，他相信，不發出聲音、發不出聲音的人，總是無害、安全的。

「可是有一天，很熱很熱的晚上，他待在自己辦公室，不知怎樣，就睏去了。睡中突然聽到聲音，沙沙炒炒的聲音，有人在講話，但聽不清楚講什麼，又好像是隔一段距離外有太多人一起講話製造出的聲音，喳喳啦啦吃吃嘩嘩，一連串有意義又沒意義的聲音，他驚醒過來，衝出辦公室，聲音不見了，外面安安靜靜，靜到好像連天空星星一閃一閃，都遠遠傳來極弱極弱的『嗒、嗒』聲。

「第二天，日本就投降了。監獄的幹部集合在太陽旗下，聽『玉音放送』，裕仁天皇宣布無條件投降的廣播，沙沙炒炒的聲音，聽不清楚講什麼，喳喳啦啦吃吃嘩嘩，一連串有意義又沒意義的聲音，正是他前晚睏夢中聽過的聲音。

「被關的人，也知道日本投降了。他猜到他們會歡呼會大叫會急著講話互相招呼慶祝，不過他沒猜到的是，那些人等了五分鐘，還是十分鐘，才開始歡呼大叫講話互相招呼慶祝。在那之前，有五分鐘或十分鐘，對他來說像有幾小時那麼長，犯人們保持安安靜靜，他們已經自由可以弄出聲音了，那五分鐘或十分鐘，他們卻選擇安安靜靜，用熱得燒起來的眼神，盯著看集中在太陽旗下的這群人。

「那時，他們不是犯人了，他們比較像是面對獵物，突然安靜躡足的猛獸，貓科肉食的猛獸。之後，只要有人不講話看著他，他就渾身發抖地想起那五分鐘或十分鐘……

「所以他去藏起來。他希望他可以失蹤，不過事實上，他只是藏起來，藏起來直到被『人尋』找到。」

老人閉上嘴，同時閉上了眼睛。似乎宣告著這段話到此結束。我忍不住問：「藏起來和失蹤，不同款？」

老人瞇著眼，似乎要確定我是對他提問，然後說：「不同款。藏起來，還會回來，不管他要不要；失蹤就是沒有了，不會回來了，可能也不管他要不要。」

8

我陪爸媽去參加堂哥，三伯大兒子的婚禮。大概從國中二、三年級開始吧，我很抗拒參加這種親戚聚會場合。那麼多人，都跟我有關係，但其實我完全不認識他們，正因爲要叫他們什麼叔什麼姨什麼哥哥姊姊，讓我更覺得和他們陌生，陌生到逼出荒謬感的程度。

可是這回媽媽又慣例不抱什麼期待地隨口說：「阿伯說好多年沒看過你，這些堂兄弟姊妹大家現在路上遇到，大概都不相識了……」時，奇怪地那股抗拒、不耐消失了，我和媽媽一樣驚訝地聽到自己說：「好啦，我跟你們去啦！」

婚禮比原訂時間晚了一小時還沒開始，同桌一位我應該要叫「叔公」的人，突然發起脾氣來，自言自語地說：「這什麼文化？台灣人就是這樣！日本時代幾點就是幾點。那有這樣讓大家等的？我們那時去南洋，深山林內沒一個人沒一間厝，日本少佐一樣要大家守時，他手上那粒時鐘擦得金金，每天用戰地電話打到營部，一定要跟營部對時，不可以差一分鐘。台灣人，到現在還在搞這齣沒時間觀念的爛戲……」

還好，就在這時音樂響起，新郎新娘要進場了，解了同桌其他人不知該附和還是該慰解那位叔公的尷尬。

酒席進行了幾道菜，喝下幾杯啤酒後，尿意湧上來，我離席去上廁所，回來時看見剛剛發牢騷的那位叔公，坐在空下來的入口收禮桌邊，一個人抽著菸。我晃著已經有些不穩的酒意腳步，挨過去，坐在叔公旁邊，迫不及待就問：「叔公，你去過南洋？你還記得去南洋的代誌？」

叔公看我一眼，帶點不屑：「哪有可能忘記？我在南洋待多久你知否？十九個月，去到回來，我是我們同梯在南洋待最久的。」

「你怎麼會待那麼久？」我順著他的話問，雖然我並不知道別人在南洋待多久。

「因爲我沒死啊！」叔公的語氣，像是生氣，又像驕傲。「同梯去的，先被派去建機場。在一個小島上砍樹，燒樹，清地面，運石頭，鋪石頭，壓跑道，從早操到晚。然後一個月吧，一個月後，我們統統被換到大島上，還是機場的工作，不過不是建機場，是修機場、補機場。大島上的機場很大，常有我們自己日本飛機起降，更常有美軍飛機來轟炸。我們都等在機場邊的兵營，其實比較像工寮，裡面沒有刀啊槍啊，只有各種工具，也像是防空洞，因爲一半藏在地下，沒有窗，隨時都悶到要死人，汗一直流，前面的汗不曾乾，後面的汗又流出來。一天二十四小時，什麼時間，早上、晚上、半暝，都有可能被叫出去，緊急補跑道。三次大概就有一次，我們一補跑道，美軍飛機就來了。五次大概就有一次，美軍飛機一邊轟炸一邊掃射，我們一邊還是繼續補跑道。那根本就是送死。美軍飛機飛到那麼低，你看得到駕駛員的臉，看得到他按機關槍的手，看得到他一邊按機關槍一邊嘴巴在動，臉色青森森，你知道他一邊要殺你一邊在用最難聽的話罵你。我相信，我知道，我同梯很多人，離開世間眼前最後一個印象，就是浮在空中一張難看的美軍駕駛員的臉……」

叔公慢慢將菸頭摁熄。又看我一眼，繼續說：「所以當然死光了，差不多死光了，剩下幾個人。然後我們又被從大島運走，送去緬甸，緬甸你知否？我們去那裡增援，對付英國兵和中國兵。一到緬甸，就被帶到森林裡，馬拉利亞，你知道馬拉利亞嗎？瘧疾啦，日本話叫馬拉利亞，掃到馬拉利亞先死一大串。沒死的被派任務，去緬北截斷英國人和中國人的後路，鑽入樹林內，那些樹，有夠恐怖。長得高、葉子又密，而且一層疊一層。樹下有樹。上面的樹枝樹葉間有空隙，陽光透下來，見到陽光的地方馬上又長一棵樹。底下這棵樹又有林葉間的空隙，更少的、一點點的陽光透下來，見到陽光的地方馬上又長一棵樹。長到你走在林中，看不到一絲陽光。那個所在下午都會下雨，大雨，可是雨在上面吱吱喳喳淋得亂七八糟，我們在林子裡卻可以幾分鐘，甚至十分鐘不會滴到水。真恐怖。暗黑黑的，大白天喔。你知道林子外面大太陽，林子裡暗黑黑的。可是樹開的花，又統統是最鮮豔的顏色。黃的、紅的、粉紅、紫色……都是那款的。這麼鮮豔的花躲在暗黑裡，好像自己會發出光來一樣，很遠很遠就看得到，這裡一朵那裡一朵，浮在半空中，你目珠都花去，而且一直起雞母皮，前面一朵花好像還變化著顏色，你看著看著，突然花飛起來朝你衝來，你嚇得跳起來，掛在腰上的圓鍬打得你痛得要命，哇，原來是一隻大鳥，幹，那裡的鳥也都長那種鮮豔顏色的羽毛，幹！

「我們一直在走，一直在走，沒有遇到英國軍，也沒有看到一個中國兵。一直走，自己越走越少人。槍都沒有用到，從早到晚就是用刺刀和圓鍬開路，不然林子裡哪有辦法走？晚上休息時，第一件代誌就是找石頭找水磨刺刀磨圓鍬。

「沒人講，但大家都知道，刺刀和圓鍬不利不行。不光是要開路，還有更重要的用途。我們要被送到南洋前，去受訓，教官拿一頁美國人的雜誌給我們看。上面好大一張相片，一個金頭髮的美少女微微笑，在窗前寫信。然而她書桌上，就在她手邊，放了一個洗得乾乾淨淨的，白晰晰的頭顱骨。教官說：那個頭顱骨是我們日本人。戰場上被殺了，美軍會把日本人的頭砍下來，泡在酸液裡褪去皮和肉，然後曬乾，然後寄回去給女朋友當紀念品。那是我們日本戰士，他太太在日本國內等不到他的屍身，他的頭卻成了美國女孩的紀念品。沒有陪他的新婦，卻去陪敵人的女朋友！

「講到這裡，教官突然跪在榻榻米上，傾身向前，對我們拜，破鑼般的哭聲說：『拜託，一定要活著回來，一定要活著回來，共榮的男兒們，拜託！拜託！』

「我們每個人都做過惡夢，夢見自己變成那顆書桌上的頭顱。誰不想活著回來呢？不過，誰又有把握呢？只求能回來，能有一部分自己回來吧！

「應該是從船上開始，大家就互相拜託。若有不幸時，拜託你同梯同隊同窗，拜託花你一點時間，挖一個坑把我埋了。若有可能，埋深一點，別被美國人挖出來。拜託你，花一點時間，剁一塊骨頭，隨便哪一塊都好，幫我帶回台灣去。至少，一塊骨頭回去給父母交待。

「在船上，我們就這樣互相，你拜託我我拜託你。不知道誰開始的，每個人準備一小條白布，上面寫著姓名年籍和家裡地址，縫在腰帶上。那是有萬一時，讓人家包一小塊骨頭方便帶走的。

「刺刀要利、圓鍬要利，不利沒辦法把同伴的骨頭切下來，你知否？背包裡有一個盒子，專門放骨頭的。死一個同伴，你要連他本來帶的骨頭一起接收過來。我活最久，同梯的裡面。所以盒子裡的骨頭最多。大部分是指頭骨，可是也有一些看不出是什麼地方的骨頭。每隔一、兩天，我就要蹲在水邊，一塊塊骨頭打開，洗洗刷刷，把腐爛了的皮和肉洗掉，然後擦乾、風乾。再用被血水染黑的布包回去。要到變成骨頭，還要現出白色，實在不簡單、很不簡單。

「我盒子裡的骨頭最多。雖然我一塊塊都包得密密好好，不過走起路來，老是聽到盒子裡骨頭相碰的聲音。扣。扣扣。咯咯。格格。奇怪的聲音。另外一個回來的同伴說：那是地獄來的聲音。地獄來的聲音，幾十年了，我還聽得見……」

叔公不徐不疾且面無表情一直講，講到這裡，身旁的騷動才打斷了他。原來是新郎新娘捧著點心盤出來送客了。他們亮著油光與疲憊笑容的臉，乍然將叔公對照得分外蒼黃。

叔公站起來，也沒跟我招呼，兀自就朝廳裡走了。我趕上去，有點結巴地問：「後來，那些……那些骨頭……你……你都帶回來了嗎？」

叔公停了腳步，又用那種帶點不屑的眼光看我，嘴動了動，又動了動，最後才說：「搞丟了。回台灣的路上，連背包一起，統統搞丟了。」

9

算不清楚第幾天，老人的親人終於出現了。不過媽媽的計劃仍然未能實現，因爲那對中年夫婦一進到病房，就用客氣卻又堅決的口吻，請我和日班看護到外面「逛一逛」，男的說：「你們可以去逛一會兒。」女的則補充：「一個小時吧。」

我當然只好離開病房，不過沒有去逛。那對夫婦的表情讓我莫名地擔心。我到護理站去，找早已熟悉的護士們胡亂扯淡。隔幾分鐘，就踱回病房門口，尖起耳朵來聽裡面的動靜。

只有靜、沒有動。趁走廊上四下無人，我拿耳朵貼在門上，仍然沒聽到一絲一點聲音。奇怪了，剛剛老人是醒著的啊？支開我們難道不是爲了要講話、商量事情嗎？事業繼承還是財產分配嗎？爲什麼都不講話？難道這兩個人還有別的企圖、別的目的嗎？

我越來越擔心。再下一次經過病房門口，我聽到了哭聲。女人哭泣的聲音。我心猛地往下沉，是了，這對可惡的兒子和媳婦，謀圖財產要偷偷害死父親，再演一齣假惺惺的哀傷哭戲嗎？氣血上衝，我不顧一切開了門，朝裡面質問：「什麼事？發生什麼事？」先憤憤地問了，才端詳房內情況，老人維持原本的模樣坐在床上，那男的緊皺眉頭站在窗邊，女的則挨著老人坐在床沿，嚶嚶哭泣著。

看我衝進去，好像沒人覺得驚訝。那男人臉上還閃過一絲如釋重負的表情，盯著我問：「他，我爸爸，一直這樣嗎？這樣多久了？爲什麼都沒人跟我說？」

我楞住了：「怎樣？」女人搶著用哭嗓說：「都呆了啊！誰都不認得、什麼都不知道啊……」剎時，我眼角感受到老人的嘴邊微微一撇，我沒有眞的看到，可是腦中卻浮現出老人嘴邊牽動同時，右眼朝著我半認眞半戲謔地眨了眨。一記信號。

我盡量讓自己的聲音沉重、遺憾：「喔，是啊，一直這樣，一直都這樣啊。」

10

「少年仔，你這款年歲，有睏過查某沒？我在做『人尋』的時，睏過一個查某，了後就沒辦法再和別的查某睏。自己的太太沒辦法，酒家女也沒辦法。那年，戰後第三年，我四十三歲，受人拜託找一位二十幾歲的少婦。很難找，找了很久，我已經要放棄了，有一天，我走在台中的街路上，一條窄窄的巷子，看見前面一個奇怪的人，他站在人家兩棟房子交接一起的地方，對著兩根比鄰並列的柱子失神地看，一直看一直看，突然間，他就往兩根柱子中間，大概只有兩根手指粗的空隙走進去。我沒騙你，他就這樣走進去，他人粗粗寬寬的，空隙只有一點點，可是他就走進去，我嚇了一跳，也不曉得哪來的衝動，就跟著他後面闖。我以爲一定會碰在柱子上，但是沒有，竟然沒有。

「我在另一條街道上。另外一條台中的街道，我認識，和原本那條差了好幾里路。那個男的，先鑽進來的，不見了。變成一個女的走在我前面，奇怪，就是我要找的那個查某。

「她長得眞美。這麼多年，我不記得她的長相，卻記得她的美。很奇怪。一種沒有形體卻清清楚楚的美。沒有看過那麼美的查某。沒有抱過那麼熱，熱到皮膚發燙的身體。我跟著她走進一間屋子裡，我說：『我找到妳了。』她說：『沒有，你沒有找到。』我很激動很氣，就將她抱住，說：『妳看，我不只找到妳，還抓到妳了。』她還是說：『沒有，你沒有。』我抱得更緊，然後我的身體就衝動起來，她的兩顆奶，又軟又硬地抵著我。我衝動起來，把手伸進她衣服裡。摸到很燙很燙的皮膚，連奶頭都是燙的。好像整個人要被火燒起來。燒得我擋不住，手沒辦法離開她的身體，身體沒辦法離開她的身體。她整個人是熱的，奇怪偏偏只有下面那裡涼涼的。我把我那根插進去，好像被一團水包圍一樣，涼涼柔柔的，好像連我的那根都要被融化成一團涼涼的水一樣。全世界都著火了，只有那裡是避難的蔭涼。

「然後我聞到一種味道。自我們交合的那個地方升起來，一種腥臭、一種原始性的味道，樹葉樹枝生長又掉落、枯乾又爛去累積的味道。青苔滑爬上石頭的味道。

「味道爆開來。我整個人爆開來，沒有那麼爽過。爽到昏昏死死去。爽到四肢沒有一點力氣，眼皮都睜不開。我知道自己從查某的身體裡退出，知道那個查某緩緩起了身，她的手輕輕撫過我的臉，她的呼吸輕輕噴在我面頰上，她在我耳邊講：『可惜，下次你就找不到我了。』我想要抓住她，可是四肢沒有一點力氣，眼皮都睜不開。

「後來，我在一間空屋子裡醒過來。走出去，外面還是台中的街道，幾里外的那條街。我怎麼會到那裡去？難道那個查某是眞的？難道那個走進兩根柱子中間的青年，也是眞的？

「我不知道。我用了當『人尋』積存的錢，買下來青年消失的那兩間屋子，把兩間屋子徹底拆掉，又去借來錢，把這邊隔壁、那邊隔壁的屋子也買下來，徹底拆掉。房子拆完，就有人找我在那一大塊空地上蓋新房子，新房子賣了錢，我就拿去買我醒來的那間屋子，還有隔壁、再隔壁；另一邊隔壁、再隔壁，把這些房子都拆掉。別人看不出來，我自己卻很明白，我起猾了，我心內有強烈的決心，一定要將那中間幾里距離的房子都買下來，搜查、挖掘，必要時拆掉，我一定要找出他們失蹤的祕密。那裡一定有一條通往一座森林的祕道，所有我找不到的人去了的地方

……

「我起猾了，因爲起猾，變成一個台中的大地主。」

11

隔了好一陣子，小姑來家裡，提起老人的事。說老人出院後，變得有些痴呆，怪怪的。有一天，在家裡吃飯吃一吃，去上廁所，沒有人看到他出來，竟然就失蹤了。眞的，一起吃飯那麼多人，沒有人看到他走出門啊？怎麼找找不到，只好偷偷報了警，還包好大一個紅包給警方，請他們不要走漏消息上了新聞。幾天後，在台中找到了老人。老人回到他當年發跡的地盤上，坐在路邊，像個瘋子般一直笑一直笑……

我連忙躲回房間裡，房門關上的瞬間，激動的淚水迫不及待從眼眶中迸出，我兩手緊緊握拳，全身爬滿了疙瘩，彷彿嗅到了那帶著原始性的味道，腐爛而臭腥的神奇味道……

——原載《印刻文學生活誌》二〇〇五年十一月號

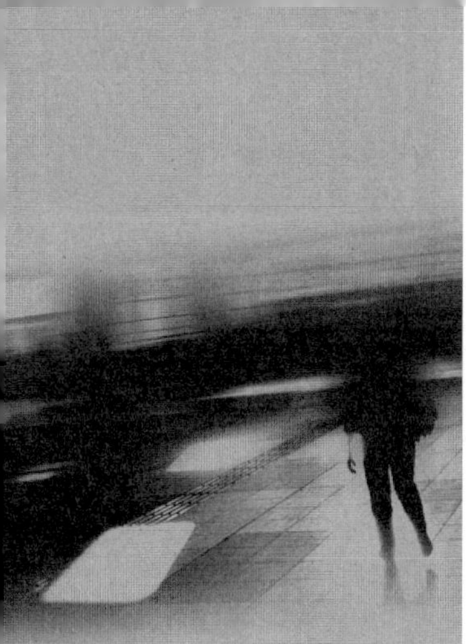

一九七一・背過身的瞬間

你到底要我怎麼愛你？
背過身去。妳如果真的愛我，妳就背過身去。

1

一九七一年，那年我第一次意識到西元年分眞實的存在，不只是一個考卷考題上用簡單公式換算的數字。

那是跟J在一起的一年。民國六十年，建國一甲子，元旦開國紀念日，已經八十五歲的總統親臨主持典禮，他的斗蓬燙得平整，他的白手套白得發亮，爲了搭配斗蓬大領子上的五顆金星吧，他還戴了軍帽。每天上學放學，一走進穿廊都會看到這張放大了的黑白照片。總統身影背景上，斗大的字寫著：「中華民國六十年開國紀念典禮暨元旦團拜」。

受到照片的影響吧，我們大家談話裡動不動就多了「民國六十年」。明明就是最近幾天的事，習慣性地多加「民國六十年」，像是「民國六十年的寒假要上兩個星期輔導課」、「民國六十年一月十八日要考上學期期末考」，在還是同樣輕佻、玩笑的對話中，加入了奇特的莊嚴性，卻也加入了更深一層，似乎直接挑釁成人世界的輕佻與玩笑。

和J在一起的時候，我每次不小心脫口溜出一聲：「民國六十年」，J必定輕聲糾正：「一九七一」。他的音調溫和卻堅持，使我相信，我只能相信，他眞是依靠西元年分生活的，需要立即將民國轉換成西元，才有辦法對他的意識交待。

2

夏天的時候，我們一起看見了綠光。

J開著車，從金山往淡水走，剛過石門，右側一顆火紅的落日從雲層裡鑽了出來。我興奮地大叫，J隨意停了車，我們下車來看夕陽。海上都是反射的光，鱗片般地閃動，讓人錯覺似乎有魚群躍動，或者想像力更強一點，彷彿一隻巨型水生怪獸在呼吸在緩慢翻擾。閃光亮得無法逼視，看不清楚，也就無從否認魚群與怪獸的存在。

「我們會看見太陽掉進海裡去嗎？」我問。

「不會。」J橫伸手臂順著海平面指向遠方，「那裡，海面上會有一層雲翳，不管再晴朗的天氣都有，太陽會先跌進雲翳裡，離海還有一段距離的地方。」

J好像什麼都知道，而且他毫不遲疑說出「雲翳」這樣的字眼，這是我最喜歡他的地方，卻也是我難免有點怕他的地方。

看落日看得眼花了，我把視線移開，移到路的左側，一幢平庸破落的紅磚屋子，屋頂上的煙囪掉失了好幾塊磚，青白色的煙鼓鼓滾滾地冒出來，破洞裡冒著以一股不馴的斜度飛升的煙，順著煙看上去，有一坡長滿相思樹，還點綴著最後一批末墜黃花的土壟，土壟後面是不算高的山，山頂再高一點的地方，有一片直立如牆，卻又白潔如紗的雲。

我注意到雲在變色。背著陽光，東邊的這一半先變，而且變得很快。由白轉成鵝黃，再轉成鮮黃，如半熟荷包蛋黃越凝越稠，濃到要溢流出來時，黃色瞬間消逝了蹤影，紅光豔豔從僅存的白色中央燒透出來。當我專注捕捉紅色渲染著擴大面積勢力時，在視域的最上方，突然綠色一閃。

抬眼，綠色無蹤。等我幾乎確認是錯覺時，雲牆最上端的邊緣，綠色又一閃、再一閃。我看到了。一種不曾見過的綠光，在雲與藍天之間隱約閃現。閃耀時，雲上多了一道很細很細、很柔嫩很柔嫩的綠邊，然而下一秒鐘，就又被雲幕上演的其他麗影給掩蓋了。

我拉拉J，叫他幫忙看看，是不是眞的有神祕奇特的綠光。他瞇起眼來注視了一會兒，說：「綠光，妳看到了夏日黃昏的綠光，傳說中的幸福之光。眞的是綠光。」

「什麼幸福之光？」

「有一個專有的法文形容這種光，那個法文字我記不得了，初夏，黃昏，有無法解釋的綠光在天際閃耀，很少人能看到，看到了的人就能擁有至高的幸福，像是預言預兆一類的東西……」

我忍不住興奮起來，拉著J說：「可是我們看到了啊！我們看到了啊！」

J露出一點安慰的微笑，伸手習慣性地把我額前瀏海撥亂了，說：「是啊，我們看到了。」

「那我們會擁有至高的幸福囉？」我問，不過話一出口就有點後悔，好像不應該點破，全天下美好的事情好像都不應該叫嚷著把它點破。也可能是不曉得J會有怎樣的反應而後悔？

J重複了剛剛的微笑、剛剛把我瀏海弄亂的動作，輕輕地說：「也許吧。」語氣輕得幾乎讓人錯覺是歎息。

3

剛認識沒有很久的時候，我問過J：「爲什麼你那麼常歎氣？爲什麼你總是看起來很累的樣子？」

J勉強做出一個睜大眼睛表示驚訝的樣子，反問：「我有嗎？」

「你有。」我那時候還沒那麼怕他。

「難道別人都不歎氣嗎？」

「別人……」我認眞想了一下，「好像是，在很多別人不會歎氣的狀況下，你都會歎氣。好像每跟你講三句話，你就會用歎氣回應一次……」

「妳覺得很不習慣，所以才會這樣問我？」

「是蠻不習慣的。」

「所以眞正的問題，不是我歎不歎氣，而是妳不習慣。妳不習慣，因爲妳平常都和跟我不一樣的人相處。妳的周圍，都是跟我不一樣的人。妳知道該怎麼辦嗎？妳把我想像成一個外國人，甚至一個外星人，就沒事了。妳以爲我是跟你們都一樣的人，才會不習慣。但我眞的不是，我是個外國人，我的內在，皮膚、長相、語言之外的，我眞的是個外國人。」

我故意裝作很乖馴地點頭，然後幽幽吐了一句話：「我會發現，你眞的是個外星人。」

J爆出大笑來。那是第一次，可能也是惟一一次，我逗得他大笑。我們剛在博愛路的功學社買了兩張「余光雷蒙熱門音樂演唱會」的門票，信步走到中山堂前的廣場，一陣冬風吹來，把地上殘剩的一堆枯乾落葉捲得團團轉，一直轉一直轉，越轉越快，奇怪的是，那堆葉子既不飛走也不升高，J的笑聲夾進了風中，留在石板地上一直轉一直轉。

4

Jo Jo was a man who thought he was a loner
But he knew it wouldn't last
Jo Jo left his home in Tucson, Arizona
For some California grass

Get back, get back, get back to where you once belonged
Get back, get back, get back to where you once belonged
Get back Jo Jo, go home

收音機裡放著這首歌，J抓住我的手，飛快地用手指在我的掌心寫下歌詞裡的每個字，我癢得想笑，癢得想把手收回來，可是我不敢，因爲J一邊寫一邊說：「沒有更悲哀的歌了，沒有比這首更悲哀的歌了。一個自以爲是匹孤獨的狼的人，卻沒辦法維持狼的驕傲與孤單的身分。這樣解釋傳達不了那麼簡單的歌詞裡含藏的悲哀，我不會說，只能聽。我能想像的更悲哀的歌，更悲哀的歌詞，是同樣這首歌的下一段……」J跟隨收音機裡的音樂哼唱起來：

Sweet Loretta Martin thought she was a woman
But she was another man
All the girls around her say she's got it coming
But she gets it while she can

Oh get back, get back, get back to where you once belonged
Get back, get back, get back to where you once belonged
Get back Loretta, go home

我不懂J說的悲哀，可是歌聲裡有另外一種情緒刺擾了我，我將自己的唇貼向J的唇，顫抖著，努力用最溫柔的語調說：「我不要回家。不要叫我回家。」

5

我剛滿十八歲，對於生活有很多狂野的幻想。幻想過自己成爲一個飛行員，駕駛著古老的雙翼飛機，飛過一大片草綠原野，原野另一端緩緩升起一顆載人的熱汽球，熱汽球下搭掛的，編得結結實實的藤籃裡坐著我最要好的朋友，她們高興地揮搖著雙臂……

幻想過自己化爲歌舞片裡的女主角，身體裡彷彿藏著隱形、自動的播音機，每當下起毛毛雨或從雲端吹降涼涼的風，音樂響起，我就可以擺動出曼妙的舞姿，跳上跳下，轉一個完美的圈圈，再轉一個完美的圈圈，接著神奇地，一雙也在旋轉著的手臂闖了進來，輕輕扶住我的腰，立刻又變幻觸著我的背我的肩，應和著、進而帶領著我的舞姿，屬於佛雷・亞斯坦，或者是金・凱利的舞姿……

幻想過自己在古堡裡被囚禁著。幻想過自己女扮男裝挺劍在混亂的革命人群裡，衛護著一波波暴民湧前攻擊卻依然保持著雍容氣質的安涅特皇后，改變了歷史。幻想過自己如紀政般飛奔在田徑場上，右大腿刺痛如刀割，不在乎地甩甩頭，短得不能再短的頭髮堅決而有韻律地貼耳刷刷作響，一咬牙超過前面高大金髮的外國選手。幻想過自己大腿的刺痛原來是從魚變成人必須經歷必須忍耐的，而我的王子毫不知情毫不憐恤地快步遠走，我趕不上，張口呼喊，卻只發出了「咕嚕」、「咕嚕」魚兒在水中吞吐著的聲音……不過再狂野的幻想，都沒有想過會遇到J，遇到一個外星人。

6

J開著一輛福特野馬Mustang，他幾乎到哪裡都開車。連到轉角買個麵包都開車去。

我們在車上啃著那家叫「福利」的麵包店的麵包，我覺得帶有濃濃奶油香剛出爐的鬆軟夾心簡直是天上掉下來的食物，J卻還是輕輕地，以歎息的口吻說：「發得太厲害了，也加太多水了，這種麵包。眞正的好麵包不黏牙的，乾乾實實吸引人一直咬一直咬，麵團裡的小麥香才慢慢沁滿口腔，安安靜靜地把味蕾包起來。這種麵包，不經咬。」

我不懂他在說什麼。換個話題，我就問他：「你那麼喜歡車啊，一分鐘的路都不願意走？」

「我喜歡車子帶給我的自由。我其實不在乎開的是什麼車。」J說：「什麼車都好，只要能關上門鎖上門，又能帶我到各個不同的地方去，就好。沒有車的人，在這裡，你們這裡，不可能理解什麼是自由。」

我也喜歡他的車帶來的自由。不然我不可能敢把自己丟進他的懷裡，更不可能主動親吻他。在車裡，在無人的路邊。收音機裡播著法蘭克・辛納屈黏答答的歌聲，還好J沒有拒絕我，他很快地回吻我，並且箍緊了環繞著我的雙臂，我幾乎喘不過氣來。也幾乎快樂得忘記如何呼吸。

我們第一次接吻後，臉靠在他絲質涼涼恤衫上，我記得我對J說：「你不是個外星人，我檢查過了，沒有電線、也沒有金屬支架。」

我以爲J會大笑。他沒有。他只是把雙掌十指深深插入我的髮際，我微一仰頭，他的唇就溫柔地貼上來。他的唇很軟，可是卻有一股金屬表面般的冷寒。

7

J跟我講過卡繆的故事。車子從麥帥公路往基隆開去，旁邊的稻田裡飛起白鷺鷥，翅膀慢慢地拍，頭慢慢地迎風揚起，看來那麼慢的白鷺鷥，竟然追著我們的車飛了好一段，讓我覺得時間與速度不可解的神祕。J說卡繆一輩子討厭汽車，討厭汽車橫衝直撞哪裡都能去，沒有個性。然而最後卡繆卻死在車禍中。卡繆從外地要回巴黎去，火車票都買好了，好朋友迦里瑪卻堅持要讓他搭便車，不必等火車時間，早一點就能回到巴黎。卡繆勉強接受了，迦里瑪開車在途中撞上了路邊的大樹，車上其他三個人，包括迦里瑪都沒事，就是卡繆死了。死的時候只有四十七歲，回程火車票躺在他口袋裡。

「這樣的人生，眞是荒謬，他媽的！」那是我惟一一次聽J說「他媽的」。我一直記得他爲卡繆破例說了「他媽的」。

他也爲卡繆破例要求我去讀《異鄉人》。我一直記得。因爲J常常歎著氣對我說：「小女生，我對妳別無所求，妳一定要知道，我不會對妳有任何要求。」在一個暗夜，在一個我不認識的路邊，我躺在J的懷裡，不曉得吻了多久。J的手從領口滑進我的胸衣裡，食指輕輕觸著我的乳尖，我覺得全身每一吋皮膚都起了疙瘩，一種和平常完全不一樣的疙瘩，不是恐懼或尷尬的疙瘩，是快樂的疙瘩。疙瘩退去後，我問J：「你會不會覺得我太隨便，太容易得到了？」J很無奈很無奈地歎了一口氣，用雙手捧著我的臉，眼神直勾勾地射進我的眼睛，彷彿射進更深處的靈魂裡，說：「小女生，我沒有要從妳這裡得到任何東西。妳一定要知道，我不會對妳有任何要求。」

可是他爲了卡繆破例要我讀《異鄉人》。還講解《異鄉人》的故事給我聽。三十歲的店員莫索去參加母親的葬禮，然後去找他的情婦，跟情婦上床做愛，然後去海邊游泳，然後遇見了一個阿拉伯人就把那個阿拉伯人殺了，然後因殺人罪接受審判，然後被判了死刑。這樣一連串的事件。不過眞正重要的是，這一連串事件發生在莫索身上，他歷歷感覺每一個細節，就像夏日烈陽下每一顆沙粒都各自突出般那麼清晰，但這些事件，也像沙粒一樣，跟他沒有直接的關係。

「沒有意義。最強烈的哀傷、快樂、罪咎、恐懼乃至於失望，統統都沒有意義。小女生，妳懂嗎？」

我不懂，我眞的不懂。

「那妳知道乾冰嗎？」J繼續說下去，「電視裡歌星唱歌時，會一直冒著煙的那種東西。妳看過乾冰、摸過乾冰嗎？看起來像是熱騰騰、火燙燙的，但一靠近，乾冰比冰還冷，乾冰比冷本身還要冷。那就是莫索的生命，他像活在乾冰裡，他就是塊乾冰。妳懂嗎？」

我不懂，我本來就不懂，我只有十八歲。

「那妳就不懂我，我的感覺與我的沒感覺。」J說。

8

我不懂，可是我很在意J說的感覺與沒感覺。十八歲的我，到底是他的感覺，還是他的沒感覺？

跟J在一起，有很豐富很豐富的感覺，多少我人生的第一次。第一次擁抱。第一次親吻。第一次有人用手指碰觸我被衣服覆蓋著的皮膚。我永遠忘不了J的掌心貼著我的背，順著脊椎滑上後頸，他原本平順的呼吸聲中突然有了輕輕的變化，像是讚歎又像是惋惜地說：「It's so delicate。It's so delicate。」第一次在J碰觸我不應該被碰觸的地方時，忍不住輕喚了一聲，而且明知一定會後悔，還是忍不住不知對他或對自己說著：「好舒服，怎麼會那麼舒服……」

J撫摸遍了我全身。最興奮的一次，我刻意穿了衣櫥裡惟一一件，姊姊買的卻從來不敢穿的迷你裙，讓J可以不必摸索著解開我的褲頭，J的手像揉撫我的乳房般揉撫著我的膝蓋，然後一吋吋沿著大腿內側上行，那一瞬間，一個毫不知恥的念頭不容阻扼地迸爆上來，多麼渴望他的吻，他那甜軟的唇，也會從我的膝蓋一吋吋吮吸大腿內側敏感的皮膚。後來，J眞的就俯彎了身子去吻我的膝蓋。我可以感覺到他的舌頭在我大腿內側滑走。一直到大腿根部。隔著薄薄的底褲，他吻著我最私密的部位。

我想過應該要說：「不要。」或「不可以。」但我沒有說。因爲如果說了，J眞的會停下來。他不強迫我接受任何我不想要的事，卡繆與《異鄉人》是唯一的例外。我沒辦法既說「不要」，又讓他繼續給我我眞的想要的感覺。我沒有說，我口中發出的是一種我自己從來沒聽過，甚至不曾想像過的聲音，像人又像獸又像暴雨或狂風中不可觸的大自然的聲音。我第一次聽到這種聲音，發自我的身體某個神祕的內部。

不過，J卻從來不讓我碰他任何比較敏感的地帶。我確定他對我有反應，可是我的手稍稍接觸他削瘦的胸膛或鼓起的胯下，他都靈巧地閃躲。我不能堅持，畢竟我是個十八歲的女孩。我已經做了太多不該做不能做的事了。

我曖昧、模糊地問：「爲什麼？」「爲什麼不可以？」J不反應也不回答。我也沒辦法進一步追問、進一步要答案，畢竟我只是個十八歲的女孩。

只有一次，在我問過後幾分鐘，J重複講了他講過的話：「我沒有要從妳這裡得到什麼。」頓了一下，他又說：「我已經對生命別無所求了，小女生，我只想多給妳一點，一點有限的快樂與溫暖，如此而已。」

許多年後，J已經消失了很久很久，我對男人有了更多的認識，我才恍然自己犯的錯誤。我其實沒有資格也沒有把握評斷J說：「你不是個外星人。」或許，終究他還是個從夜空中亮晶晶的飛碟上走下來的外星人。

9

有一次，我伏在J的肩上大哭。長大有記憶以來第一次那樣大哭。因爲J無論如何就是不肯告訴我：我的愛對他是有意義的。

他什麼都不說，靜靜地等我哭完。

終於講得出話來時，我問他：「你到底要我怎麼愛你？」

「背過身去。」J說，「妳如果眞的愛我，妳就背過身去。」

他的話，每個字清清楚楚。每個字我都不懂。只知道我狠狠地打了個寒顫。

10

一九七一年，民國六十年，我本來應該畢業了，卻還在讀高三，八里的一所私立女中，每天上學坐校車經過觀音山腳下，不用抬頭都可以感覺到黑壓壓一大片墳墓一路排到山頂上，奇特的荒蕪與荒涼。

J從來不問我任何關於學校關於家庭的事。這或許就是剛開始我會被他吸引的最大理由吧。我討厭告訴人家我高一時留級多念了一年。我討厭說明如何染上肺炎、如何轉成嚴重氣喘、如何無力復無望地在床上躺了一個冬天。留級就是留級。我就是討厭講起留級這件事。我也討厭告訴人家我那個總是空蕩蕩的家。討厭解釋爲什麼爸爸去了西班牙、爲什麼媽媽去了天堂（或地獄或觀音山上）、爲什麼姊姊去了台中住校、爲什麼弟弟去了少年感化院，空蕩蕩就是空蕩蕩。

J從來不問，當然他也從來不告訴我關於他的學校或他的家庭的任何事。第一次遇見他，是在舞會上，他靜靜坐在唱機旁邊，從一大疊唱片中熟練地抽出一張，快速換片，用穩得不能再穩的手，快速將唱針放到旋轉中的黑亮溝槽上。

原來他就是那個傳聞中的「舞會樂聖」。有他在，舞會的氣氛特別好，因爲他選擇的音樂「會勾人」，「把人勾進那個感覺裡去」。前面一支慢舞和後面一支快舞，剛剛好配合著情緒，「他總是讓人跳到後來又哭又笑、又叫又摀著嘴不敢叫」。我聽說過他，我聽說過對他的種種形容。

那天晚上，我沒有覺得那音樂有多神奇，也許是因爲我沒有跳舞的關係吧。我感冒了，頭重重的，就是感冒難受才不願意待在家裡。可是也沒力氣應付那些快的慢的舞步，那些緊張兮兮或自作多情的男孩。我坐在角落裡看J放唱片，很快就相信那是我看過最穩最穩的一隻右手，穩到可以遠遠傳染一份難得的安全感過來。

我盯著他盯到眼花了，緊閉雙眼把酸澀逼出來，再張眼時J竟然不見了。不在唱機旁邊。不知何時晃到我身邊，沒有任何招呼，甚至沒有客氣點點頭，直接遞來一個澄黃黃的罐子，簡短地說：「熱的Fanta橘子汽水，可以治感冒，Coke的效果更好些，可惜沒有了。」

我沒有喝過Fanta，味道有點像榮冠果樂，比榮冠果樂濃些，橘子香隨扎嘴的汽泡不斷衝湧著。我更沒有喝過燙熱、熱得燙舌頭的汽水。

很快地打了一個嗝，眼淚隨嗝掉下來，J已經在我婆娑的淚眼中擺著模糊難辨的步伐走回唱機所在的地方。

11

J大概是大學四年級，我認識他的時候。他大概是外文系一類的學生。大概家裡很有錢吧。大概沒什麼別的朋友，要不然也不會來搭理一個在舞會中精神萎靡的十八歲女生了。

而且他大概有某種神通，一眼看出來十八歲的女生感冒了。他大概還有某種神功神力，可以瞬間把舞會中不知誰從PX搬來的美國橘子汽水弄成燙熱。

J消失之後，我常常想，甚至過了十年都還會冷不防想起，我應該將這些所有所有的「大概」，包括那罐燙熱的橘子汽水都問明白的，畢竟一個有了身世的人，就不會再是個外星人。

我沒有問，我刻意不問。也許是怕一旦問了，我也就有責任要告訴J我自己的身世吧。有了身世，我們就變成兩個平常的人。我們不平常的愛，只存在於沒有身世的眞空中。

J大概有某種病。他的Mustang手套箱一打開，裡面都是藥瓶藥包。他有驚人的本事，可以不喝水直接呑一大把藥。然後打開一片箭牌口香糖心不在焉地嚼幾下。我知道嚼口香糖就爲了怕我突然吻他。結果他一嚼口香糖我就忍不住衝動要吻他。每次都聞到那種苦苦的化學味、膠囊介於有味與無味間的奇異刺激，還有一種說不上來的像是海水般的鹽滷味。

那是我第一次將J和海連在一起。吻著剛呑下藥的J，像在深不可測的海裡游泳，你不知道自己的泳技哪一個瞬間就會不夠用。有質地的海水緊緊束縛著，形成海水質量最重要的成分，澀鹹的滋味，固執地往已經緊閉的眼窩、鼻孔和嘴巴裡鑽，「它不放過我，它不會放過我了」，從心底這樣恐慌驚呼出來，然而下一剎那浮出水面，你卻發現大海冷蔭地繼續湧著它層層的浪，由靛而青而白，再從碎白泡沫中重組出翠藍色來，大海，彷彿從來跟你沒有任何干係。

我只問過J那些藥。先是試探著問：「有白有黃、有大有小，你怎麼弄得清楚該吃哪顆？」J回答：「反正吃錯了也無妨。」

接著問：「怎麼會有那麼多藥呢？我從來沒看過有人一次吃那麼多藥。」J回答：「人就是一連串的化學反應。我的化學反應亂掉了，就用化學程序弄回來。」

最後問：「這些藥會給你什麼反應？」J回答：「讓我醒來知道自己還活著，不至於搞不懂妳到底是誰。」

我不可能再問下去了，我是誰是這場愛情中惟一、最重要的身分故事。

12

看到綠光的那個黃昏，我們離開石門朝淡水的方向繼續開。太陽落下去後，天色快速變暗，原本閃爍綠光的那片雲，在我沒有注意的情況下，迅速長大成濃黑的雨雲，占去了擋風玻璃的右上角。突然，電光一閃。我驚覺抬頭，似乎有一股力量逼壓著，使我的背緊緊貼住座椅。電光又是一閃。沒有雷聲。電光在雲裡，卻沒有能力把雲照亮。又一閃，只顯得雲更加烏黑。

我回過神來，發現了那似乎每秒鐘都在膨脹擴張的大黑雲，形狀如此詭異。我輕輕搖了搖J置放在排檔桿上的右手，「看，那雲。」

J點點頭，「像個騎著掃把的巫婆正要飛走。最左邊的這塊。」

「右邊呢？右邊這塊好像有側面的半張臉，圓圓凸出來的是眼睛……」我說。

「沒有眼珠的眼睛，空洞洞的黑色。一隻盲了的眼睛，因爲盲了而更可怕，我們不知道它會看到什麼，看見我們看不見的。」J說。

我下意識地在座椅上縮低了身體，「你不要嚇我。」

「怎麼會是我要嚇妳？是它，」J指著玻璃外彷彿要撲下來的大黑雲，「是它要嚇我們。」

「你也被嚇到嗎？」我問。

J沒有回答，沒有立刻回答。但他似乎把油門稍稍踩得重了些，引擎呼呼吼叫的聲音在我們的沉默中浮升起來。遠遠的路口燈號轉紅了，J鬆了油門、輕推排檔到空檔，然後才說：

「當然會被嚇到，妳看剛剛那個騎掃把的巫婆，她爲什麼那麼急著要飛走？連她也被嚇到了。連巫婆都怕的，那只能是邪惡的本身，魔中之魔，盲中之盲。可是有掃把的巫婆都還逃不掉，魔中之魔在她背後吹一口氣，她就散掉了，慢慢散掉，先失去輪廓，再失去重量，最後失去靈魂，只留下一堆質量。連巫婆都怕，我當然也怕。」

我被弄迷糊了。我完全聽不出來J是不是在跟我開玩笑，他的語調平平順順的，找不出一點特別的表情。或許他只是跟我說一個即興的、有趣的故事？還是他眞的、眞的在告訴我他也害怕？

綠燈。車子又向前開，沉默又和引擎聲一起回來統治小小的車廂。大黑雲現在從擋風玻璃延伸到我這邊的側窗了，形狀變得更詭異，在夜色襯托下，黑中之黑顯得更加猙獰，周圍的黑已經吸掉了所有顏色，雨雲比黑還要深還要濃，就只能接近絕對的空或無了，但那麼絕對的黑裡，不可思議地還有層次，那隻大眼睛的暗示堅持不肯改變，而且似乎越瞪越低……

我受不了這種威嚇下的沉默。我想要把眼光轉開。我可以側過去看J，看儀表板放出的柔光射在他臉上、頭上、領上。我也可以盯著看速度計上的紅針又指到哪裡，順便把英哩數字乘以一點六，換成公里。我應該說些話。跟烏雲無關的任何話都好。甚至有分衝動湧上來，找不到話題我正可以反覆不停地對J說：「我好喜歡你。我好喜歡你。我好喜歡你。我好喜歡你。我好喜歡你……」像個瘋掉了的十八歲小女生。

可是我做不到。我的力氣不知什麼時候被吸光了。我醒著，但我的身體我的頭我的嘴我的聲帶卻深陷在鬼壓身的夢魘裡。我動不了。連一根手指都動不了。J，救我，救救我。J，只有你能救我了……

究竟過了多久？一分鐘、十分鐘、半小時還是更久？終於傳來了J的聲音：

「這種時候，惟一能做的，就是背過身去。」

他猛踩剎車，左腳同時踩得離合器吱嘎吱嘎叫，方向盤帶著整輛車向左傾斜，離心力使我右肩撞上了門窗，排檔迅即打入二檔，鬆剎車、放離合器、猛踩油門，車已然一百八十度大迴彎，把雨雲拋在後頭了。

J吐出另一口歎息聲：「只能背過身去。」

13

在車上，當J不說話的時候，我就專心看他開車。偶爾問一、二句：「你剛剛碰的那個是什麼？」後來，J沉默不語，我怎麼撩撥都不願意說話的時候越來越多，我也就越來越熟悉他開車的每一個細節。

J心血來潮提議教我開車時，我覺得自己已經完全弄懂這輛車了。J問我：「會怕嗎？」我搖搖頭，自信地回答：「一點都不怕。有什麼好怕的？反正就是踩離合器、上檔、邊鬆離合器邊踩油門，然後轉方向盤，有狀況就減速，別忘了踩剎車時同時踩離合器，以免車停了熄火，就是這樣而已，不是嗎？」

J揉揉我的頭：「講起來頭頭是道。簡直像是駕駛班班長的口吻。」

J將車開到內湖，拐進一條窄巷，接上山路，蜿蜒上坡，我問他這是什麼地方，他說：「五指山。」上到山頂，赫然出現一片極爲空曠的平台。

「這裡練車最好了。」J解釋，「山景秀麗，而且這一整片地方都是你的，沒有人會被你撞到，也沒有人會來干預你。」

我換到駕駛座上。自信滿滿地照著想像中J的模樣動作，不料車子非但沒有如預期地向前滑行，反而像是撞到什麼無形的東西般劇烈地彈了一下，我差點把整張臉撞到方向盤上去。

「熄火了。」J似乎毫不意外，伸手過來重新將車發動了，「離合器放得太快了些。」

我再試一下。咚。又是熄火，再一次。咚。又熄火了。不知道試到第幾次，車子終於動了，我興奮得幾乎要從駕駛座上跳起來，沒有眞正跳起來，只是左腳稍稍提高了一點，咚。又熄火了。

其實試了幾次，我就已經喪失自信，也喪失興趣了。我越開越怕，怕把J的野馬車弄壞，也怕J會覺得我怎麼如此笨手笨腳的。可是J什麼都沒說，只是一次又一次說：「太快了，離合器再慢一點就好。」「右腳輕輕接觸著油門就好，不必眞的踩下去，用離合器來控制就好。」一次又一次，J將車子發動好，我提不起勇氣告訴他我不要練了，我不要學開車了。

那天天黑得特別快。一下子暗影四攏。我又勉強地讓車子滑動了，J下了明確的指令：「踩一點點油門。」車子快了些，下一個指令：「換二檔！」在我手忙腳亂中，突然車子向前衝出去，又立刻劇烈地被阻停下來。

恐慌淹過了堤防，我歇斯底里地大叫：「撞到了！我撞到東西了！」J鎭定地說：「沒有沒有。」我渾身起顫，拚命搖頭：「眞的撞到了！我看到前面有個黑黑的東西被我撞倒了！」J摟住我說：「沒有，沒有，我也在看，沒有東西。」我哭起來：「眞的有，我完蛋了，我撞到人了！」J打開車門，出去看了一圈，回來說：「眞的沒有，別怕。」我止不住哭，空白的腦袋執著在恐懼的意念中，容不下J的安慰。J只好拿起手電筒，半哄半強迫地把我架下車，說：「別怕，妳自己來看，沒有東西。」

我啜泣著躲在他的懷裡，讓他帶著我繞車子走了一圈，強力手電筒的光連車底都照遍了。看完車底，確認沒有血跡沒有屍體，我靠著車子癱坐，站不住了。J陪我坐在地上，口裡還持續喃喃唸著：「好了好了，沒事了沒事了……」

然後J突然說：「我變個魔術給你看。」他叫我把頭垂到最低、不能再低的位置，閉上眼睛，張開之後只能盯著手電筒的光看，手電筒的光到哪裡，才能夠看到哪裡。

我照著做了。張開眼睛時，手電筒的光就在我腳下。好一段時間，手電筒都沒動。我盯著盯著，那亮光慢慢占滿了整個視野，亮光以外的地方，逐漸褪走，隱匿不見了，連J都在對比的黑暗裡不再看得見。

不知過了多久，光開始移動。緩緩地向上移。像是一根光柱原本躺著，被巨大的力量緩緩扶立起來。光柱越立越直、越照越亮，在全然黑暗中，光柱本身是個展示，也是個指引。我隨著光柱抬頭，瞬間，光柱的盡頭出現一顆渾圓銀亮的大月球，以前所未有的姿態近逼在我眼前。

「我幫妳照亮了一個大滿月。」J輕輕地說。我眞的覺得月亮是被J手裡的手電筒照出來的。我眞的覺得月亮是被J手裡的手電筒像揭開舞台之幕般地召喚出來的。那一剎時。

我緊緊抱住J，用力吻他，好像再不吻，下一秒他就會隨他的魔術一起消失般地急切而用力。

14

下山的路上，J滿臉歉意地告白：不應該帶我去那裡練車的，原來那旁邊就是國軍第一公墓。山頂上會整出一大片平地來，是準備墓區不夠的時候可以派上用場。

「那年頭，人死得快。仗還在打。要不然就是覺得仗馬上又要開始打起來。就算別的都缺，總不能連墓地都沒準備吧。所以搞了那麼大一塊地等著用。仗沒打，墓園裡沒有擠滿死人，就空空留著那塊地了。」

我渾身起雞皮疙瘩，「你是說我剛剛可能撞到鬼了？」

「妳想到哪裡去了？」J無奈地搖搖頭，「我的意思只是那裡陰沉沉的，害妳不容易專心，就這樣而已。」

可是我心底明白，他覺得我可能撞到鬼了。

「你相信有鬼嗎？」我問。

J抿了抿嘴，想了好一陣子，「我寧可相信有鬼。這樣世界會變得簡單些，有條理些。死了還可以延續活著的道理。要不然怎麼解釋：一場地震幾分鐘內六萬人就一起死掉了。六萬個，有好人有壞人有老人有嬰孩，就都死了。這樣存在，究竟有什麼意義？存在就只是爲了在偶然因素控制下，終於變成不存在嗎？存在的開始與存在的結束，都跟我自己無關，那，還是我的存在嗎？如果有鬼，那結束就不是眞的結束，那就不會如此荒謬了。我寧可相信有鬼。鬼毋寧是需要的。」

我不太聽得懂J講的，也不曉得該如何反應。又過了一陣子，J歎口氣，說：「不，我不相信有鬼。」

我困惑了，有鬼還是沒鬼？存在還是不存在？可是有一樁事，卻在我心底照得明白透亮，像天空的那顆大圓盤一般。J事實上是個非常體貼的人。他可以是個非常體貼的人。我一直就懷疑他的冷冰冰是假的。

藉著他的歉疚，我大膽地問J：「你爲什麼要裝出那樣冷冰冰？爲什麼連對我都這樣裝？」

「我沒有裝。」J說。他又抿起嘴來。一陣子之後，他說：「我只是想活得清楚一點。我總不能老是激動生氣吧。我只是不想對那麼多虛僞且無聊的事生氣。如果是以前，看到像選觀光小姐這種事，我一定會受不了。庸俗、醜惡、虛僞、無聊，這整件事。可是你們這裡，貴國，每天每天充滿了這種庸俗、醜惡、虛僞、無聊的事。那我就會變成全天下最庸俗、醜惡、虛僞、無聊的人，因爲我隨時都在生氣這些庸俗、醜惡、虛僞、無聊的事，也就分分秒秒擺脫不了庸俗、醜惡、虛僞、無聊……

「妳聽過披頭四的另外一首歌〈Nowhere Man〉嗎？

He's a real nowhere man
Sitting in his nowhere land
Making all his nowhere plan for nobody

Doesn't have a point of view
Knows not where he's going to
Isn't he a bit like you and me?

Nowhere man, please listen, you don't know what you're missing
Nowhere man, the world is at your command ……

「妳不覺得我們就是那個做著 nowhere plan for nobody 的 nowhere man 嗎？烏有之鄉的烏有之人，最大最徹底的虛幻，最黑最黑的黑色思想。我也多麼想要被披頭四說服：世界其實是在你的指揮之下。世界在你的指揮之下……」

一個苦笑的表情凝結在停下來不講話的J臉上，停了好久好久，J才接下去說：「可是連披頭四他們自己都沒被說服，他們不是說了嗎：Isn't he a bit like you and me？……我聽了又聽他們的歌，烏有之鄉烏有之人，想像著烏有大計。原來一切都是子虛烏有，連那首唱著子虛烏有主題的歌，都是子虛烏有的啊……」

15

那是最後一次。最後一次J跟我說那麼多話。

夏天過完了，秋天來了。走在回家的路上，槭樹大片大片的葉子，幾乎有巴掌那麼大，慷慨地落著。我每次抬頭看，都會看到樹葉離枝，隨風飄搖。好像可以這樣永遠自由地在風中飄搖下去。可是那一刻卻總是悄悄到來，樹葉掉落停歇地上。一旦落在地上，葉子就不像葉子了。

然後我的眼淚就隨著槭葉落下來。因爲我想念J，因爲我找不到J。就算偶爾，隔十天或兩個禮拜，J短暫地出現一次，他的眉頭皺得越來越緊，嘴也閉得越來越緊。只有在吃藥時才張開。只有在吃完藥差不多十分鐘左右，才打起精神來叫我：「小女生。」

「小女生，妳要學會抗拒這個世界。」

「小女生，妳要好好的。」

「小女生，妳要想我。」

「小女生，妳要懂得，那些包圍妳的東西。」

「小女生，妳要乖乖的。」

都是這類沒頭沒腦的話。我問他：「什麼意思？」一律的答案是：「沒有什麼意思。」

入冬後鋒面一直徘徊，每天都是陰冷的天氣。J突然出現了，說要帶我去看海浪。「他們說今天東北季風最強。」

我們走一路都有溼糊冥紙沮喪貼黏在地上的北宜公路，到礁溪之後改走海邊過頭城，車窗外一片淋漓，看不見雨珠，然而溼氣整片整片撲襲過來，雨刷刷掉一片，馬上又有另一片。

「龜山島在妳那邊。」J說。我什麼都看不到，只有在水霧玻璃上變形著的樹影。「打開車窗一點點，一點點就好。」J說。我照著做，嚇了一大跳。那麼強悍巨大的海浪拍打聲響，爭先恐後灌進來。轟。啪。吼。刷。碰。嗤。轟。嘩。啪。吼。呼啦。吼轟。刷哈。嗤啦啦。碰轟。轟。轟吼。啪啦。拍啦吼轟。

J將車停在看得見海的一塊斜坡岬角上。「來吧。」他說。我乖馴地隨他下車，他牽拉著我的手。「小心別滑倒了。」他說。我隨著他往海岸礁石前沿走。浪很遠很遠就蓄積著力量，緩緩堆高，再靜靜下沉，然後湧上另一個更高的排浪，又悄悄隱身下沉，然後再出現，這次高到無法維持了，最頂峰的碎浪跌滑下來，給壯觀的藍綠大波綴繡上白邊，浪又伏低身形，下一瞬間，猛力撲擊曲折的礁岸，一邊發著巨響，一邊激起彷彿一直要飛上天空的大水牆……每隔十秒鐘，就飛起一面水牆，阻卻了前方的視野，只看得見騰飛掙扎努力竄升的浪花，即使在晦暗陰霾的天色下都展現著讓人無法逼視的鮮白，彷彿在海浪裡點著煙火陣，在擊岸的剎那引爆，炸出不可思議的亮光……水牆不情不願地崩頹了，水浪狼狽一地鋪陳著類似廢墟的主題，馬上另外一面水牆又衝上來，比前一面更怒更兇更高更亮……J牽著我一直往前走，我全身起滿了疙瘩，我拉拉他：「好了，到這裡就好了。」

J停了，鬆開他的手，我一閃神，他又邁著步子向前走了……「別去！」我大叫。J回頭給我一個微笑，點點頭，說：「好，我就在這裡。」可是他沒有停下腳步。「你說要停的！」我又大叫。J說：「再走幾步就好，小女生，別擔心。」最高的浪破下來已經都濺到J只穿了絨布咖啡色襯衫的身上了。「不可以再走了！」我叫。J這次沒回頭了。「我要走了，我不要待在這裡了！」我大叫。J停住步子了。他的身影疊在大水牆上看來如此渺小。「你再不回頭，我眞的要走了！」我大叫。這次有效了，J轉過身來。我拚命招手，「回來陪我！我害怕！」從他的嘴型，我知道他在說：「小女生，別怕。」可是我聽不到他的聲音。我只能聽到自己扯著喉嚨和海濤對抗：「陪我！陪我！我要走了！」J似乎往我這邊走了一小步。撒嬌、任性、害怕，可能也帶點憤怒吧，我轉身開始朝停車的地方走，小心地看著滿地礁石選擇落腳的地方。我相信J就在我後面。我走得拙走得慢，他走得快，他會趕上我，拉起我的手來。我的手在等待著，等著他雖然常常冰涼卻因十分柔軟而讓人錯覺以爲泛著溫暖的手。我走著我等著，我執意走著執意等著，我不回頭，我知道J就在我後面跟著我……

也許那個時候，我就意識到我眞不知道J會不會跟著我。我只是以爲這樣堅持，堅持下去就會變成事實。我開始哭。我開始大哭。覺得自己是一顆億萬年在海邊被風蝕水擊，無法動彈的巖石。我動不了了。因爲我不能回頭去看沒有了J的空蕩蕩的海岸，永不停歇一次次浮起、如同張著大嘴的怪獸的水牆……

16

「你到底要我怎麼愛你？」

「背過身去。妳如果眞的愛我，妳就背過身去。」

我背過身的瞬間，J消失了，一九七一年結束了，卻永遠沒有過去。

——原載《印刻文學生活誌》二〇〇四年二月號

一九八九・圳上的血凍

祖父說他跟博子一起走到溝圳邊，水面上漂著一塊塊紅色瑪瑙般晶瑩的凍塊。他蹲下去想看個詳細，博子彷彿脆裂開來的聲音穿透潮霧，電一般觸刺了他：「血。那是血凍。」

我記得一九八九年。記得那年一個奇異的夏夜，剛滿九十歲的祖父，自己一個人從嘉義搭了三個半小時的野雞車來找我。

我大學二年級，剛愛上一個女孩，也剛剛認清楚（我自以爲清楚）自己根本不愛原來的女朋友。可是原來的女朋友卻不相信、卻不能接受我的認定。

她幾乎每天都等在我住的地方樓下，完全無害、靜靜地站在一盞泛著白流光色的路燈下。她很善良，也沒有惡意。她只是要在我回來時笑嘻嘻地迎上來，好像我跟她鬧分手的這些吵擾騷動從來沒有發生過。然後勾著我的臂彎在附近走二十分鐘。她會告訴我她想怎樣怎樣，去看看電影啦，和我一起準備期中考啦什麼的，就是我們過去相處時會講的一些瑣碎計畫。我不能拒絕她，更不能提醒她因爲另外一個女孩的關係我不會再和她在一起。每次她意識到我可能要把現實帶回來，她就踮起腳來用熱吻封我的嘴，即使在人眾往來的大街上。以前即使在公園陰暗角落她都沒有這麼熱情。我不能講。散步結束後，她就高高興興地自己回家。不管我在散步時答應了什麼，她不會眞的來要的，她只是在營造一個夢般的氣氛。

完全無害，卻讓我內心淌血、顫抖。總覺得她是顆不知什麼時候會爆炸的炸彈。我害怕回家，又不敢不回家，也不敢太晚回家。我怕萬一她在路上出什麼意外，我會因太深的罪咎而崩潰。

一個初夏剛剛熱起來的黃昏，我一如往常揣著不安、不知所措的心情回家，卻發現路燈下有兩個人影。我第一個反應是毛髮倒豎。不知道她會做出什麼事，讓我對周遭任何反常的現象都杯弓蛇影，失去抵抗能力。好不容易強迫自己重新睜開剎時緊閉的雙眼，發現另外一個人影竟然是祖父。

我甚至不知道是不是應該逃開，腦中掏成一片空白，無知覺地繼續著向前的腳步。突然之間那女孩衝上來撲抱住我，開始嚎啕大哭。她可能已經哭很久了，聲音一下子就由微顫轉成斷續的痙攣。

太奇怪了，奇怪到我無法解讀這些動作、這些聲音的意義。像個白痴愣楞在充滿強烈情緒的舞台上。我不知道祖父跟她說了什麼。祖父只告訴我他聽說我最近有點怪怪的，家族聚會時我又沒到，就決定來找我。在門口等了好一陣。

然後祖父堅持時間已經太晚，不進去我租室寄宿的地方，直接要回嘉義了。然後祖父，九十歲卻還步伐健朗，就帶著那女孩上了同一輛公車。我的世界急速縮小到只剩下一個窗口。他們兩人並肩坐下來的影像被金屬的窗框圈隔著。唯一的配音是我自己急促得彷彿隨時要脫序散亂的心跳。

那女孩後來再也沒到路燈下等過我。祖父也沒再提過這件事。可是我不會忘記那個窗口。冰涼的銀灰車窗裡兩張疲憊不堪的臉。九十歲與二十歲，卻同樣因爲愛而疲憊。愛是很累人的，我那一瞬間明瞭了。

很奇怪啊，我祖父甚至不怎麼會講國語，而那女孩的閩南語只有鬧笑話的程度。他們走了之後，我無頭蒼蠅般在街上胡走亂逛，一枝枝路燈亮起來，灑下來的白光一波波淋得我狠打寒顫，雖然這是個初夏剛熱起來的夜晚。我努力整理腦中雜亂的思緒，發現自己正在回憶以前教那女孩講閩南語時的事。記得有一次她故意考我，找了些古文句子給我唸，其中一句是：「老吾老以及人之老，幼吾幼以及人之幼」，我試了一下開頭「老吾老」三個音，突然惡作劇的念頭浮了上來，我正經八百地唸：「老 món 老、yà 有人比你卡老；ü món ü，yà 有人比你卡 ü」（滿老的，但有人比你更老；滿幼稚的，但有人比你更幼稚），女孩根本不瞭解意思，很驚訝我能這麼流利唸出拗口的古文句子來。我忍住笑，乾脆惡戲到底，教她講這兩句話，建議她學會了就可以在朋友面前炫耀高深的閩南語程度。她眞的信了，眞的一字一句注音抄下來學得像模像樣，眞的搬去講給朋友聽，惹得大家大笑不已。我想人大概天生有惡戲的共犯本能吧，她鬧過幾次笑話，竟然都沒人告訴她被作弄的眞相，她一直一直以爲人家笑是因爲她外省腔發音的關係。

這樣的念頭跟著出現了：在和祖父交談時，她會不會心血來潮把這兩句「高深閩南語」拿出來表演呢？祖父會如何反應？我竟然想起這個而忍不住笑了，不是哈哈那樣大笑，而是暖暖的笑意平平地熨過心底，熨過之後，赫然理解到自己的意識裡原來已經開始沉積一些無法消除的皺紋了，因此被濃烈的悲哀緊緊地震駭住了。一切情緒的線頭纏結在一起，眼淚簌簌地冒湧出來……

連續一個星期，燈下不再有女孩的身影。蹺掉一堂無聊的中國現代史，近乎無意識地，我搭車到承德路，買了票上了開往嘉義的野雞車。我隱約知道自己要去哪裡要幹嘛，卻又刻意保持在一種空泛的狀態裡，有一層厚厚重重的布帘遮擋著，不讓光，足以徹照黑暗的光透射進來。

大車由重慶北路開上高速公路時，我想起了祖父對於家族聚會的重視。每年總有一兩次，祖父會找個值得特別紀念的日子，選定他認爲風光秀麗的地點，找全家族成員一起聚會。大家熙熙攘攘碰頭個一、兩天，然後照張相。祖父一直留著過去的習慣，一定親自到相館在底片下方寫上某某年於什麼地方全家聚會。洗出來的照片看上去像是國民大會開幕式留念般。

是了，這種聚會不能隨便缺席的。祖父腦中有一張隨時修正的家族成員總名單，添了什麼人、走了什麼人，他清清楚楚。即使活到九十歲，他都精確點名，不會弄錯。我印象中他只弄錯過一次。大表哥離婚那年。那是我們家族裡第一回有人離婚。祖父一直問：「秀美呢？秀美選首飾的眼光最好呢！」秀美是大表嫂的名字。姑姑很尷尬地試圖告訴祖父秀美不再屬於我們這個家族了，祖父一向靈巧的思路卻好像就卡死在那點上動不了，固執地問：「秀美呢？秀美去哪裡了？」祖父連續問了兩、三年，直到又有一個堂哥也離婚了，而且小孩被女方帶走，祖父才不再問：「秀美呢？」我想祖父不是眞的不瞭解離婚是怎麼回事，只是不能也不願接受吧。他那麼看重家族，突然有一個人自己選擇要離開，對他的打擊可能比大伯父心臟病過世還要沉重。

是了，如果有人眞正因爲什麼不可抗力因素在家族聚會中缺席了，祖父一定事後親自處理。早先是寫信告訴缺席者聚會中的種種。不過他受的是日本教育，寫的是日文。家族裡愈來愈多人讀不懂日文，祖父的漢文又不怎麼好，所以他就改打電話或電報。祖父的電報是一絕，我父親還保留了一些，精簡的漢文湊在一起，簡直有日本俳句的味道。例如去日月潭聚會，他會寫：「日光月照，家族集會身影思念。」還有更精彩的。有一年大家上台北看新開張的第一百貨，祖父拍了這樣的電報給沒到的成員：「人的山、貨的海，擁擠中孤單記起你的不在。」

很多老人都怕碰新東西，尤其是新機器，祖父卻熱愛任何新鮮的奇技淫巧。他一直很跟得上潮流，從來沒有老到變得無知又固執。任何一種新機器都可以成爲他連繫家族成員的工具。有人收到錄音帶，裡面錄著家族成員聚會時七嘴八舌談論他的種種；後來當然就有人收到錄影帶，每個家族成員走到鏡頭前跟缺席的人講一句話或扮個鬼臉。有個堂姊去美國留學，我們聚會時祖父撥了越洋電話給她，結果電話裡傳來唧唧咕咕的英文，祖父連打兩次，然後攤攤手宣布：美國的電信局說電話壞掉了。後來才知道那原來是堂姊的答錄機。祖父大概是覺得有點失面子吧，過幾天就找了機會又打去，在答錄機上唸了一段怪腔怪調的莎士比亞，表示他也懂英文的，而且知道怎樣對付答錄機。

想著想著，車就到了嘉義。下午的陽光帶著種陌生的威力，好像在呼應我還沒有完全調整過來的台北情緒。信步往噴水池的方向走，拐個彎就到了老家門口。

來應門的祖父臉上有驚喜，不過好像也有著分「被我料到了」、「你總還是得來」的得意欣悅。我訕訕地不知該說什麼、該不該解釋什麼，開口只發了幾個模模糊糊自己都弄不清楚意思的音。

不過沒關係，即使到了九十歲，祖父依然健談，跟他在一起不愁沒有話題。我只忐忑著，祖父會不會主動談起我想瞭解的？我要不要、要如何打斷他的話題，問起那個夜晚，在燈下在車上，到底發生了什麼？

祖父先談起了近日嘉義的變化。新的馬路、舊的公園。新的馬路上看得到舊的坑洞，舊的公園裡倒是長出了新的、沒見過的花草。然後談起了昔日老友誰誰誰又離開了人世，當然這些人我一個都不認識。

滔滔不絕的話語出現少有的間歇中止，我正準備開口，話已到舌尖，祖父卻突然起身，往房裡走去，幾乎讓我錯覺他已被我還未說出的話題激怒了。

還好一下子祖父就回來了，手中拿著一個顯然頗有年歷的紙袋。重新落座，祖父從紙袋裡掏出一把相片，淡然地說：「你應該沒看過這些吧……」

至少翻開的第一張相片，我沒看過。「這應該是我第一次照相喔！」祖父一邊指著相片裡一個褪色了的面容一邊說。我看到了，年輕時候的祖父。

據祖父的說明，那是一九三〇年前後，在一個宴席上拍的。席間都是祖父的高校同學，只有中間惟一一位穿西裝的是他們高校時代的日本老師。我算算祖父那年應該三十歲出頭了，可是因為緊張吧，相片裡的他嘴角抿得像個乳臭未乾的少年。好像回到高校時代了吧。祖父跟我說他們當時聽說老師要回台灣來訪問都很高興，大家商量好穿著和式服裝去，祖父身上那件袍子還是跟鄰居借的，沒想到以前在校內以宣揚大和文化而出名的老師卻穿了西裝來。更令舊日學生們驚訝的是，回去日本十年的老師在談吐、姿態各方面好像反而沒那麼有日本味了。

聚會當然少不了要喝酒，奇怪的，老師也不喝清酒了，卻叫來一打又一打的麥酒（啤酒）。相片中長桌上的確擺了幾十支酒瓶。喝到微醺時，老師突然開始用過去上課的堅定語氣勉勵他們要努力學習西洋文明，要不然有一天帝國將墮落入無道德的非人境。同學們都不知該如何反應，就在這個當口，老師招了攝相師進來，轟一聲鎂光曝閃，留下了一個氣氛不諧調的鏡頭。

接著祖父又翻開第二張相片，一看就知道是在棒球場拍的。底下寫了拍攝年代：昭和十年，就是一九三五年。祖父說那是嘉農和台北高工野球賽的現場拍的。那場比賽一共打了四十局才分出勝負，連續打了三天。祖父說他從頭看到完，而且還記得：第九、第十三、第廿五、第卅三局嘉農攻到三壘卻都功虧一簣的精彩戰局。那年剛好祖父存夠錢買了一台萊卡，這是那台萊卡最早的傑作。

祖父把那張相片高高舉起，讓從天井那邊透過來的午後光線可以映射上去，鄭重地說：「你看萊卡拍的影像多清楚！連那天那個時辰陽光從哪個角度照過來都可以分辨。看相片就知道是下埔三、四點時拍的。球衣上『嘉農』的字樣都沒有糊掉，邊就是邊，有夠俐落。」

祖父感慨地說，凡事要看證據要講究證據。相片就是證據，證明台灣的野球在有「棒球」的名稱前就存在了，而且蓬勃繁榮。昭和十年，嘉農打進夏季甲子園賽，祖父說他還曾在一個朋友家摸觸過從甲子園球場挖撥帶回來的泥土。而且嘉農還不是第一次去甲子園哩！更早幾年，嘉農一路打到決賽，最後拿了個亞軍。台灣的野球不是從紅葉開始的。祖父的重點就在這個。他從感慨一步步轉成憤慨，每次看到有報導強調台東紅葉少棒怎樣用木棍、石頭練起，祖父就氣，「要讓人家笑掉大牙是不是？人家還以爲台灣落後到連球棒、手套都沒看過！」他把手上的相片拍得啪啦啪啦響，說：「這不是球棒!?這不是手套!?」

祖父收剎不住，維持著高亢語調說，紅葉隊眞正了不起是打敗了日本和歌山隊，讓大家想起當年的嘉農，這種情緒是連續的，而不是說紅葉一打，台灣人才懂得棒球是怎麼回事。如果講台灣的棒球都只從紅葉講起，那嘉農怎麼來的？他說以前嘉農還出過一個了不起的球員，比王貞治更了不起的吳昌征。王貞治只會打還不會投咧，吳昌征在日本職棒得過打點王、打擊王，後來還當過投手。

祖父說他記得很清楚，一九四五年終戰，四六年接收後，從日本來的消息、資料中斷了一大半，雜誌書刊嚴重脫期，他一直到四八年才讀到吳昌征投出無安打完封的消息。他不敢相信自己的眼睛。他甚至不知道吳昌征會投球！

祖父把相片放在桌上，用中指重重地點著，說：「這才是眞的。萊卡照的。不是什麼嚎哮漢文。」

我眞的不太曉得祖父為什麼會發這樣一頓議論，我更驚訝這些相片我以前都沒看過。我確信這是些沒有貼在相簿上的相片。其實我從小就蠻得祖父緣的，長大後一度莫名其妙自己報名學校社團學了日語，更多了一個和他親近的理由。每次回嘉義，我有特權可以進他房裡亂翻亂看，最愛翻最愛看的，正是相簿。古早相片對我有一種神祕的吸引力，我可以花幾小時一張張細細地看，不放過任何一個細節，而得到一種奇怪的滿足。像是闖進一個不應該存在的世界，怎麼說？……像科幻小說裡寫的，合理卻不眞實的世界。我彷彿在兩極間不甘心地擺盪，想證明這些照片要嘛就是眞實的，要嘛就應該徹底不合理。

我把舊相簿看得爛熟，就是沒看過這幾張。祖父又翻開另外一張，上面有三人顯影的一張。照片底下鋼筆字標著「昭和十一年」的時間。我一眼認出相片裡年輕時期的祖父，祖父卻指著左邊那個人，幽幽地說：「這個，阿舍仔，台南數一數二大戶家的少爺。減我兩歲，昭和十一年、一九三六年娶了一個廿二歲的水姑娘仔，這就是他結婚那天攝的。」

廿二歲的美嬌娘？我心中緊抽了一下，難道這才是祖父的用意？難道祖父要用阿舍仔的故事跟我說什麼？

阿舍仔的故事。阿舍仔那年已經三十四歲了，很多人不明白他怎麼會一直單身。只有最親近的朋友如我祖父才曉得：他十九歲就結過一次婚。對方是另一個望族的千金。新婚夜新娘沒有落紅。阿舍仔當時受「大正風」浪漫文學的影響，本來就對安排的婚姻很不滿了，這樣一來更是大失所望。他變得有點虐待狂，終日把自己關在家裡逼問新娘過去的情人是誰，邊問邊歇斯底里地狂吼發怒。後來新娘受不了了，只好承認眞的有過情人。阿舍仔自己在心中繞啊繞編了故事，自己的太太和過去情人的故事，故事愈編愈浪漫，他也就愈消沉不振，他解不開這個結。浪漫愛情原是他要追求的，結果他還來不及體會浪漫愛情，卻反而成了浪漫愛情的受害者，或者甚至是人家浪漫愛情的破壞者？

我越聽越緊張，祖父不會無緣無故說這個故事吧？可是這故事和我、和那燈下的女孩間，是什麼樣的關聯呢？

祖父繼續說下去。幾年內，阿舍仔成了標準的浪蕩子，老是在外面勾搭年輕少婦，從中取得某種報復的快感。他知道這樣很不道德、很污穢，可是每次想起不見紅的新婚夜就忍不住要讓自己墮落。墮落後清醒了，從不應有的肉體關係抽身，又厭惡得恨不得要掌摑自己。他不願再碰妻子的身體，也丟開了過去熱愛的纖美派文學，重複著墮落了自責的循環。

婚姻維持了五、六年，有一天阿舍仔心底突然浮現了這樣一個念頭：陷在死巷裡的自己只有一個可能的出路，那就是等到妻子死去，只有她的死亡才會解脫罩魘在他身上的惡咒。他被自己這種想法嚇了一跳。然而更大的驚愕還在後頭。

祖父說昭和三年，一九二八年，在台南發生過一起墓地廢止事件。那是爲了慶祝昭和天皇登基，台南州打算徵用南門外的數甲墓地改建體育場。這種做法當然引起強烈反對，然而日方決策已定，便動員親日派士紳出面支持。好像是開了個台南州的協議會什麼的，阿舍仔他父親在內的幾個重要士紳表示贊成官方計畫，消息傳出全台南譁然。第二天晚上，有不少民眾群聚墓地旁，請來道士作法詢問安息該處鬼靈們的意見，法事快終結時，道士突然瞪眼厲聲大叫，響徹南門裡外的叫聲整整持續了半刻鐘，叫完後道士虛脫匍趴在地，還是經人工呼吸才搶救回一條命來。

午夜時分，支持廢墓的士紳家都出現了白布蒙頭的影子。儘管這些人家都有家丁守衛，影子卻未受阻攔地闖入院子，然後一瞬間屋子的窗戶全被搗毀。阿舍仔的妻子當時正在洗浴，一顆香瓜般大的石頭準準地砸中她的頭部，血噗地冒湧出來。阿舍仔衝進浴室時她正好倒地，而不知從何處潑來惡臭的糞尿穢物一波波傾跌在她雪白未見過陽光的白皙裸體上。阿舍仔不敢靠近她，眼睜睜地看她把手直直伸前彷彿要求救，然後大概發現了進來的是阿舍仔，被血與穢物澆淋得變了形的臉上露出害羞與絕望的表情，近乎認命地讓手臂潰落下來，靜靜地斷了氣。血沿著線條平緩的腹部流洩著，迷失入私處濃密的黑幽毛髮間，最後再集匯滴流到她來不及收緊大腿而敞現的陰部。鮮亮晶瑩的血，粉紅透剔最女性的肌肉。可是這個影像只維持了十秒鐘罷，黏稠的糞尿混和物隨即洶洶滾來，一團團半液半固的穢物毫不羞恥地紛紛自她雙腿間滑落……

事情發生後，日本警察逮捕了好幾個當地「文化協會」的活躍分子。可是到處都流傳著其實是鬼的騷動叛變的說法。日本官方當然不信，他們照樣廢止了墓地，強迫數以百計的墳墓遷葬，蓋起了體育場。我祖父說他還曾陪隨阿舍仔回到那個體育場上。大正午的太陽底下場子裡卻捲著涼涼的風，才吹過你左臉頰突然又從背後襲擊，風每拂觸一次就不免要起一次疙瘩。在場子裡練球的橄欖球隊員說即使在夏天，不管跑得再怎麼激烈，老覺得腳板腳底冷冷的。早稻田大學隊來訪比賽時，他們台南州代表隊的隊員都覺得自己腳底踩不實，像是在雲端漫遊一般。全場台南州隊達陣七次，以五十二比三痛宰早稻田。

不過阿舍仔對這些都不關心。他在空蕩蕩的看台上走了一圈又一圈。然後坐下來看太陽一寸寸落山。祖父陪著他，心裡毛得直冒冷汗。阿舍仔不走，我祖父也不能走。如果沒有阿舍仔，也就沒有我們今天的家族，祖父說。阿舍仔在墓地廢止事件後從台南搬到嘉義，收買了我祖父當時經營不順的米店，讓祖父當他的事業助手，後來還成了眞正的好朋友。那年我大伯十四歲，才從公學校畢業，不知道該幹什麼好，也是阿舍仔做決定出錢給他去考中學的。

天色暗下來，體育場的風愈捲愈急。阿舍仔突然問：「爲什麼選著我的查某人？爲什麼？難道眞的是因爲我內心想解脫的念頭在作用……」阿舍仔頭抑得低低的，雙手十指深深插入髮際，弄亂了原本吹整得輪廓光鮮的髮型，問話中帶有濃濃彷彿欲哭的鼻音。祖父覺得很不忍，就安慰他說：「你別亂想啦。這種鬼仔古白的可以講成黑的，黑的也可以說成白的，犯不著把自己搞得神經錯亂。我講一句公道的，你不要生氣。眞正不對的一個是日本人，一個是你家的老先生。老先生當初不要給你安排親事，日本人不要蠻幹黑白來，老先生不要被人家搧動出來表示支持，這些事都不會發生，你說是不是？」

祖父說他當時沒怎麼仔細考慮，就隨便讓心裡的話溜出口了。不過顯然這個解釋減輕了阿舍仔的罪咎疑慮，一個人台南拜訪體育場回嘉義後，阿舍仔開始一反過去家庭教育的習慣，公開地批評日本人，進而又積極參與了與日本人相爭的活動。

阿舍仔與他父親決裂了。阿舍仔的父親領得皇民證的同時，阿舍仔正不辭辛勞趕往台中參加台灣地方自治聯盟第二次全島大會。祖父還記得阿舍仔從台中回來時，興奮地跟他們細數自治聯盟如何成長吸收到四千名盟員的偉大成就時的神情，隨後又毫不在乎地將他父親寫來要求他從此改用日姓日名的信件撕得粉碎。

祖父說地方自治聯盟中反日情緒其實不是很高，主要還是個士紳組織。不過因爲參與其中的有不少過去文化協會的成員，阿舍仔自己從他們那裡獲得不少對日本殖民政策的瞭解。更重要的，透過聯盟管道，阿舍仔才知道其他各地還有工運、農運一類的活動。一九三五年，終於爭取到第一次民選議員投票。雖然當時法律規定要納稅五圓以上才能有投票權，所以事實上台灣人取得的權利還非常有限，可是阿舍仔他們抓住這個難得的機會，在全島廿二個地方舉行了巡迴政談演講會。

阿舍仔就是在政談會活動中認識了那個廿歲剛出頭的女孩。祖父說可惜沒有留下那女孩任何照片。不過他瞇起眼睛，彷彿就看得見那女孩的影貌，迷夢般陶醉地形容著。完全與一般流行觀念相反的美。年幼時在農家種作經驗得來的黝黑皮膚，瘦健的骨架支撐著很不女人味的身材。高聳肩膀襯托胸部顯得發育不良，細腰底下是少年般扁窄的臀部。薄薄的唇也不是性感一型的，然而配上當時很多人視爲山地血統特徵的深凹眼眶，別有一種魅力。

那女孩叫雪子。不過從小就有人嘲笑雪子這個名字，與她的長相太不相配了。後來她索性改稱自己爲「博子」，ひろこ，「ひろ」同時也是寬的意思，剛好可以描述她肩部的特徵。

祖父又講了一次：「這張就是去參加阿舍仔結婚時拍的，阿舍仔和博子結婚時拍的。」然後祖父猶豫了一下，重重地歎了一口氣，說：「本來有很多張他們的相片的，後來都燒掉了，只剩這三張……」

「爲什麼燒掉？」我順著祖父說話的氣氛，不自覺地問。

祖父沒有直接回答。他又重重歎一口氣，拿出另一張相片，「這是一九四七年二月二十日攝的，我四十八歲生日。在阿舍仔給我們開的輾米廠前，門裡這黑黑的，沒陽光的關係，不過還是看得出來，仔細看的話，看得出一個霧霧的人影，有沒？這就是阿舍仔，伊在打電話返去台南，這眞可能就是阿舍仔在世最後一張相片……」

「阿舍仔怎樣死的？」我又不自覺地問。祖父先是斬釘截鐵地回答：「去給政治害死！」隨著激動起來，說：「去沾到政治就死定了，不管你站哪一邊，要被刣的時，管你親這個反那個，通通都死作夥！」

阿舍仔父子，日本時代後期，老的親日、小的反日。阿舍仔前前後後因為各種活動被抓去關了好幾次廿九天，有兩次連博子也一起進了牢籠。結果呢？終戰到了，阿舍仔高高興興地迎接的祖國一來，沒多久就把他們父子兩人一台南一嘉義，雙雙扣抓起來，說他們都是漢奸。接收官員聽阿舍仔辯解提到自治聯盟的種種時，很不屑地說：「你們拜託日本人給你們選舉權，這不是搖尾巴的漢奸是什麼？」

阿舍仔努力想讓那官員明白自治聯盟的民族性格時，官員不客氣地吐了一口痰，罵：「什麼民族性？我們中國人流血喪命在替你們打日本人時，你們有沒有幫上一點點忙？媽的，抗日？有沒有武裝起義的證據？有沒有犧牲？」阿舍仔說他被關了好幾次，每次刑期都是最重的二十九天時，官員索性逼過來打他兩耳光，「當漢奸還說得那麼光榮？你們眞的抗日，日本人不早砰砰把你們殺了？哪還會有抓來關幾天再放回去的事？日本人那麼傻啊？這正證明你是漢奸，對日本人有用，所以關關就算了，你還好意思提！」

反日的、親日的都是漢奸。後來總算說「漢奸規定」不適用於台灣，阿舍仔和他爸爸都被放了出來。出來了，兩父子見面又吵了起來。

祖父說阿舍仔他爸爸徹徹底底覺悟：日本人的時代眞的結束了，又在台南結識了兩名過去在南京汪精衛政府裡辦過文化事務的高級知識分子。阿舍仔回台南時，遇到這兩人來訪，和他父親端莊斯文地在書房裡聊天，半用日語半用筆談，談到天皇廣播下降詔，許多軍人忙不迭披上白袍切腹赴死的種種，阿舍仔他父親忍不住哽咽潸然，憶起他許多日本朋友悲劇性的終局。

阿舍仔一直站在書房外的庭院裡，對父親這種表現很是驚訝。他向來認爲父親是個只顧利益算計的無聊老人，根本沒料到在與日本人交往時父親竟也投入過某種近乎高貴的感情。他步子踱到書房門口，赫然發現自己有一股想闖進去跪在父親面前懺悔的衝動，因而漲紅了臉匆匆走開。

可是等客人走後，父子兩人單獨面對時，阿舍仔的父親刻意避口不提任何有關日本、日本人的事。父親口口聲聲都是中國、國民政府與蔣介石。父親要阿舍仔安心，南京來的朋友教他許多處理過去及應付未來的方法，還答應引介接收的重要官員們。南京來的朋友有處理這種政權替代的經驗，從國府到汪政權，再從汪政權到國府，他們知道應該做些什麼。

阿舍仔覺得方才微溫的心與劇熱的臉一起都冷了。兩人爲了如何看待接收官員的事吵了幾句，阿舍仔隨後就離開了台南，最後一次離開，再沒回去過。

祖父突然乜斜眼看著我，問：「現在知道什麼是『二二八』了嗎？」我被看得有些心虛，點點頭說：「知道一些吧，最近報上常常有在刊。」

祖父說：「知道就好。阿舍仔就是二二八那時死的。」

祖父說二二八發生後，阿舍仔的一個好朋友張志忠在嘉義組織武裝抗爭，很多人都去參加了。阿舍仔不用說，連博子都去幫忙聯絡婦人、女學生送飯，祖父負責替他們收聽各地廣播傳抄消息。祖父說大家對局勢都很樂觀，「處理委員會」每次新的進展都會引來久久不息的歡呼。抗爭中普遍對陳儀長官也頗有改觀，以爲他這次眞的有決心要替台灣人謀求福利了。不少人相信陳儀原來是被手下壞人矇騙的，甚至有人覺得「處理委員會」對長官接二連三的要求太咄咄逼人了。

這一切還爭議不休時，傳來了軍隊上岸殺人的消息。九十歲的祖父講到這裡臉上現出我從沒見過的脆弱表情，彷彿老化了的神經不足以負荷這段回憶。不過祖父畢竟是祖父。他克服了自己內在不知多大的衝擊與阻力，繼續講下去。他說那天下午，傳達了軍隊上岸基隆死傷狼籍的緊急消息後，就跑回家了，沒有跟阿舍仔、博子他們在一起。騷亂過程中，祖父把家人通通趕上閣樓，自己蜷縮一團，顫抖著蹲坐在樓梯口的牆角裡，腦筋裡燁白燦亮地一片空，就是找不到任何東西可以投到眼前的白幕上。後來幾十年，他每在電影院裡乍遇斷片影像消逝，只有強光晃照銀幕的情況，心都會緊緊捲結在一起，幾乎要窒息般地痛。

祖父形容那種全然空白的狀況彷彿要無限地延長下去。不知過了多久，才在腦中浮出一個因動作太激烈以致輪廓模糊的人影。他把全付心神專注於捕捉那個身影，看半天確認那個人正急著在拍打什麼，再仔細一點瞧，好像是博子。似乎有人扭開了生活的總開關、轟地周圍的一切都回來了。祖父聽到不要命般拳頭擂落在門板上的咚咚敲打，以及「謙仔——謙仔——」的呼喚。博子在呼喚祖父的名字。

早春最後一波寒流過境。祖父硬著頭皮隨博子出門。冷空氣肆意地從領口、袖口沿著外露的皮膚向內侵略。一層層冰進去，冰了手腕又冰了手肘，冰了肌肉彷彿又冰了血液。凍結凝固的血液。

祖父說他跟博子一起走到溝圳邊，水面上漂著一塊塊紅色瑪瑙般晶瑩的凍塊。他蹲下去想看個詳細，博子彷彿脆裂開來的聲音穿透潮霧，電一般觸刺了他：「血。那是血凍。」

難怪祖父一生不吃豬血、雞血一類的東西。九十歲時他向我形容人的血結凍時的模樣。很奇怪地，邊緣會自動形成齊整的弧線，像是利刃割過似的。最上面一層顏色很淡，粉紅色中反映著灰白的天光，線絲鮮血不規則地在表面製造若隱若現的紋樣。愈底下的愈是紅濃，質地也愈是黏厚。漂浮間製造了間歇的扭擺，乍看下像是有什麼動物被陷埋在血中，微弱無力地掙扎著。至於藏在水面下的部分就變成深褐色的了，一般血流出來凝結後的顏色，眞正引起死亡聯想的顏色。

祖父和博子一句話都沒說。兩人默默地朝河圳上游疾走。血凍平匀地遍布在河面上，有一點薄薄的霜替整條河鋪了針芒尖細的白花。祖父幾次忍不住停住腳步蹲下來觀察這複雜、神祕的景象，在清醒與作夢的意識中尋找類近的經驗。

祖父說他常常索性相信這只是個夢，因爲太神祕了。他和博子彷彿走了好久好久，就是沒有找到任何屍體，只有這裡那裡漫無目的漂流的血凍。他最後一次蹲下來時，博子終於也停了焦急的腳步，在祖父身邊併肩蹲著。一塊血凍緩緩地陷卡進一叢蘆草間，博子突然伸手把那塊血凍捧了上來，他們兩人一起盯著博子手中的凍塊好一會兒，博子無聲地湧出的淚水沿下巴滴落在凍塊上，瞬間血塊解散，不知何時升起的太陽照了博子雙手豔豔如畫的血紅……

阿舍仔從此消失了。沒有回來過，也沒有找到屍體。祖父說他後來常常夢見河邊來了一隊又一隊的人，每個人身上都有或大或小的傷口，他們沿著河走，愈走愈遠，他們的身影愈變愈小，可是奇怪地傷口卻沒有按比例縮小，直到某一點上，每一個人都只剩下一個傷口，在那裡河與河岸的區別也分不出來了，只看到無數的傷口擠擁著，沒有面容、沒有身體的傷口……

祖父鄭重地告訴我：「這就是嘉義，可憐的嘉義。二二八事件當中，嘉義人死最多。可是死的人裡面沒有全島性的知名人物，所以就不算一回事了！」祖父還告訴我，那兩年有很多紀念二二八的活動，只要讓他知道了，不管在南或在北，他都會去參加。可是常常帶著一肚子怒火回來。因爲在數千人集聚的會場中，他會一直忍不住說：「嘉義人死最多啦，你們怎麼都不說嘉義……」可是都沒有人聽他的。

「最近這次，」祖父頭上彷彿緩緩蒸冒起熱氣來，不過也許是疲憊、也許是年紀、也許是失望，他的口氣不再像之前那樣高亢，「是教會辦的，他們在禱告說，我就給他們訐譙了：『二二八中間死去的，信耶穌的全島加加咧沒有嘉義死的人多！二二八跟耶穌什麼關係！』旁邊的人搖搖頭，給我瞪白目，我管伊。離開前，教會人員偎過來要我們奉獻，我氣著啊，自腹肚裡噴一口氣，罵：『騙猾的！』捧奉獻箱的婦人嚇得倒退好幾步……」

我不知該如何反應。該笑還是該皺眉。不過沒等我選好反應的方式，祖父已經又回到四十多年前阿舍仔的故事了。他說阿舍仔失蹤後不到一個月，那年的四月五日，他清清楚楚記得這個日子，和死亡有關的代表性日子，四月五日，軍隊、憲兵拿著不知怎麼弄來的名單，到處進行清鄉調查。阿舍仔他父親是第一波在台南被抓的。抓去兩天，就通知家人領屍體。聽說身中十幾槍。生殖器整個被轟掉了。祖父搖頭歎息說：「連槍殺也要這樣凌遲人家的屍身，這眞正要絕子絕孫了……」

憲兵也到過我們家。不過顯然祖父並不在名單上，他們只是來找阿舍仔。博子告訴他們阿舍仔已經死了，他們也不信。硬是在我們家和米店裡反覆搜索，並且站了兩天崗。動不動拿槍口的刺刀對著來往進出的人。

祖父說就是在那時燒掉了大部分有阿舍仔的相片。不過到底捨不得全燒，一共留了三張，藏在家裡米缸的最底層。給我看了兩張，還有一張是婚禮後祖父和新郎阿舍仔、新娘博子的合照。阿舍仔過身後，博子作主張將在嘉義的事業差不多都轉手賣掉，米店還給我祖父，只收了象徵性的十圓。博子回到台南夫家去，一時斷了連絡。

要到三年後，一九五〇年，台灣變成了「自由中國」，祖父才又見到博子。那是一個初夏的下午。「就像現在的季節。」祖父補了一句。一陣早來的西北暴雨約莫三點鐘左右開始傾盆落著，雨珠亂噴的喧譁間，在外面看店的四姑自言自語地喃唸著：「ひろこちゃんじゃないか？」（不是博子嗎？）祖父當時正在裡面對帳，算盤撥得吧噠吧噠響，彷彿和雨聲押韻唱和，然而不知怎地，明明盈耳無意義的嘈鬧間就是打開了一條縫隙，讓四姑那句話鑽了進來。祖父一個數字撥了百位數十位數，個位數還來不及上檔，手指僵停住，轉頭向外面看，長長的穿廊限制住了視野，只望得出店面的一半，雨下了至少有半個鐘頭，烏雲散得差不多了，天空銀亮起來，粗實雨珠聯結成的線狀水簾映著白光，光與水霧一齊在廊道口渙散開來湮暈一片。祖父瞇起眼睛勉強在對街辨認出半個人影，他急急地起身衝了出去，叫著：「ひろこ！ひろこ！」

確定從雨衣底下露出的是博子帶些靦腆的笑容後，祖父才意識到雨水正毫無忌憚地從領口沿著他背脊的肌肉線條恣意奔流著，想到自己年過五十卻這般衝動闖入雨中的模樣，祖父不禁尷尬地搓了搓手，然而在那分不知所措中，卻又感受到一股無法解釋、莫名的愉悅。

進屋後，博子說她要上台北去，車過嘉義忍不住下來看看離開了三年的家鄉。走過米店想進來又有點猶豫，這樣臨時造訪會不會太唐突失禮？

祖父連忙說哪有什麼失禮不失禮的，並問博子上台北做什麼。博子淡淡地說：要專程去馬場町看陳儀，二二八時候的台灣長官，被槍斃。聽消息說明天一早要執行，雖然罪名是「意圖投共」，台灣人還是應該去看看。爲了阿舍仔她應該去看看。

祖父留博子吃晚飯，並自告奮勇陪她搭夜車北上。爲了這事，還被祖母在廚房裡嘮叨了好一陣。我記得爸爸曾經說：祖母其實有顆很好奇很活躍的心，只是在那種社會底下只能扮演聆聽者。她們那一代婦女通常要到丈夫過世後才找到自己。像我外婆，外公死後變得很多話，很有意見。我知道爸心裡有時偷偷替祖母抱屈，因爲祖父精神健旺活到那麼老，害祖母至死都沒等到自由表達自我的機會。

祖母平常都很靜默，那次卻破例警告祖父最好不要去台北。人家說阿舍仔命硬剋死一個妻子，博子的命比阿舍仔的更硬。上回陪博子去找屍體，後來就惹來憲兵站崗。人家還說博子在台南不是很貞靜。跟幾個男人交往，並且參加形跡可疑地下政治活動。要不然怎麼會知道陳儀要被槍斃？

祖父聽了揚起手來作勢要打人然後公式地罵了一聲：「查某人知影啥？亂亂講亂亂畫！」大概是要加強權威根據吧，又加上一句：「陳儀要被槍殺，報紙就刊，誰不知道？」不過講完了倒是自己心虛，趕忙偷偷去把《中央日報》翻了個透澈，還眞找不到這條新聞呢。《中央日報》的消息要到第二天，行刑當天才登的。祖父心底毛了好幾下，起了一波又一波的疙瘩。博子眞的怎樣嗎？怎麼他從來沒聽說過，我祖母卻知道？

祖父鑽回廚房問祖母。祖母自有她姊妹淘的消息管道。順便祖母斜眼低聲說了一句重話：「你最好不要老風流啊！」祖父搖搖頭做出一個不可理喻的無奈表情，想揚高聲音卻怕被博子知道又不得不壓低，兩種力量拮抗扭曲激紅了臉龐：「ひろこ可以作我女兒啦！跟女兒一樣的對待啦，我對ひろこ！」祖母冷冷地頂一句回來：「你對自己的女兒有這麼疼嗎？」

祖父說那是記憶中唯一一次和祖母口角，就爲了博子。九十歲了，祖父突然兩眼含著淚對我承認：「你阿媽是對的。」第一、他對自己的女兒沒那麼疼。如果那麼疼，我二姑也不會去出家作尼姑了。第二、他是對博子有一種超過他們社會關係應有的感情，以及他自己當時不敢也不願承認的欲望。第三、博子眞的是祖父一生遇過最危險的人。她是個共產黨。眞的是個共產黨。

那晚在去台北的大車上，祖父和博子坐在最角落的位子。廁所的味道濃到讓人下意識地緊靠著椅背癱坐著。不願做出太多動作，怕肢體伸在空氣裡會沾染到看不見的穢物。不過角落座位的好處是周圍都沒有人。博子跟祖父講了很多事情。關於歷史與歷史解釋。爲什麼會有殖民地與殖民者。爲什麼有戰爭。爲什麼像台灣這塊地方，戰爭贏了戰爭輸了，人民都得不到眞正的平和。爲什麼有了二二八還不夠，爲什麼槍斃掉了陳儀還有一個復行視事的總統。

祖父聽得迷迷糊糊的。似懂非懂。車子過了新竹之後，博子就睡著了。祖父還記得博子那天穿著一件淺米黃的過膝長洋裝。略顯細波皺摺的粗布料襯得博子露在袖子外的手臂皮膚格外平滑，也格外褐黑。祖父心裡有些什麼在蠢動。跟一個青春猶存的女體靠得那麼近，難免逗引出些想像的空間，然而又覺得不應該，於是急急地閉起了眼睛，只殘留那條光滑褐黑手臂的影像久久不肯消逝。

到達台北時，天才剛亮開一點灰裡帶白，散掉了大半暑熱的街頭上爬著一層低低的霧腳。祖父和博子從現在的重慶南路走下去，泥石鋪的馬路中間不時駛過一輛輛引擎呼嚕多雜音的軍車。博子講起阿舍仔。說是她害了阿舍仔。阿舍仔原本可以不用投得那麼深，到被殺了都找不到屍首。阿舍仔是個穩健的人，他只有在一件事上按耐不住脾氣，那就是博子，博子的忠貞。他們新婚那夜阿舍仔歡欣得落下淚來。他要娶一個只屬於他的女人。所以他老是擔心博子會被別的男人污染，他必須緊緊看著博子。可是博子偏偏不是那種會乖乖被關在家裡的女人。阿舍仔很清楚，用霸道的方式限制博子，只會使博子離開他。阿舍仔別無選擇，只好跟著博子跑。博子感興趣的任何事，阿舍仔也跟著去參加。

那些後來化成一塊塊血凍的人們，很多都是博子介紹給阿舍仔認識的。她可以感覺到阿舍仔對這些人的複雜情結。一方面恨不得把他們推得遠遠的，不讓他們走近博子一步；另一方面又希望和他們成爲眞正肝膽相照的好朋友，這樣朋友間的義氣可以保證他們不致於對博子有所遐想。阿舍仔變成那樣冷冷熱熱擺盪不定的人。

祖父說他都不知道阿舍仔這些心思、這些變化。博子笑笑回他：「那是因爲跟你在一起，他最自在，很順性、很輕鬆。你是他眞正的朋友，他不會覺得你有什麼威脅。你不像，一點都不像會拐騙我、占我便宜的人。」

祖父先是覺得很安慰，可是隨即就醞釀起一股怏怏不快。九十歲了的老人大方承認：男人就是這樣，當人家認爲他對女人不構成威脅，他很容易覺得那是對他性感吸引力的低估侮辱。難道阿舍仔認爲他又老又醜，所以不可能成爲博子不貞的對象？祖父的心往下沉，沉到一半這些錯綜交雜理不清的感覺擠成黏黏的稠質，擋住了心繼續墮落的趨勢。

祖父轉而問博子：「妳不會覺得很……很不舒服嗎？他這樣懷疑妳……」

博子似笑非笑地牽了牽嘴角說：「說老實話，我那時候也懷疑自己。常常晚上閉起眼睛，浮在腦裡的是別的年輕男子，不是阿舍仔。那種感覺很難捉摸。像是踩在一塊浮木上，像是要落水了，又像還很安全。每一刻每一時都在暈眩與平衡間掙扎……」

聽著聽著，祖父心底忍不住又冒出了些蠢動，忙不迭地問：「妳的意思是……」

「我的意思是那時眞好命，可以玩這種自己騙自己的把戲。我愈是懷疑自己，就愈是讓阿舍仔隨時跟在我身邊，跟我去做我喜歡的事。我那當時很自私，也沒想這樣對阿舍仔會有什麼影響，就是在心內耍賴說：是啊，我是個有可能會放蕩的女人哪，你得一直看管著我喔。其實，我眞正要的只是把他鎖在我身邊啊……」

他們走經原來的總督府，現在的總統府，博子仰起頭來看那尖聳插向天空陽物般的中央塔樓。接著轉入牯嶺街，發現自己陷入了一條靜默地往馬場町流去的人河中。沒有人講什麼話，大部分都是半抑著頭往前走。然而他們身上的穿著，卻有著與靜默氣氛完全相反的喜慶色澤。一條表面平撫底下波濤活跳的河。

祖父和博子被數萬人眾夾擁在刑場邊，從早晨六點一直等到下午三點。人群實在太擠了，而且後來博子也累了，她整個身體緊緊地貼靠在祖父身上。祖父讓她站在前面可以看到朝刑場來的車輛。每當前面路段掀起騷動，低低的聲潮「來了來了」滾捲襲來，博子就會忍不住踮起腳尖來急急企望，她的臀部無可避免地向後推頂祖父的敏感部位。祖父一向覺得博子如男性般的下圍彷彿沒有多餘的肉，眞正接觸時傳來的卻是令他不可置信的柔軟質感。而且在盼待看到囚車的那一瞬間，博子臉上綻放出一種詭麗豔魅的狂喜預期，上門牙輕輕地啣扣住下唇，彷彿在防止歡愛聲浪不意湧冒出來般……

祖父說他整個人被太多不協調的刺激塡得滿滿的，反而有一種掏空般的虛萎。他多麼想就放縱自己緊緊擁抱博子，發洩原始的生理衝動。可是每當一輛車過去，上面載的不是陳儀，博子的表情立刻轉成無可言喻的傷痛，恨意深深地埋藏在剎時因太過用力而蜷痙的五官構圖中，提醒了祖父，這整件事背後一層陰闇一層的死亡寒影……

他們終究沒有等到陳儀長官。沒有看到他胸口爆開火與血共燃的花朵。沒有嗅到他帶飽和脂味的血腥結局。

陳儀被帶到新店安坑祕密槍斃了，他們第二天看報紙才知道。當天，街頭巷尾盛傳的是陳儀被放過了。消息掃過之處一顆顆頭顱無奈地在飛沙旱風中低拗了一級。祖父半牽半扶著博子離開馬場町，走到一根電線桿旁，博子停下來，用痛楚的啞嗓問：「他們眞的會放過陳儀嗎？」祖父聳聳肩，說：「說不準咧。反正都是他們自己的人啊。」

博子回頭再望一眼那群疲憊失望的群眾，她握起拳頭朝空搏擊到一半，頹然地說：「你看這些無路用的人民，這些無路用的台灣人，只能在這裡等，」她眼淚一股腦地瀑濕了兩頰，「只能在這裡等人家殺陳儀，我們這些無用的台灣人……」

祖父輕擁住博子安慰她，博子卻回應以激動的手臂緊抱，將祖父牢牢地鎖在她身上，然後把頭深深埋進他的肩窩裡無聲地流淚……

九十歲的老人，感慨地問比他整整小了七十歲的孫子：「換作是你，你會不會說以爲這是某種暗示？何況是四十年前的社會……」

祖父等博子哭完了，提議去找家旅舍過一夜，第二天早上再搭車南下。祖父知道城內撫台街一帶有很清幽乾淨的旅舍。祖父竟然又翻出一張不知什麼年代的相片，清源旅舍的相片。應該是現在延平南路和博愛路交口一帶，祖父說當時台北城內已經很難找到有這麼大片後院的宅邸了。而且清源旅舍的大廳布置得極雅緻，明治時代的西洋風。祖父又拿出一張相片，清源旅舍大廳拍的，好像急於要證明給我看，清源旅舍有多好多高級。祖父解釋說相片裡看到的都是明治維新後洋派分子學習使用的舶來西式傢俱。神戶是當時這種和洋混雜新美感的中心。傳到台灣來的例子並不多，成功的更少。這種風格的重點那張相片裡都有，厚地氈、骨董圓桌椅、粗竹和木頭搭配成的格子形天花板、燈籠狀的照明器具、畫盤、英式茶壺等等。祖父就是想帶博子到這種地方來享受一夜。

「博子答應了嗎？」我覺得無法再忍受這種懸宕，急著要知道結果。

沒有，祖父無奈，因爲無奈而顯得格外誠實地說，博子斷然拒絕了。因爲博子沒有答應，清源旅舍反而在祖父心中留下永遠無法磨滅的印象。祖父記得博子曬了一天太陽又吹夠了風飛沙的多汗皮膚上蒸著一股類近農婦的粗拙氣味。後來他幾度出張到台北住清源旅舍，坐在那雅緻得彷彿將時間凝縮爲東、西洋貴族生活純粹結晶的大廳上，總是會嗅到一股不相襯到了極點的汗臭。經過努力的搜尋，他才終於了悟那味道來自於他自己的記憶，對於一份沒有實現的風流的虛空建構，也因此恍然酸楚地知曉了自己對博子的無止盡的憶念……

九十歲的老人緊閉住眼瞼失聲地口形發著：「ひろこ、ひろこ」的呼喚。那天博子不願去撫台街，堅持要搭夜車回去。可是祖父的心已經被這二十四小時的折騰激惹成一隻狂亂奔跳、不願受羈絆、不顧障礙的野馬了。他說以爲博子只是在宣示最後的矜持。他說以爲自己透熟博子吃軟不吃硬的個性，於是以低姿態向博子求索……

「那是我一生做過最蠢最下流的事。」祖父說。其實沒有什麼眞正下流的言詞或動作，只是在那過程中，他對博子肉體的欲求赤裸裸地呈露了。博子沒有生氣，只是斷然、毫無商量餘地地拒絕了。

祖父當然也不敢冒犯博子。他完全不知道該如何處理自己的失措。一方面怕博子發起脾氣，會連跟她同車回去的機會都喪失掉；另一方面又不甘心明明只差一步就能擁有博子。所以他一直到上了火車，都還擺著求取博子可憐、賜予的模樣。「像隻狗一樣，」祖父形容那時的自己，「一輩子沒那麼低賤過。不知道爲什麼博子在那一刻對我產生這麼龐大無法抵禦的性的誘惑，讓我把自己弄得叫她看不起……」

博子最後只有在車子快到嘉義時，勉強湊出一個混著悲憫、不屑、苦澀、茫失、無聊、錯愕，可能兼雜些感動的笑容，把手遞過來讓祖父握著。

那隻褐黝、平滑的手。祖父熱切地捧握著，忍不住向上向下搓摩細細汗毛伏貼到手肘的部位，一次又一次，一次又一次……

一年多後，一九五一年九月，博子被抓走。經歷了半個多月的折磨刑訊，十月一日，中共政府成立兩週年那天，博子和另外七十幾個「匪諜」一起被集體槍殺。聽說他們一字排開面向牆站著，行刑隊故意一個一個槍決，讓你在死前還得先感受到旁邊的人中彈癱瘓、因痛楚而哀啼而失盡尊嚴的種種反應……

祖父聽到了關於「匪諜」的種種消息。聽說特務情報單位整人的方法裡有一項是用豬鬃刷刷磨年輕女子的下體。聽聞消息的那天，祖父找出小心翼翼留藏的相片，再次看見博子那張顯然曬過許多陽光的臉龐，突然經歷了類似休克般的徹底轟擊，身體的每一個器官、每一條神經線路，好像同時罷工了半分鐘，復甦過來時，原以爲悲哀會化成眼淚出來的，沒想到眼淚還在眶中蓄積，胃裡翻出來的酸液先噴吐了滿身滿地……

祖父說他一生都在想像博子最私密的部位究竟會是什麼模樣。無法想像。阿舍仔爲了保有博子的女性專屬，終至喪了命。祖父則像條狗般羞辱了自己。然而那些具有公法權力的人卻把她剝光翻開來，拿洗水缸、洗馬桶的粗刷蹂躪那塊豐饒的母性區域。這中間有什麼道理嗎？

祖父說他就是無法想像博子脫光衣服後的模樣。他老是想到那隻手臂。黑褐色長長的肉質結構，被他自己曲折皺紋了的雙手含握著上下搓摩。他因此而更進一步地被羞辱了。想想看哪，那樣子像不像一隻陽具在進出陰戶？他做夢夢見了博子的手臂變成博子不應該擁有的陽具，一而再再而三地刺穿他、侵略他，然後從天花板淌下傾盆的紅雨，不知是博子的手臂或陽具孤零零地浸在血中。祖父完全不知道要怎樣理解這個夢。夢醒後他起身燒掉了兩張有著博子形影的相片，只留了阿舍仔這張，留到將近四十年後才拿出來，九十歲了才把故事講給我聽。

聽著故事的我被震懾住了，不知該如何反應。祖父停了一下，喝了口茶，再翻出一張相片，博子死後，民國四十一年，一九五二年拍的，看起來就是全家聚會時，一起排排站坐坐拍的。祖父說那年過年每個人都到了，大伯三十八歲，我爸爸廿六歲，屘叔應該才十二歲，全家大大小小統統在吃年夜飯時被命令跪在祖宗牌位前，聽祖父宣布從今以後家族成員絕對不准碰政治，沾到邊都不行。每個人都要發重誓，將來誰要碰政治，就不是我們家的一員，會被逐出宗譜，不但生時分不到遺產，死後也分不到香火牌位。

「每一個家族成員都發誓了。」祖父說。說完這句話，祖父就靜默了。我等著等著，以為他隨時可能會起頭再接下去說，故事應該還沒完吧，他手中捏著的相片也還有好幾張不是嗎？等著等著，我慢慢又意識到，祖父跟我說這些，激烈激動得我幾乎無法消化理解的往事斷片，一定有用意的，一定跟那天和那個燈下的女孩有關係的。我心情從期待故事進一步的發展，變得忐忑不安了，想必祖父正在思索著該如何說那夜的事，以及對我的教訓。和阿舍仔、和博子，兩個慘死的故人，會有什麼關聯呢？我愈想愈困惑，也愈猜愈擔心……

天色一層層暗了。我先是感覺到看不清楚祖父的面容了。接著連他手上按著的黃白相紙也暈花了。最後連窗外勉強透進來的光都轉成灰沉的……

我努力從乾澀的喉嚨裡叫了兩聲：「阿公、阿公」，竟然沒有得到立即的回應。前傾上身靠近些，才發現祖父頭垂得低低地睡著了。我弄不清自己是失望還是鬆了一口氣。我搖了搖祖父，他半睡半醒疑惑地看著我，我說：「入去睏一下啦！」祖父說：「喔，也好。」

祖父進房裡去了。我在原處坐了幾分鐘，天已暗透，我就起身走了，出門才發現外面飄著綿細如毛又如絲的小雨。我在雨中走向嘉義火車站。

那一整個夏天，我一直惦記著要再回嘉義，直接問祖父：那晚到底發生了什麼？為什麼那個女孩再也沒有來找過我，甚至在一些我以前會不期遇見她的地方，都不見了她的蹤影？然而暑假裡忙著打工，覺得還沒放到假，就又開學了。

夏天快要過完的一天夜裡，爸爸出現在我租住屋子的門口，帶來了祖父的死訊。爸爸叫我別難過，祖父活超過了九十歲，訃聞都要用紅的了，而且祖父一直到最後，都保有了他一貫的興味盎然。爸爸形容祖父最後一次住院，還跟醫生注文要做一種最新、最昂貴的檢查。那部儀器叫什麼，爸爸他們都弄不懂，可是祖父就是曉得。祖父的表情、模樣簡直像是個慶幸淹水了可以在街上游泳的小孩，似乎高興自己病得那麼重才逮到機會試試新玩意。可惜醫生固執地認定不需要費那種錢做那項檢驗。祖父吵了幾天都沒結果，後來就去了。爸爸無奈地說：「我想他是太無聊才死的。如果醫生答應讓他試各種稀奇古怪的醫學儀器，不要只是打針吃藥，他說不定會再多活一陣子。他就是這樣的人。」

是啊，他就是這樣的人。一九八九年夏末的那個夜晚，聽了祖父病逝的消息，我蹲在房門邊，非常失態，一點都不像個二十一歲大男人地，嚎啕大哭，久久不止。

——原載《印刻文學生活誌》二〇〇三年九月創刊號

一九九二・午後九點零五分的落日

對於再大的悲哀，他的標準反應是面頰細細顫動，垂著眼袋的眼睛似乎努力地想要往上揚卻又一再頹然跌落，右邊的酒窩慢慢地朝後縮退，就這樣構成一個淒傷的笑容。

她突然意會到，身旁這個名叫渥夫甘的男人，眞正吸引她的地方，就在他渾身透滿了死亡的氣息。

一九九二年夏天，他們正駛過洛杉磯的日落大道。夜已經很深了，帶著滿滿露涼水意的空氣從敞開的車窗灌進來，曲曲折折轉著彎的道路甚至沒有給她看見一片完整天空的機會，深黯彷彿藏著許多魅鬼或祕密的樹影頻頻向她的頭頂罩覆撲來，再匆匆投向她不敢回身檢視的後座。

除了一個街名，沒有什麼東西可以讓人聯想起多層色彩絢麗亂染的黃昏。她只能向記憶中求索一些足以釀製合適氣氛的材料。

「當我還是一個女孩的時候……」她這樣開頭跟渥夫甘說。

「可是妳現在還是一個女孩。」渥夫甘故意正經八百地糾正她。

「我是說小女孩，我現在不是小女孩了，即使用你的年齡的角度來判斷。」她將左臂搭上渥夫甘的右肩，有點撒嬌、又有點滄桑慵懶的味道。

「當我還是小女孩的時候，生活裡最浪漫的事就是日落黃昏。我們家住在城市邊緣，一排簇新的公寓立在一堆時日久遠、堆疊衍生的違章矮屋旁。往東是一條迂曲通往市中心去的馬路，朝西卻是整片整片時而翠綠、時而金黃、時而焦灰枯褐的稻田。附近的巷子大部分都被不同時期增蓋的房舍弄得柔腸寸斷，常常走一走赫然發現進了人家的廚房，甚至就有兩戶人家一左一右闔家團聚正在吃晚餐。你走過去，他們照樣夾菜舀湯，或者大聲斥罵兒子這次的月考成績、抱怨總是盤高不下的蛋價。你的存在比遊魂還輕薄、透明。可是你千萬不能停下來，也不要張皇猶豫，再多走幾步，巷子又回來了，你又在街上了，即使是全然陌生的人，坐在門口乘涼都會跟你點點頭示意。你的存在又回來了。他們是善良的好人，至少在公共空間裡是。你闖進人家私己生活的那一段不算數的，他們沒看到你，你也應該什麼都沒看到、沒聽到。

「只有一條向西開進田裡變成田埂的巷子是例外。雖然也是逼仄窄小，卻直直一路通透到底。站在那條巷口，你會看到類似峽谷般的景觀。尤其是夕陽黃昏。由金黃逐次降低明度彩度成暗紅的天空，像一張蟬翼薄的色紙貼在輪廓濃黑、複雜的剪影背後。由廣袤無垠的寬度迅速收成一線，格外凸出了色彩垂直分布上的深淺變化。站在那裡看黃昏天際，會給你一種錯覺，好像不是落日一寸寸地沉，而是一塊布幕一寸寸慢慢拉上來鋪掛在天空上。原本在最底下的玫瑰紅漸漸升到第二層，露出豔豔的血紅。血紅又上去了，補來的是景深越拉越遠的豬肝紅。豬肝紅也上去了，現在最接近地平線的是灰晦沉重的絨紅。沒有那樣通狹的峽谷效果，你不可能認眞看清楚，黃昏夕暮的最後階段，天空的色彩安排是和常識預設相反的。太陽剛掉下去的地方像油畫，濃得一層疊一層。中央的部位則像膠彩，不透明卻也不太需質量。高高大約七十度仰角的部分呢？一片水彩玫瑰紅。半透明。你似乎可以看穿天空，看到藏在天空後面的什麼——純粹虛無吧。比玫瑰紅更高的地方，從你頭頂一直延伸向東方，已經是如假包換的夜黑了。

「你有過這樣的經驗嗎？……更精彩的是每年總有幾天，太陽會剛剛好從巷子隔劃出來的空間裡降下去。像一顆沿著軌道滑行的小鋼珠。你會看見太陽彷彿停在對巷的屋頂上被卡住了，隔了好一陣子才勉強擠進來。巷子太窄了吧，太陽在擠落的過程中被刮掉了一層皮，金金亮亮的碎屑叮叮咚咚地灑向四周，在房子的剪影上閃閃亂飄，久久才掉到地面，把巷子的泥地鋪出一種有水在流動般的幻影。海市蜃樓是在水上看見陸地，我卻在陸地上驀地以為有一條溪河向我奔湧而來……」

她一口氣講了一長串，渥夫甘眼睛看著擋風玻璃上開展的路景，一面以緩慢然而規律的頻率點著頭。她知道這其實只是渥夫甘的禮貌習慣，並不眞的表示聽懂了她到底在講些什麼。

她已經學會不在乎。一個在大學裡教了幾十年中國文學的美國教授，當然懂中文吧，可是日常對話的聽講能力恐怕還是相當有限。也許不會比她的英語好到哪裡去。渥夫甘一定不曉得什麼是「違章建築」，說不定也不怎麼確定「巷子」是什麼。

相處的這段日子，她一直都不用英語。渥夫甘試著講了一陣子「國語」，後來還是放棄了，專只講英語。她發現這樣也蠻好的。兩個人都大致知道對方在談哪一方面的事，卻又無法緊抓一字一句的意義。因為沒有聽得那麼精確，關係也就比較鬆散，有許多空隙、漏洞。她知道自己是個極端敏感的人。以前和別人相處，總是不時被人家的話語刺傷。很容易受傷，受了傷又很難痊癒。然而渥夫甘不會傷她，也傷不了她。有太多音節會從她耳中混過去聽不懂，所以渥夫甘的話永遠沒有固定的意義，可以讓她自己咀嚼解釋。

而且她也不必小心翼翼地跟渥夫甘對話。可以隨心所欲滔滔地講下去。她發現過去生活裡聊天、說話原來是件很累人的事。每次平均只能說三句話就要換別人說。隨時都在抓別人話的段落插進去、接下去，乒乓球般快速來來往往。和渥夫甘說話就不一樣。總是不很確定對方的段落在哪裡。細細地慢慢地摸索對方眞心要講的重點是什麼。結果兩人都可以完完整整地講自己的意思，像作文或演講般，願意停、該停才停。

他們交談的模式最接近座談會。通常是她先提一件事講一段，然後渥夫甘順著她講的題目也講一段。她再從渥夫甘的話中找到另一個重點發揮一番，要不就是挑出來要求渥夫甘說得更詳細些。總有題目的。

渥夫甘當然曉得她談的是落日。於是他也說了一段關於落日的故事。她沒有辦法了解故事所有的細節，只知道又是關於集中營的。渥夫甘九歲的時候，被從猶太貧民區帶走，全家都被帶走，帶到不同的地方。和渥夫甘一起的還有他六歲的妹妹。他們上了軍用的大卡車一直開、一直開。不曉得到底要開到哪裡去。他妹妹緊緊靠著他，離家才半小時，妹妹就開始問：「我們現在在哪裡？」渥夫甘不知道。妹妹漢娜卻一直問，因爲她以爲哥哥是萬能、無所不知的，在車子裡昏昏暗暗的，甚至弄不清楚究竟開了多久，連到底離家多遠都猜不出來。

在集中營裡，漢娜還是不安地繼續問他：「我們在哪裡？」他被問得頭痛了，怎麼連這樣最簡單的問題都答不上來。「我們在哪裡？」渥夫甘略略尖起嗓子，學小女孩漢娜的口氣吧，說了一遍又一遍。後來甚至捨棄了英語，直接用德語發音。「我們在哪裡？」她完全不懂德語，可是她知道那是六歲漢娜的茫然哭訴。

德國人對時間抱持著無可救藥的執著。集中營裡什麼都沒有，他們只是在那裡等待被送進毒氣室裡「徹底解決」。可是每間囚室裡都還是高高掛著一面時鐘。有和沒有差不多的飯菜還是一定準時讓他們去領。渥夫甘他們的房間擠了二十幾個從五歲到十五歲的小孩，只有在高高的天花板下開一個三十公分見方的氣窗。有一天吃晚飯時，渥夫甘坐在牆角，突然一道微弱的陽光像風一般輕輕撲跌在他的手上。他從來沒看過有人皮膚那麼白。那是他自己的皮膚，白到陽光的黃紅顏色都沾染不上去。

他覺得有一股怪異的失衡感逼得他暈眩欲嘔。這陽光很不對勁。不應該在這裡。恍然間，他知道了錯誤出在哪裡。集中營是八點鐘吃飯，和以前在家裡一樣。從來沒有吃飯時外面還有這樣的陽光的。

他趕忙叫漢娜過來，「我知道我們在哪裡了。」他將漢娜摟在懷裡說。一個才九歲卻被迫必須扮演大人角色的男孩，抱著一個原本在家中被疼愛的六歲小囚犯。「我們在北邊，我們一定在很北的地方。」他教漢娜看那陽光。「地球偏斜一邊的關係，夏天時北方的白天比較長，太陽下去的比較遲。」

往後好幾天，他都在教漢娜有關地球、太陽系以及德國地理的種種。就九歲的小孩而言，渥夫甘的知識異常豐富。猶太人比較重視小孩的教育，和中國人一樣，更何況渥夫甘的爸爸媽媽都在大學裡教書。

她以前就聽渥夫甘提過，猶太文化與中國文化相似的地方。家族制度、文字傳統、道德理念什麼什麼的。所以美國學院裡研究中國文學、中國歷史的有一大部分是猶太人。「說不定也是因爲這樣，我們才那麼投緣？」渥夫甘輕輕在她臉頰上啄吻一下，用的是非常謙虛的疑問口氣。她不喜歡對凡事都抱肯定態度、自以爲是的人。尤其討厭那些認定她是中國人就應該怎樣怎樣的人。她其實一點也不覺得渥夫甘講的那些中國文化特質跟她有什麼關係。也許正因爲她身體裡沒有多少中國文化成分，所以才要找渥夫甘的猶太質素來作聊勝於無的補充？她莫名地這樣想。

九歲的渥夫甘很慶幸自己在學校裡曾經認眞學習。漢娜點頭聽他解釋的模樣讓他心酸，卻也讓他放心。至少漢娜又覺得可以依賴這個無所不知的哥哥了。他們每天一起守著窗口算太陽落下去的時間。這是他們唯一能掌握的地理方位資料。

兩個多月後，渥夫甘和另外七個小孩被帶離集中營，去一座學校充當實驗品。他們要證明猶太人有些特殊的種族劣根性，是永遠無法用人爲方式矯正的。他不了解他們選擇的標準是什麼，爲什麼漢娜沒有被選上，要離開集中營的時候，他在屋牆外聽到漢娜的哭聲。他覺得有預感自己就要死了，將再也見不到漢娜了。

他是再也不曾見到漢娜。戰爭結束後，他找到了哥哥威廉，也找到了父母的死亡證明。可是漢娜卻好像從世界上消失了，怎麼也找不到。他老是在夜半，醒著或夢著，聽到漢娜在牆裡哭的聲音。一堵紅磚一塊塊砌得整齊方正的牆，漢娜在裡面。

「我必須找到那堵牆、找到漢娜。」渥夫甘握方向盤的手越抓越緊。他花了二十年的工夫在德國各地尋找。聽了二十年的夜半哭聲。他走遍了紀錄上有的集中營舊址，沒有那堵牆，也沒有漢娜。最後他只好自己畫了一張地圖，在地圖上標出一條清楚的線。「我只知道，那堵牆所在的地方，夏天裡日落最晚的時刻是午後九點零五分。」他重複了一次「午後九點零五分」。他照著那張地圖去找一個午後九點零五分的落日。九點零五分、落日，牆和漢娜全都連起來成爲他心中最脆弱的一塊地方。

「你找到那堵牆，找到漢娜了嗎？」她不想問，卻又不能不問。渥夫甘用和剛剛點頭時完全一致的節奏開始緩緩地搖頭。邊搖頭邊在嘴角掛上一個淒傷的笑容。

渥夫甘從來不流淚、不哭的。至少她沒看過。對於再大的悲哀，他的標準反應是面頰細細顫動，垂著眼袋的眼睛似乎努力地想要往上揚卻又一再頹然跌落，右邊的酒窩慢慢地朝後縮退，就這樣構成一個淒傷的笑容。

有一次和渥夫甘去看電影，高潮戲就是男女主角的死別。她哭得幾乎喘不過氣來。出了戲院，在化妝室鏡子裡看到自己紅腫得一塌糊塗的眼睛，她忍不住破涕爲笑，想想不過就是一場戲嘛，戲拍完了男女演員還不是活得好好的。想到這裡心情就輕鬆了。然後和渥夫甘散步走在街上，她隨口問起他對電影的看法，尤其是那悲哀的一幕拍得如何。渥夫甘沒說什麼，只是那樣淒傷地笑了笑。突然之間她的心直直往下沉。不曉得爲什麼，渥夫甘的笑裡有一種即使是號啕大哭、呼天搶地都無法表達的嚴重，一種永恆的失落。她突然覺得那不只是一場戲，好像眞的死去了什麼，死在渥夫甘的笑容裡。

車子繼續在日落大道上奔馳，她意會到其實不只是笑容，渥夫甘整個人透滿了死亡、失落的味道。不是一般刻板印象裡的腐爛陳屍一類的聯想，死亡是連那種味道都捉摸不著的。比較接近面對大海想像彼岸的感覺。你知道跨過了海一定有一片彼岸，可是卻注定無論如何眺望不到。渥夫甘和別人最不同之處就在：他好像從來不會有興趣在這岸的海灘上玩玩沙、撿撿貝殼、曬曬太陽，要不然就到海裡去泡泡水享受浪花，他永遠都在朝彼岸凝望，他甚至也不會英勇地駕帆出海試圖尋找彼岸，他定身在此岸繼續引領張眺不可能看到的彼岸。

這種死亡的感覺，其實她早該知道了。她早就注意到渥夫甘生命中特殊的情調，只是一直沒有了悟過來這就是死亡的氣氛。她想起來第一次和渥夫甘做愛。她主動的，把自己整個人投上去。臉貼他的臉，再拿從顴骨延續到下顎再到頸項的整片白皙皮膚廝磨渥夫甘弛軟多皺紋的臉頰。一手柔巧地鑽進他襯衫的鈕扣間撫摸他的肚皮，另一手故意對比般粗暴地扯開他的褲腰帶。

渥夫甘花了頗長時間才昂奮起來。很快地又消蝕退潮。她當著他的面自慰排解未獲滿足的慾望。多麼奇異、古怪的一場性愛。

渥夫甘什麼也沒說，好像也都不覺得有什麼不對。沒有覺得怎麼是由女人先發動的，尤其是一個東方女人。也沒有對自己的性表現有任何不好意思甚或惱羞成怒。而且還若無其事地接受了她張開雙腿撫揉自己私處的舉動。

雙雙赤身躺在床上時，渥夫甘告訴她他和亡妻最後一次做愛的情形。彷彿是知道了什麼似的，莎拉在去醫院前一晚狂熱地逗他，一再地在他耳邊喘氣嬌吟誦唸他的名字。一遍又一遍。第二天檢查發現是咽喉癌。更進一步的檢驗、開刀、放射線治療。直到死，莎拉沒有再讓渥夫甘碰她。

渥夫甘閉起眼睛跟她形容莎拉的動作。任何一個細節都能讓他激動不已。她很驚訝自己竟然沒有吃醋，沒有任何不良反應。只有在渥夫甘又露出那個淒傷笑容時，打了個寒顫。

現實生活對渥夫甘來說，只是延續對無數量死去人事物回憶的手段。她兀地領悟過來。他眞正的生活原來根本在彼岸，彼岸才有他認識的他在乎的他愛的人。難怪他無法停止眺望。

「洛杉磯是個有很多祕密卻不神祕的城市。」渥夫甘說。

「可是，告訴我，在走進毒氣室那一刻，人會想什麼？會想起那些敵人、仇人，我指的是那些看不到觸不到，在遠方決定了他們命運的人嗎？會咀咒他們、痛罵他們，在眼前彷彿看到他們惡魔似的面容嗎？」她問。

「我眞的不懂，」車子被紅燈擋在路口，渥夫甘轉過頭來看她，「妳爲什麼會……妳眞的想知道這些嗎？……」

她沒說話。他們在洛杉磯的市中心停停走走，大概過了十來條街，她才用很低很低的聲音說：「要我告訴你爲什麼嗎？」

渥夫甘點點頭，「當然，告訴我吧。」

「當我還是一個小女孩的時候，」她說，「生活裡最浪漫的事就是日落黃昏。只有這個時間，父親會陪我們散步、說話。我們總是趕在太陽落山前吃完飯，走出來接受夕暉沐浴。父親總是站在我身後，用很柔和很柔和的聲音讚美自然。他是個敬業的公務員，每天總要帶很多公文回家來，太陽落了，他就回到屋裡繼續工作，我們小孩都安安靜靜的不敢吵他。

「長大些我知道他是個法官。然後他退休了，然後他死了。在殯儀館守靈時，有一次我從靈堂裡走出來，突然一個中年婦人從背後叫住我，問我是不是死者的女兒。我說是。她把我拉到旁邊去，說：『我要告訴妳，我很高興妳爸爸死了，因爲他是個殺人兇手。他當法官當一輩子，判了一百多個死刑。一百多條人命。案子到他手裡就準死無疑。要害一個人就把他的案子讓妳爸爸判。他從來不在乎生命，他也不知道死是怎麼一回事。現在他知道了。』

「我爸眞的殺了一百多個人，我後來發現。而且很多是上面怎麼命令，他就簽字寫一篇洋洋灑灑的死刑判決書。我不能想像，和我們一起看過夕陽，爸爸就進屋裡斷送一條人命。原來我一直和死亡生活在一起，卻全無感覺……」

她講不下去。喉頭哽咽著，她以爲自己要哭了。然而淚水卻沒有來。她搖搖頭，發現自己竟然笑了，和渥夫甘一模一樣的淒傷的笑容。

——原載《印刻文學生活誌》二〇〇四年十一月號

一九九四・愛情動物

他們稱色情片演員叫 Love Animals，愛情動物。專門在動物層次「做愛」，一語雙關，性交、同時製造愛情。

那年，一九九三年，我從學校裡念完新聞研究所畢業，馬上找到了一個人人稱羨的工作，進了一家大周刊當採訪記者。

我是九三年夏天進周刊，九四年過農曆年之前就破格獲得加薪。社長特別跟總編輯交代，遇到重要有賣點的採訪，優先考慮交給我去跑去寫。社長說：「這個小女生採訪上應該是還有點生嫩吧，不過寫起稿來倒是生猛得很！」

然而那年的六月，我就離開周刊了。把辭呈放在抽屜裡，打電話進去，不敢找總編也不敢找社長，只敢打給人最溫和的副總編，就再也不進辦公室了。像個幽魂般從辦公室消失。又像個幽魂般晃了好幾個月。沒有新的工作。因爲沒有新工作怕家人唸，所以也不能常待在家裡。就這樣晃著晃著。

我從來不曾跟任何人解釋爲什麼辭職。覺得解釋不清。可能是我自己心裡也不是眞的弄得很明白吧。不知道爲什麼，不過辭職前所發生的事，這幾年來多次反覆在我腦中上演重映，每一個過程每一個細節，如此深刻清晰，比現實還要清晰，比戀愛失戀還更深刻。

那天，一九九四年初夏，我被派去採訪一位「退休A片皇后」的故事，琳達的故事。我照約定去到琳達的住處，來開門的琳達卻抱著一隻狗正要出門。她跟我解釋說她的狗一直在喊疼，必須去看醫生。我靠近一步摸摸她懷裡的狗，果然聽到細啁啁微弱的叫聲。

因爲要出門吧，琳達已經戴上了大得誇張的太陽眼鏡，遮去了半張臉，光線從陽台上斜掩過來，剛好凸出了她小小尖尖的鼻頭。她穿一件麻質洋裝，樣式很簡單，方領小泡袖，腰以下打百葉褶，裙襬在膝蓋上製造波浪。淺褐色底，上面打著白瓣紅蕊的小碎花。這種衣服不怎麼顯身材的，可是穿在她身上還是讓我禁不住臉紅，一方面是想起她拍過的那些電影吧，另一方面也是意會到站在她身邊，對比之下我的女性特徵恐怕要大打折扣，那種相形見絀的不好意思。

我陪她走兩條街去獸醫院。光天化日、朗朗晴空下，我實在沒有辦法啓口問她A片啦、做愛啦一類的事。只好跟她有一搭沒一搭地談狗。她說這隻叫「艾迪」的㹴犬陪她十一年了。小狗來時她才十八歲。要從美國回來，心疼艾迪得孤伶伶地在貨艙裡度過漫長的十幾小時，牠一定不明白出了什麼事，以為主人拋棄牠了。琳達因此將行程一延再延。甚至立意捨飛機不搭要坐船。去問了又問，有沒有豪華遊輪可以到台灣。

「艾迪、艾迪。」獸醫檢查時，琳達幫忙抓住狗，口中不住地喃唸牠的名字。她跟獸醫想必很熟了，兩人的注意力都在狗身上，我似乎不存在。檢查了半個多小時，獸醫歎了一口氣，對琳達點點頭，又搖搖頭：「眞的是。」琳達緊緊抱住艾迪，問：「還有多久？」「最多兩個月、三個月吧。」醫生回答。琳達又問：「會痛嗎？」醫生為難地用眨眼代替點頭，「會一直像今天這樣。開始可以用藥控制一點。可是我懷疑牠肯吃。牠胃口會很壞。再下去止痛藥也沒用了……」

琳達在屋裡並沒有把墨鏡摘掉，我看不清她的表情。好像嘴角顫了顫，然後對醫生說：「讓牠睡吧。」預料到醫生會發的疑問，她搶先又說一聲：「讓牠睡吧。」

醫生進去準備針藥，琳達堅持艾迪要一直躺在她腿上。針刺進去時，艾迪「咿」地叫了一聲。不太像狗吠聲，倒比較接近人剛醒時伸懶腰從胸腔哼出來的。可是艾迪卻要睡了。琳達摘下眼鏡，我第一次看清她的面貌。五官跟影片裡沒什麼改變，然而看起來卻像是另一個人。好像遇到孿生姊妹的那種感覺。大概是因爲她的表情的緣故吧。

她沒有哭，她笑著，笑得很甜。對著艾迪笑。摸著艾迪的毛，說：「艾迪乖乖要睡了。乖乖睡，做個好夢。夢見媽咪買好多骨頭給你啃。像小時候那樣。一堆骨頭任你選。有布做的，有餅乾做的，還有口香糖一樣嚼起來香香的。艾迪迷惑了，都是骨頭，到底該吃還是該玩？媽咪喜歡艾迪偏著頭搞不清楚的模樣。媽咪到夢裡找艾迪。艾迪乖乖睡。」

艾迪眞的很乖。一直看著琳達。還用盡全力翻了一次身，似乎想要換個角度把媽咪看個夠，然後牠連續發了幾個「嗯、嗯」的短音，眼睛慢慢閉上了，琳達的上身越俯越低，說著「艾迪乖乖睡」的音調也越來越沉，終於把整張臉靠貼在艾迪褐黃色的卷毛上。艾迪眞的睡了。琳達輕輕抬起牠的前腳，讓牠細細、還殘留一點點汗意的掌面緩緩來回撫劃她的臉頰。

我在旁邊哭得死去活來。爲了要去採訪刻意畫的妝一瞬間完全泡湯。我一直告訴自己不要這樣不要這樣，我又不認識琳達，我也不認識艾迪，不要這樣不要這樣。可是沒有用，眼淚就是隨著一陣陣心酸潮潮浪浪不斷湧上來。

連醫生也哭了。我看到他背過身假裝在桌上寫什麼，鼻頭猛吸猛吸，他大概發現了我在看他，回過頭來時有點尷尬地對我說：「艾迪眞是隻好狗。」我拚命點頭。覺得我們失去了一個共同的親人般難過。

反而是琳達沒有哭。她說：「艾迪好乖喔，艾迪就這樣睡了。」然後將艾迪抱在懷裡，開始往回家的路上走，輕輕在艾迪耳邊說：「艾迪，我們回家了。」我慌慌亂亂地要跟上去，突然發現琳達的太陽眼鏡留在小几上，我把眼鏡抓起來，好心地想幫琳達戴上，琳達卻堅決搖了搖頭，將整張臉再次貼在艾迪身上，眼淚才慢慢地流出來。

我從來沒有覺得自己這麼蠢、這麼笨手笨腳。琳達這時候怎麼會需要太陽眼鏡！憂傷徹底征服了我。我什麼都沒想，呆呆地陪琳達走回她家。一直到琳達要我幫她拿鑰匙開門，我才恍然記起來自己是誰，是來幹嘛的。

這種情況下怎麼可能做什麼訪問？我心底轉過千百個念頭，該留該走、該走該留？不知怎地，我竟赧顏跟琳達進了屋裡，大概是覺得這種時刻掉頭就走，顯得太現實太無情吧。很難解釋的，因爲一個悲劇而突然綁鎖的感情。

琳達把艾迪放在屬於牠的毛毯上。那一刻，冷冷的疙瘩從腳底嚙嚙咬咬爬滿我一身。我有點擔心琳達會捨不得處理、埋葬艾迪。我們都看過很多那種電影，像《驚魂記》裡安東尼・柏金斯保留他媽媽的屍體。還好琳達對著艾迪說：「乖艾迪今天在這裡再睡一天，你以後去天堂了，要記得常常回來喔。」我想她可能比我還清醒些。

我們靜靜地在客廳裡對坐了好一陣子，我不知道該說什麼，琳達眼神一直沒有離開艾迪。好久好久之後，我終於鼓起勇氣說了第一句話：「妳一定很難過，心愛的狗這樣……」

琳達第一次正眼看我：「什麼？……」

我覺得自己那樣講似乎不是很得體，修正了一下：「親人在自己懷裡這樣……這樣……睡去，一定很難過……」

琳達竟然搖搖頭。「不難過，我不難過。」可是淚水明明爬滿了她兩頰，「我早就跟艾迪說過了，我會抱著牠，讓牠靜靜睡著，牠知道，牠那眼神多乖多安詳，牠知道的……」

我又找不到話接了。不過不需要我接，琳達自己一直說下去。

琳達說這樣其實不難過，眞的不難過。她說她曾經希望她爸爸能這樣靜靜死在她懷裡。她問我知不知道狗也會得癌症。我不知道。艾迪的癌細胞已經擴散了，琳達說她爸爸也是死於癌症。診斷確定時，她爸還沒過五十歲生日，剛剛在一家信託公司升上副總經理。沒多久，她爸請長假搬到洛杉磯治病。她已經在洛杉磯當了好些年的小留學生。加州滿地都是二年制的社區大學，小留學生通常申請不到什麼像樣、知名的學校，都是三三兩兩散落在社區大學胡混文憑。

琳達自己主動提起：拍A片就是從那時開始的。也沒有什麼特別，男男女女灌足了啤酒就廝玩在一起。攝影機那麼普遍，誰家都有，誰都會想把派對上最瘋狂的時段拍下來，作爲下一次派對的開場娛樂。自己作主角，自己作觀眾的色情影片。在加州流行得很。

下一步就是碰到有人要拍「東方天使」、「中國娃娃」一類既異色又帶異國情調的A片。朋友的朋友的朋友牽拉的線，就去了。一樣喝酒、一樣做愛。頂多是燈光講究些，旁邊多一個人嘮叨提醒叫聲高一點、大腿低一點。

其實沒什麼掙扎，也不怎麼想，琳達說。那種年紀、那個時代，好像只靠動物本能過活。握到手裡的錢實實在在，反正又沒有少塊肉什麼的。琳達問我：曉不曉得色情片的演員，在美國有一個綽號？我完全不知道，沒去過美國，英語更是鴉鴉烏。從影片裡聽起來，琳達的英語應該很不錯吧。琳達說她的英語比小電影裡的好多了，不會那樣帶腔帶調。可是他們喜歡要她更像東方人一點。後來她甚至可以裝出中國腔、日本腔、泰國腔，各式各樣的腔。

他們稱色情片演員叫 Love Animals，愛情動物。專門在動物層次「做愛」，一語雙關，性交、同時製造愛情。

那是她爸媽去洛杉磯之前的事。她不喜歡爸媽，跟他們一起住剝奪了她的自由。而且強迫她脫離動物本能。他們會提醒她，原來她念的學校是個學店、黑店、雜碎學校。他們一天到晚把「未來」塞到她眼前，不是告訴她未來是什麼，而是堅決認定她沒有未來。

他們想以零用錢控制她的行蹤，動不動就威脅扣錢扣錢。她其實不需要他們的錢，多拍兩部電影照樣買到自由。拍A片的事終於被她爸發現。樓上樓下追著她打，她跑出來，在院子裡賭重誓：「我如果再回來就不得好死！不得好死！」

在公路上赤腳跑了半個小時，她卻不得不回去。因爲艾迪。那時候艾迪才一歲多，已經很懂事了。家裡氣氛一不對，艾迪就趕緊躲進廚房最隱密的角落，不敢出來亂走亂跑。難怪她剛剛沒看到艾迪。她不能離開艾迪，只好走回去。想要把艾迪偷出來，卻被她爸逮個正著。鎖在屋裡關了一星期。從那之後，每次一起衝突，她媽媽總是先抓艾迪。琳達問我知不知道所羅門王的故事，兩個女人搶嬰兒的那個？這我倒是聽過。琳達說艾迪就像是那可憐的嬰兒。她媽媽不疼艾迪的，將艾迪抓得死緊死緊，「妳敢離家出走我就把艾迪丟掉，丟到河裡去！妳走出家門一步就再也別想見到艾迪！」她媽媽這樣威脅。即使是琳達先抱到艾迪也沒用，她媽媽會發狂似地衝上來硬搶，她怕艾迪痛怕艾迪受傷，老是不得不先放手。恨只恨現實世界裡沒有所羅門王來幫她定奪公道是非。

「艾迪、艾迪，吃了好多苦的小狗。」琳達說。轉頭繼續凝視一動不動的艾迪。我又不爭氣地哭了。皮包裡帶的面紙統統用光了。我臉上想必很狼狽很狼狽。

琳達說她爸爸的癌症病情很快惡化。家裡的經濟情況惡化得更快。她爸媽把她送到美國念書，可是他們自己對美國其實一無所知。連保險什麼的都不懂。琳達也懶得告訴他們。家裡的錢一直往醫院裡送，她就更依賴拍電影自力更生。剩的錢給艾迪買骨頭。買一堆各式各樣的骨頭。後來又拿出一些錢來交給她媽媽。因爲受不了媽媽惡狠狠看艾迪在玩骨頭的那種眼光。

她爸爸知道這些錢怎麼來的。罵她傷風敗俗、罵她污辱了祖宗姓氏。後來她總是自稱琳達，非不得已絕不加姓在前頭或後頭。然而她爸爸罵的聲音越來越小，次數也越來越稀疏。因爲他體力越來越差，也因爲她拿回家的錢越來越多。

琳達發現爲了別人拍片、做愛，破壞了她原來的情緒。不再是愛情動物。在動物性的愛情之上添加了太多東西。既不是愛，也不是本能，甚至不是生命。

她爸爸開始嘗試自殺。一而再、再而三地割腕。一次比一次割得深。把浴室弄得一塌糊塗。一次次地被救回來。好像割了幾百次，琳達說，不過她馬上又改口說，不可能有那麼多次，認眞算，頂多四、五次吧，不會超過。可是在她腦海裡的印象卻有無窮盡的重複。浴室水槽的血，抹在牆上的血。

每次拍片做愛時，血就嘩地占滿她眼前。機械性地配合對手扭擺下體，發出最淫蕩的呻吟，然而下體和嘴巴以外的其他部位卻浸潤在不可思議的荒謬情緒裡。她老是想著，人家在她身上射滿精液的那一瞬間，她爸爸可能正失血死去。做出陶醉表情撫摸淌流在乳房上的液體，她老是錯覺手一抬起來上面會沾滿了代表死亡的鮮血……

她第一次感到恥辱，感到受不了拍片這件事。可是爸爸的情況越糟，家裡的帳單越堆越多，卻逼著她更要去拍不可。她心底形成了一個死結。

她想要打開這個醜陋的死結。她去到醫院，爸爸在昏睡中。她回想這一生跟爸爸其實沒什麼緣分。真正在一起的時間很少很少。她有意識以來沒有抱過爸爸。爸爸也沒有抱過她。她把椅子挪近床邊，猶豫了好久，終於下定決心試探地去抱躺得僵直，彷彿沒有生命力的爸爸。其實感覺蠻好的，很難講，也許是基因的直接聯繫吧，不需要經過理智。

抱了一會兒，她爸爸從喉頭發出極痛苦的嗝嘎聲。她輕拍他的胸口說：「你靜靜地睡。」就在那一剎那一個念頭閃過。琳達說她沒有多想什麼，像在夢遊，大腦前半完全停止運轉，只剩後半的直覺、動物本能。她爸爸的眼睛半張，眼球骨碌碌地轉。她覺得他醒了。「爸，你好好睡，我幫你，我一直在這裡陪你，到你睡著好不好？」爸爸似乎微微地點了點頭。「要我幫你嗎？我幫你會比較容易一些。」爸爸又微微地點了點頭。她拿過旁邊備用的枕頭，輕輕地放在她爸爸的臉上。然後她半趴著俯壓在她爸爸身上。一種老男人的觸感，和平常她習慣的年輕身軀很不一樣。她一手擱在枕頭上，一手摟住她爸爸的頸子。「你靜靜睡吧。不會再痛苦了。」

我聽得目瞪口呆。琳達又看了艾迪一眼。「那種感覺其實不難過。不難過的。我從來沒有像那一刻那麼愛我爸爸。」琳達說。

可是她爸爸突然劇烈掙扎起來，用力把她推開。力氣之大，害她從床上跌翻下來，腳碰到旁邊的鐵椅上，撞出個大傷口來。血流如注。她望著自己的血，聽見爸爸猛力喘息的聲音，也有可能是大哭以及抽噎的聲音。

「我想，他不信任我。不像艾迪。」琳達說。

之後，屋子裡又是很長很長一段沉默。天色已經轉暗了。艾迪躺的那個角落暗得特別快。艾迪的輪廓一寸寸模糊融逝進背景裡。定睛想看清楚，努力捕捉牠身體外形線條，就會覺得牠好像還在起伏呼吸。好像隨時可能翻過身，抬起頭來。每一分每一秒牠都可能活過來。

等待的氣氛。我不知道琳達是不是也和我一樣被這種等待的氣氛圍陷了。不敢動、不想做什麼，生怕錯失了艾迪醒來的那一瞬時。

好久好久，琳達才提議去喝咖啡，她說走路十分鐘左右的地方有一家不錯的咖啡屋。我先借用洗手間整理儀容。從鏡子裡看到一個不認識的鬼影，不敢相信那就是我自己。各種顏色攪混在一起，不只是不協調，簡直鬼打架。拚命洗拚命洗，洗好擦乾了，鏡子裡那張臉怎麼還是跟早上在自家梳妝檯所看見的不一樣。多了些什麼，又像少了些什麼。

走出門，琳達問我的名字，哪個雜誌派來的。我竟然覺得很難回答。不應該這樣。應該跟她很親近了才對，然而事實上她連我姓啥名啥都不知道，我根本就是一個莫名其妙雜誌社派來莫名其妙的陌生人。

我當時就跟她說我不寫這篇報導。她說其實沒關係，只要不用「琳達」這個名字，太多人知道拍A片的「琳達」就是她。反而是我堅持說絕對不會寫這篇報導。我講了一次又一次，弄得她有點納悶。我不只是對她講，更是在講給自己聽。那一刻我格外討厭「記者」這個身分，想把它遠遠拋擲開。

不過琳達還是問我想知道些什麼。在小小咖啡室最角落的座位上。我問她拍A片眞的那麼天眞、自然嗎？一定有些痛苦、比較黑暗的那一面吧？

她說：黑暗不黑暗，因人、因時而異。有很多道德、禁忌包袱的人，當然比較難一點，不過幾年的小留學生經驗，早就把她身上帶的文明枷鎖沖刷得一乾二淨。兩種文化的對比，讓人很快就會明瞭，附加在身上的規範其實是很虛僞的。一個人住，沒人嘮叨沒人管，更開放了做各種生活實驗的可能。一直就有回歸動物世界的衝動，琳達說。她惟一老老實實讀完一本「名著」書籍，是盧梭的《愛彌兒》，鼓吹讓小孩在最接近自然的環境裡學習、成長，要哭就哭、要笑就笑。依此類推，要做愛就做愛也應該是理想人類社會的情境吧。

琳達說剛開始她眞的喜歡作個「愛情動物」。在鏡頭前面釋放潛藏的動物性，也幫忙解放藏在別人心底的動物本能。不需要多想什麼，你知道這符合你的性情、你的哲學。

我眞的沒預料會聽到琳達討論哲學問題，我腦子無可避免浮上在我們那樣的雜誌上，A片皇后不談A片，卻談動物哲學，會嚇壞很多讀者吧？

琳達接著講了另一種動物性、動物本能——痛苦。琳達說拍了一陣子，慢慢發現A片還是比較接近人，遠離動物。因爲A片裡不能出現痛苦，可是痛苦和性愛一樣自然、一樣普遍。只有人類會掩藏痛苦。琳達告訴我一個祕密：拍A片的時候，男演員最怕拍口交的鏡頭。她第一次知道這個祕密，是和一個她很討厭的男人拍戲，那個人全身長滿了種族歧視的腐臭。老是喜歡嘲笑她的小眼睛、黃皮膚，說她的黑乳頭挺凸時像兩粒狗屎。琳達本來從不跟那人一起拍的，後來爲了她爸爸的生死掙扎，就沒辦法挑剔那麼多了。

因爲有過節在心，琳達拍起來就有點不甘願。口交那一段，她蹲跪在床上，手裡玩弄著那個男人的性器，她惡作劇地用力捏，她知道那樣一定不舒服，可是導演卻喜歡。她眞眞假假地唇齒併用嚙咬，出錢的老闆在一旁更是表示滿意，男演員只好配合做出陶醉的表情。然而琳達可以從他身體細微的抽搐判斷出他的痛苦。她慢慢地折磨、作弄他身上最最敏感的一塊肉。他不但必須承受，甚至還要裝出喜悅的樣子。她忽然發現自己成了暴君，成了擁有無限權力的警察、特務，可以決定折磨多久、折磨多深。她在那男人眼中看到恐懼，看到絲絲閃過的哀求。

我聽得渾身發抖。琳達說她後來才知道，愛情動物裡的男性都害怕下體落入對手手裡、嘴裡。看影片的男觀眾也許覺得很興奮，以爲看到的是女人徹底被征服、徹底奉侍男人，在螢幕後面卻是男人喪失主動，被女人控制。平常其他姿勢，主動的優勢還是由男人掌握，只有女對男口交時，男人徹底暴露、徹底被動。女演員可以用各種方式讓他不舒服。也可以反過來讓他太舒服，一下子一洩千里無法繼續拍下去。不只導演、製片會對增加的成本、工作時間不高興，男演員還會被公然嘲笑。把守不住被他們視爲是雄性委靡、無能的表徵。

聞所未聞，很難想像。我不免又懷疑：這樣的內容，會出現在我們那家雜誌上嗎？是不是又要嚇壞很多讀者，尤其是男性讀者？

我們最後去林森北路逛寵物店。我問琳達會再養狗嗎？她說大概暫時不會，只是要買些艾迪喜歡的玩具。到時候好陪牠去，去到另一個世界。下一次再養，也許養個小孩吧。她笑笑地說。小孩會活得久一點。「我希望到時候有人抱著我。」她認認眞眞盯著我，「妳知道我的意思，有人輕拍我的背說：乖乖睡、安安靜靜的睡……」

我有點想問她關於愛情什麼的。我們在台灣長大的還是撇不開非動物性的愛情，浪漫的愛情。可是我不敢直接問，轉了彎問她A片裡男女演員間的關係。

「來來去去啊。」琳達說，「很少有固定的，……就是來來去去。」

她找不到艾迪最喜歡的那牌骨頭餅乾，找了一家又一家，找累了，我們就在晶華酒店吃點心當晚餐。她突然想起來說：大部分男演員她連面孔都不記得。然後她說她曾經懷孕生過一個小孩。顯然是拍片時出了差錯，藥丸漏吃了什麼的，所以生的。她沒有去拿掉。那陣子她爸爸剛死，她想正好用懷孕來讓自己休息。很累很累了。

孩子生下來，只在她身邊待了一個禮拜，就送去給人家領養，只留下一捲照片。她把約莫是受孕日期前後拍的影片蒐集起來，一部部放來看，仔細看對手男演員的五官面貌。一邊比較嬰兒照片，猜猜看孩子的爸爸究竟是誰。影片都看得磨損了，還是不確定。

我知道她心裡一定很難過。她笑笑地說，她故意笑著說，把這件事當荒謬笑話講，正是因爲太痛苦了所以她笑著說。只有人類會隱藏痛苦，我心糾結成一團，努力想應該講些什麼話安慰她。

沒等我想出來，琳達突然把話題一轉，轉到完全不相干的非洲旅行。我原來以爲不相干的非洲旅行。她說她想盡辦法安排，帶著艾迪一起去草原旅行，看各種野生動物區，眞正的自然。艾迪坐在她膝上，時而興奮、時而害怕。

琳達講了好多艾迪的糗事。文明狗回返自然。有一種號召呼喚，另有一種抗拒遲疑。最後她說起大象。導遊是在當地作動物觀察研究的學生兼差的。導遊教她從望遠鏡裡看一頭小象。只有八個月大。小象腳底下有一塊白白的東西。牠用鼻子和腳反覆玩弄著。導遊說：妳知道那是什麼東西嗎？白白的那個。那是小象牠媽媽的骨頭。眞的，沒騙妳。母象被盜獵者射殺了。好幾個月前的事。前天象群回到這裡，小象自己就走過去撿起那塊骨頭，一直用鼻子帶著翻啊翻捲啊捲。一定有什麼力量，種族的神祕源頭，讓牠知道那就是死去的媽媽。不可能只是偶然。而且，那樣反覆翻動媽媽的骨頭，小象到底在想什麼？牠一定很悲傷對不對？牠一定有我們不能理解的思想……

琳達說不知爲什麼，看著那隻小象，讓她很難過很難過，哭得幾乎閉氣窒息，就連那天她轉述給我聽時，淚水也從她頰下不斷滴流到桌上。她很難過很難過，我完全不知道該如何安慰她……

和琳達分手後，我一回到家就寫辭呈。沒有什麼猶豫，也沒有多想什麼。覺得就是這樣，也只能這樣。這樣終結了我進社會的第一份工作。

我一點也不後悔。

——原載《印刻文學生活誌》二〇〇五年一月號

【附錄】

沒有浪漫不能活

——兩個查經班同學的書信往來

成英姝

有一天我作了一個夢，夢見在電梯口碰到楊照，他囑託我乘電梯去取一樣重要的東西。從電梯出來我卻進入一個巨大迷宮，怎麼都找不到楊照說的房間。這是一個很令人不解的夢，從現實中的任何蛛絲馬跡都找不到可呼應的端倪，可是當中卻有什麼東西迷住了我。我寫信告訴楊照這個夢，他說聯想到村上春樹的〈青蛙老弟，救東京〉，老實說這令我感到當頭棒喝，花了好一段時間去思考和反省。我們都知道這世上存在某種高貴的美好，因那美好太過動人，而傾心向之靠近，可是在這過程中卻可能誤以為自己已經擁有了那美好，我反覆問自己，倘使我是村上筆下的片桐，我會答應青蛙老弟的邀請，不惜犧牲自己去救這個城市嗎？

我以為我與楊照交會最有意思的地方，在於他是一個學歷史的人，而我是一個學科學的人。容我花一點時間說明我們兩人為何變成我在一場悼念黃國峻的座談會上向聽眾戲稱的「查經班同學」。好一段時間我在閱讀神學方面的書籍，在這當中，有一個很根本的問題，就是「信仰」的意義。神是否存在？怎麼被證明？在讀了大量歷史上人們怎麼去整理歷史文件，運用科學方法檢驗神蹟的眞實性的相關資料後，我不覺莞爾，歷史與科學絕不可能證明神存在與否，因爲人的信仰是情感而非理性。人類最大的力量來自於感情而非理性。

有一陣子我在研讀納粹屠殺猶太人的相關書籍和紀錄片，並非我對此一段歷史特別有興趣，起因是我想了解人類集體去仇視另一種人（另一個種族，或是文明），以具體的殘酷對待的心理狀態，以及兩者置於一個封閉場域對峙的相對呼應。在人們討論大屠殺的眞相時，往往關注的是人類應該如何面對歷史的問題，然而我在閱讀這些紀錄的時候，卻深刻感受，眞正重要的是人怎麼去處理仇恨。叫受難者理性上去面對和諒解仇恨是無用的，只有情感上眞正的包容才能使自身得救。

我在一封信上約略提了此事。這封信的內容因爲電腦的問題，檔案已經不存在，實際上寫了什麼，我不太記得了。但楊照的回信十分驚人。

《爲了詩》裡面我寫過 William de Kooning 的故事，他得了阿茲海默症，一點一點失去記憶失去能力，到根本沒辦法記得自己叫什麼名字，然而他卻繼續在作畫。更驚人的是，他的畫，雖然筆觸越來越粗，可是怎麼看就是看得出來屬於 de Kooning 的風格。我眞的很驚訝，到底人的最底層，阿茲海默症奪不走的是什麼？

所以我也因此對阿茲海默症強烈好奇。讀了許多資料，越讀越覺得這個病症非同小可。我甚至認爲，從十九世紀到二十世紀初，使人類產生最多感觸與聯想的病，是肺結核；二十世紀後半，愛滋病成了能見度最高、意義最多的病；到了二十一世紀，應該就是阿茲海默症了。因爲現在老人越來越多，得阿茲海默症的越來越多，科學上對阿茲海默症的理解也越來越多。

阿茲海默症最神奇的地方，我認爲，就在人一點一點失去腦子的功能，一點一點遺忘，最後連如何呼吸、如何心跳也忘了，那當然就掛了。這個過程，很像是把死亡的過程拖長，而且拖得很長很長。一點一點失去生命。可是，會從哪裡開始失去呢？爲什麼是這樣的程序？

讀了很多紀錄，醫生的、病人家屬的，大家無可避免覺得，阿茲海默症的發作，好像有一種明確傾向。本來大家覺得好像是越後來的經驗越容易忘掉，越早的留得越久。後來又覺得好像不是這樣。是在人格養成期印刻的記憶會留越久，相反地，越是與人格沒有根本關係的，會越早被丟掉。如果是這樣，我無可避免地這樣想，那阿茲海默症不成了一種終極的試驗嗎？得了阿茲海默症，我們就會知道哪些東西在我們生命中只是浮花浪蕊，什麼是根深柢固的了嗎？我們等於得到了一個窗口，可以窺探最難的問題：眞我在哪裡？一個人的多重面貌中，哪一個才是眞的？

我看過一個故事，阿茲海默症患者的兒子寫的。他爸爸患了病，生活上開始有了各式各樣的症狀。他媽媽經常寫信抱怨，一一數落他父親製造的不便。後來有一回，媽媽也生病了，要住院開刀，兒子只好放下工作，飛回去照顧爸爸。和爸爸相處的十天左右，兒子卻沒有感覺到爸爸有退化得很嚴重。他覺得爸爸是健忘了點，但絕不像媽媽信裡講的那麼無能。他本來以爲是媽媽太愛嘮叨抱怨了，所以把狀況都誇大了。後來有越來越多跡象，讓他不得不改變看法。他發現不是媽媽誇大，是面對兒子的時候，爸爸的生活機能回復了一部分。爲什麼會這樣？唯一的解釋是：在兒子面前維持尊嚴，對他人格個性的重要程度高過生活技能。所以遺忘的都會暫時回復。當然，這樣的情況不會維持很久，再過一陣子，連在兒子面前，遺忘也會戰勝一切，抹去一切。

和兒子相處的習慣，甚至不是童年時候養成的。怎麼會比一些生活機能更頑強呢？越想越覺得奇怪，也越想越覺得好奇。如果我得了阿茲海默症，會用什麼順序遺忘？這樣我也許就眞能確定在生命的底層，至少是我生命的底層，根源的是什麼，無關緊要的又是什麼了。那進一步我也可以明白現在做的很多事，其實根本不值得花那個力氣、花那些時間了！不，如果眞的得了阿茲海默症，我卻也就再也沒有機會用到這些自我認知和理解了。是不是說，還是只有等到來不及的時刻，我們才會明白自己的底層呢？

我又想到作爲阿茲海默症患者家屬，最深的悲哀與最大的安慰應該是什麼。最悲哀就是你的親人一下就把你忘了。最大安慰是在他僅存的記憶裡，也許有你的身影。

看你講情感作爲生命根本的感慨，引發我的感慨。這些不一定相關，還是寫了給你看看。

楊照

收到這封信的時候，除了在看天主教會史，也在看印度教的東西，對應楊照談的阿茲海默症，彷彿有一種微妙的暗示存在般。我在回信上表明認同生命邏輯的正面性，但其實內心裡還是隱藏某種懷疑的憂慮。

你所提到的十九世紀以來全人類最關注的病症，這個歷程的變化正好代表人在生命過程中追求的目標的提升：生存的殘酷競爭、和社會群體的關係、精神靈性的追求，換言之，文明的進化等同於個體在輪迴中的進化。以神祕主義的角度來看，可以假設有一超然的主宰，主導著這樣的進程，當然不以神祕主義的角度來看，我們也可以假設人類的文明是自然以向上提升的姿態在進行，當然這是一種樂觀的想法。至今沒有人可以活著說明死亡是什麼。我們有非常多關於瀕死經驗的資訊，但瀕死與死亡還是相差甚遠，沒有人能「死透了」然後又活回來，這在邏輯上是不存在的，如果「死透了」還能活，那就不叫「死」了。換言之，沒有人能得知死以作爲生的依據。人之所以恐懼死亡，是因爲死是完全的未知，可是依照你所說的關於阿茲海默症這個病可能讓你領悟到自己生命的底層根源是什麼，但這個病的本質就是你會失去這種能力，與方才所說的了解死亡是異曲同工。這令我想到末世審判。倘使假設如我先前說的把文明的演進比擬（或者說本來就是相同的）個體的演進，我們把阿茲海默的症狀想像成人類命運的象徵，在末日來臨時，科技文明會逐漸崩壞瓦解，走向毀滅，在那樣的過程裡，你所說的底層的眞實會顯現，那就是審判的眞義……

我當然不是想在此討論關於宗教的事情，而是企圖找出一種樂觀的想法認爲人類的生命是朝向一種高貴的品質在前進。

英姝

我出身基督教家庭，但家人全都是些不虔誠的信徒（我父母受洗過，我小時上過主日學，但除此外我們全家上教堂的次數一隻手數還嫌太多），我想對信徒與非信徒而言，宗教基本上的意義出於兩個問題，宇宙間是否有一至高無上的主宰？祂有否可能插手干涉人類的歷史和命運？對此我的想法還是傾向新柏拉圖主義，認爲宇宙間有一無法言說的至高、強大、超能的秩序，其不可能插手干涉人類的歷史和命運，因爲人類的歷史和命運是依照它的某種繁複的邏輯在運轉。可是我也認同基督教的精神，因爲其終極精神是美善的，而這是與我所說的那個至高的秩序的終極相同的。話雖如此，情感上我還是把宗教的那個終極加以人格化。

似乎是佐證先前的信件陳述的情感根本論，我在信上表明了自己的信仰態度。

宗教核心的東西是屬於靈知的部分，這不出於當事人本身強烈的情感認同是無法體會的，缺了這一塊最重要的部分構不成神學。就如早先我說過的，只有出於眞實的情感才有眞實的力量，在研究過各種宗教以後，不知出於什麼原因，我認同了基督的救贖精神。對於強烈的神愛和祂所受的苦，有很深的精神上和感官上的觸動。（就現實面來說，如今很大一部分人對於基督的犧牲，根本是不領情的，可是這對祂毫無影響。你了嗎，如果有一個人爲了一大堆膚淺的豬頭犧牲了自己，可是人家根本不知道，可是他不在意，他可能只是笑一笑說，沒辦法，這就是我的生存方式啊，×的眞是太帥了）很奇怪，我對那很著迷。我本人一直有著怎麼都無法融入這個世界的困擾，有這種毛病的人應該致力於追求涅槃吧，可是如我剛才說的感情上我被基督的精神吸引去了，對其擁有的至高的愛起了崇敬之心。愛是一種人格化的東西嗎？倘使因爲戰爭或什麼原因，人類滅亡了，地球上只剩低等動物，但是神還是存在吧，那麼愛應該也還存在，那，是什麼呢？

英姝

跟楊照談起宗教，他有點吃驚，說太不像我。可是卻因此開啓「查經班同學」的談話。

你說耶穌的種種，讓我想起少年時代對宋明理學講的「道德自主性」的信服。其實一直到今天，我都還是在這套價值的籠罩下。我眞的沒有覺得自己「不自由」，本來就是我自己的選擇。我們一生必然受許許多多力量控制，那麼眞正選擇在哪裡？眞正的自由又在哪裡？宋明理學說：「我們只能選擇動機，不能選擇結果。在其他領域動機不一定帶來你要的結果，所以你只能承受結果，唯有在道德的領域，做道德的選擇，同時也就完成了道德的結果。所以只有在這裡，人能眞正獲得自由。」宋明理學的道德自由，也和耶穌一樣，是特立獨行，是不理會別人的。你做了一件道德的事，就算全世界都不理你，甚至全世界都誤解你，於你完全無妨。道德是你的，別人無法取走、無法取消。就像耶穌在十字架上的崇高犧牲一樣。年少時，我們認爲理學還勝過耶穌。因爲同樣都是建立自我主體，都是找到自由，理學不需要上帝。可是年紀慢慢大了，我對於社會、對於公共事務，還有些理學式的驕傲與自信，所以常常不管人家講什麼、想什麼，一意孤行就做了，可是心裡明白，在其他很多地方，理學還是不夠的，甚至是很討人厭的。討人厭的地方是理學沒有辦法容納崇高與浪漫的東西。對了，就是你看到的那種耶穌的情緒吧。不管別人怎麼說怎麼看，我知道我內在有著太強烈的浪漫者的衝動，我不相信，我堅決不信，人可以沒有浪漫的夢與痛苦與悲劇，而還能活著，還能活得有力氣。就是這樣。所以我告別了理學，走向了文學。

楊照

上次還有些東西沒有講完，忍不住再囉唆一下。

我雖然不可能作個信徒，不過我是相信 holy grace 的。很早就知道基督教裡的「三位一體」（trinity），聖父聖子聖靈，聖父是上帝，聖子是耶穌，這都不難理解，然而聖靈是什麼？一直是個大困惑。不知道經過了多久，突然徹悟：聖靈，holy spirit，就好的解釋應該就是 holy grace，就是一些不屬於世俗領域，不能用世俗概念掌握，卻必然存在、應該存在的東西。

對我理解 holy grace 大有幫助的，是赫曼赫塞《鄉愁》裡的一段內容。Peter Camencine 愛上十七歲的麗琪。回山中家鄉放假時，他決定要帶一束花回城裡送給麗琪。他嫌開在山上的小白花（Edel Weiss）不夠美不夠特別，於是冒了生命危險攀爬到岩壁上，摘取了可能是那年最後一朵含苞的石南花。他帶著花坐了五小時火車回到城裡，然後偷偷將花放在麗琪家的樓梯上。其實，他對麗琪的感情，全是暗戀。麗琪根本不會知道是彼得送了他那美麗的石南花。麗琪更不會知道爲了摘這花，彼得費了多大力氣，冒了多大危險。毫無目的、毫無所得的莫名其妙冒險。可是毫無目的毫無所得，非但無害於這中間的快樂與詩意，甚至讓這件事超越了「爲愛瘋狂」，進入了 holy grace 的領域。

人所做的某種超越的浪漫、美麗行爲。其浪漫、美麗本身，是最大的意義。這好像跟妳說的耶穌，很接近。至少我是這樣理解的。唉，又要去開會了。就先寫這段吧。再聊。

楊照

並非我要在此大談宗教話題，與其說我欲談的是宗教，不如說我在談的是信仰，人一生所言所行，在每一個剎那做出的選擇和決定，依據的就是信仰，有意識或者無意識地，將自己放在那邏輯中，一種內化的原則、信念，或者執拗。因此我再回到文學的部分。

楊照是很好的書評家，可是多少人知道他也是優秀的小說家？我說楊照的身分太多了，反而常令人放錯位置。

你寫《吹薩克斯風的革命者》，有人不以爲然，說楊照幹嘛還寫小說？有一次我擅自替你解釋，說楊照希望被辨識爲一個文學人，結果對方以「完全同意我的看法」的態度說：楊照確實希望大家認爲他屬於文壇。這眞是與我的意思背道而馳，我自己也一直希望被辨識爲文學人，可是我指的是作爲一個藝術（文學）的創造者，長久地能保持仰臉看到那華美的光並指給別人看。

英姝

楊照在回信裡提到我曾給他做過一次採訪。我當然記得，印象深刻。那時他是大忙人，我是在他電視節目錄影完抓個十分鐘進行採訪的，總共只問了三個問題，可他答得十分清楚懇切，我幾乎是逐字照寫，結果因爲字數限制還只寫了兩個問題。儘管如此，正因他說得澄澈眞摯，我只不過扮演轉述者，這篇採訪引起許多人動容，這是我沒跟他說過的。

記不記得多年以前，妳幫「讀書人」寫過一篇我的報導？那其實是我最痛苦、最混亂的時候。我不是個灑脱的人，外界的種種流言與中傷，我無法眞正不在乎。在混亂與痛苦中，我跟妳講了一句眞心話，我還記得我們坐在攝影棚外面，我說：「到最後，只有作品眞的算數。做過再多的壞事，別人以爲的壞事，最後只有靠感動人的、永恆的作品來給予救贖。別人會因爲藝術的成就，而原諒一切。」

那段日子，我讀了好多好多的傳記，在痛苦與混亂中，我理解了，最大的罪惡，不是法律或道德上的錯失，而是無法創造出夠格的藝術作品。這是我深深的信念。

我視自己爲創作者。我知道最後只有創作算數。其他的，都是浮花浪蕊、都是過眼雲煙。創作的標準，在我覺得，是不知什麼時代、什麼角落，有人讀到你的書，油然生出一種感覺：「天啊，這個人，不管他在生活裡做過多少錯誤、邪惡的事，光憑這本書，我都會原諒他。」我爲這樣的想像的讀者而寫，爲一個終極的救贖者，幫我免除一切錯誤、邪惡的救贖者而寫。

平常很不願意把這些話講出來，因爲討厭人家把我最眞心的信念當唱高調、當笑話。因爲妳講了「華美的光」，所以我才講。我相信你會瞭解我說什麼。

楊照

此時我眞是犯了個不可原諒的愚蠢大錯，回頭看我的回信，還禁不住羞愧臉紅，無法想像自己當時怎會有如此淺薄的誤解。

你對你所謂的那樣的「某個讀者」的想像也太浪漫化了，這麼多年來我有一種心得，不管再怎麼爛的歌手，都有他的死忠歌迷，即便是差勁到嚇死人的小說，仍然有人認同佩服得要命，叫人怎麼把讀者想像成救贖？我對讀者的評價實在是不高啊！

英妹

楊照在回信裡很有耐性地解釋他的原意，儘管收到回信我便立刻意識到自己看法謬誤的程度（並且感到不可思議），然而，如今回頭看這荒誕的誤會，我再一次自問，我眞的本來就應該明白他的意思，眞的理解那救贖意義，和那救贖被需要的原因嗎？果眞如此，那麼我就該確切地明白了寫小說的目的，毫無懷疑，因此不存有不安和焦慮，可是，對寫小說這件事從來深信不疑的我，眞的沒有不安、焦慮和質疑？

妳誤會我講的那種讀者了。那種與救贖有關的讀者沒那麼簡單，也不是那麼膚淺的。我想像的這種人（或者也不一定是人？），先得要懂得了我所創造、我所到達的地方，看到了我創造、到達的地方有這個世界不曾存在過的東西，所以他才會願意爲了這感動與成就，而原諒一切。事實上，我所喜歡我所認識的眞正藝術家，多少是好人呢？重點是，我哪在乎他們是好人不是好人呢？他們已經超越了道德的好壞，站在他們作品前面，驚嚇與戰慄使我完全沒有餘裕、沒有立場去評斷。我感受過這種作品，我也追求這樣的作品。讀者的想像是這樣跟救贖聯繫上的。

《吹薩克斯風的革命者》有火氣的事。我之前其實聽安民講過，我覺得這中間有一層悲哀，我自己的悲哀。因爲這段時間跟政治的牽扯，因爲我的身分，才讓人家先入爲主覺得楊照寫的政治應該會有火氣。如果同樣的書，不是我寫的，更應該會突顯出來的會是悲哀才對。那是一本悲哀的小說（我指的是後半部），是我生命最悲哀時期寫的。好壞是一回事，我實在不覺得書裡多有什麼火氣。

楊照

多少是替自己找台階下，我回信分析自己被誤導的原因。然而，這也確實是我對楊照觀感的一種錯亂。朋友Z君有次開玩笑，說天才藝術家生子後才華就會全部消失，他舉了好些人的例子，我問那麼楊照呢？他說楊照有才華，可他不是瘋子。意思是，天才藝術家的超凡創造力很大一部分起於他們是不正常的人（和瘋子沒兩樣），一但被家庭侷限，生了小孩，變成凡人，就有如失去翅膀的仙人，沒了法力了。而楊照從來沒發瘋過，他的才華即便浪漫，也保有理性。

不好意思——

又驗證了語言溝通之不可信任，我想了半天這差之毫釐謬之千里的原因，我不應該是一個會誤解你的想法的人，那麼我如果誤解你寫小說的企圖，出發點是否因爲我也沒有把你視爲一個小說家來看!?

我發現我沒有把你當成藝術家（那種陷入創造的宇宙裡，只有在那裡有最大的熱情的瘋子）來看，我把你當成了一個正直的、敏感的、受苦的人來看，這樣想我就恍然大悟了。你所希望的「被放在小說家的位置」確實是很重要的關鍵，回到你說超越了道德的作品，我的想法是，當我們在面對一個藝術家的時候，我們所說的道德，已經跟世俗的道德不太一樣了，我一向很討厭用「道德」這個詞，就是因爲它太世俗了，不如說光明跟陰暗吧，很多藝術家是陰暗的，我總覺得你在面對自己的痛苦跟（你所謂的）失敗的時候，是把自己放在陰暗裡面的，但是從我這個方向看過去，你始終是明亮的。

英姝

我經常被楊照指爲狡猾，百分之八十我可不覺得，不過，這一次我也承認，確實是故意設局讓他進退兩難，哈哈。楊照給人印象沉穩，理性多過感性，其實他是典型牡羊座，我沒見過他使脾氣，他自己倒說是容易衝動、沒耐性，我發現要解讀這個人其實不難，你越以爲他沒有的他偏有，感性、熱情、叛逆、暴烈……

遲遲沒回因爲有點啼笑皆非，覺得被狡獪地放進一個陷阱裡，我不想破壞你心目中正直、光明的印象，所以不能跟妳計較不把我當藝術家、小說家的態度。可是這不表示我的小說裡沒有黑暗，或說我沒有需要由小說來發洩與探索的黑暗啊！

我眞正最會做的是寫小說，是還原生命的複雜，抗拒對待生命的自以爲是與簡化。我始終這樣相信。沒有比小說更複雜的東西了。這是我覺得最重要的事。

驚嚇與戰慄的作品，我遇過很多。少年時楊牧的詩、林懷民的小說。後來的馬奎斯。比較特別的是班雅明，以及透過班雅明才知道原來波特萊爾也那麼驚人。還有好像一直無窮朝深邃裡去的大江健三郎。喔，川端康成也是。

楊照

中間還又聊過漫畫書，說《漂流教室》改編的電視劇令人吐血〈呃，這個看法很中肯，可是眞的很孩子欸〉，又來一封信則談音樂。

其實昨天忘了說，最強烈的驚嚇戰慄常常不是從書裡來，而是音樂。尤其是爵士。喜歡爵士因爲爵士樂手幾乎個個都是世俗意義下的壞人、殘人、怪人，但他們的音樂卻那麼高貴，無法形容的高貴。一直到今天我聽 Sonny Rollins 的薩克斯風演奏，一定渾身起雞皮疙瘩。前一陣子讀村上春樹的《爵士群像》，發現他形容 John Coltrane 跟 Sonny Rollins 的差異，前者是一階一階爬樓梯，後者卻是從一樓進電梯，一開門出來已經是三十五樓了。老天，我又起了一身疙瘩，怎麼可能形容得如此精確？就是這樣，不管 Sonny Rollins 或村上春樹做過什麼事，我都不可能指責他們。就是這種感覺。

楊照

楊照給人感覺老成，與他的成就有關，讓人以爲和四年級一掛，其實他是五年級，雖然年紀上差距並不大，但我一直覺得相形之下自己似乎落入幼稚無知的境地，楊照來一封信提及「世故」，有的事情令我反應激烈，他卻能沉著理解，「這恐怕是我比妳世故的地方吧。」他說。我才恍然大悟這是我所缺乏的。

我第一次明白一直認爲「世故」是一個壞詞，原來世故其實是好的（或者說，不是好或壞）。我前幾天瞄到電影台在播一部片子，描述有一種超越人類的生物，這種生物有預言能力，且能以不同的人的形貌出現（被看見聽見或夢見，其實是那個被接觸的人的心的作用吧），有一位研究這種生物的學者告訴主角，那個東西不是神，牠不過就像站在高樓上的人能看見地面上的人看不見的更遠的事物，從你口中說的世故大概就有點像這樣吧

英姝

妳的不世故裡有一種大剌剌。就是我說過妳以前小說中，我最喜歡的一種東西。駱以軍的不世故裡則一直有著自責。他不管怎麼做、做了什麼，都會自責。自責在小說裡就變成一種自虐、甚至自殘。就連他在小說裡報復他討厭的人、他看不起的人，都帶著自虐的意味。我們會很自然在讀的時候張大嘴巴，跟自己、跟旁邊的人說：「駱以軍慘了，他怎

麼敢這樣寫，被誰誰誰看到就慘了。」慢慢地我發現這種反應，根本就在駱以軍的設計裡，他要人家那樣讀的。而這種反覆、多樣的自虐與自殘也就成了他小說最特別的道德風景，或者是不道德風景。

他在錄音時，除了第一分鐘，其實都講得很好。黃國峻紀念座談上，他也講得很好。他漸漸已經有了一種講話的風格，一種 performance 的自信。可是他還是要自責。沒辦法。因爲那已經成了他風格的一部分了。

妳的生物比喻又讓我想起上次跟妳提的村上春樹寫的 John Coltrane 跟 Sonny Rollins 的差異。我那麼喜歡 Sonny Rollins，說不定因爲我也是個愛搭電梯的人。在跟人家講話、在看事情時，我的確常常可以把自己游移出來，進了電梯，出電梯時改從高樓頂層看這整個局勢。包括看那個在講話或在看事情的自己。我老是在分析，從高高的樓上分析，這就是我的世故吧。

楊照

我出版《究極無賴》的時候，跟楊照說書裡收的小說書寫時間橫跨了五、六年，問題就出在小說總是寫不完，寫出來的東西始終跟不上腦子所想的，如今想鐵了心做個了結，一切重新開始。對寫小說抱著尊敬之心的，一輩子總會不停地問自己，究竟是爲了什麼寫小說的，是不是眞的寫出了自己眞想寫的東西，不管是否有篤定的答案，只要知道自己能寫，總覺得就生出強有力的感覺，那感覺未必在具體的世界裡有對應的存在，卻實實在在讓人感到勇氣。楊照回信說多年來一直沒停過寫小說，外人不曉得，不是眞體會寫小說意味什麼的人，也不會懂這個。

我也曾經長期處於寫不完小說的困境裡。跟妳說過沒？二〇〇〇年的痛苦經驗。因爲《新新聞》有一期拿吳宗憲當封面（標題是「新狂人」），結果連他鬧有沒結婚的事，都有一些無聊記者來問我意見。可是後來高行健得了諾貝爾獎，我一通電話都沒接到，沒人問我有什麼意見、什麼看法。當時的感慨，應該說恐懼吧，覺得自己被文學、尤其是小說這一行除名了。除不除名本來不重要，如果自己眞的有作品，那就不怕，那就可以不在乎。問題是，我眞的長期沒有交小說。

出版《吹薩克斯風的革命者》，一方面也是逼自己回到這個領域來。不管別人怎麼讀怎麼說，至少自己安心了，我還是自信能寫小說的。

這麼多年的乾旱期，我從來沒有超過一個月停止寫小說。心態上，仍然覺得自己是個不得已幹了許多雜事的，寫小說的人。

寫了很多很多開頭，寫到了困境、瓶頸，就換另一個。就這樣熬著熬著。

最近好像熬過來了。連續寫完了兩個中短篇，一個兩萬字，另一篇將近四萬字。還有第三篇，也寫了萬把字了。心裡很愉快，也很踏實，又知道自己在幹嘛了。

楊照

我在前面提到的那場座談會上，說了我的答案，如果青蛙老弟要求我冒著生命危險，一同到地底與大蚯蚓奮戰，以挽救城市滅亡，我想我會答應，然而，我願意犧牲自己救別人，條件是不想給別人知道，只願意自己一人進行（除了偕同青蛙老弟）。寫小說與這很相像啊！懷抱一種熱烈的浪漫，可是又孤獨。

——原載《印刻文學生活誌》二〇〇三年十月號

楊照作品集 07

INK PUBLISHING

背過身的瞬間——百年荒蕪系列之一

作　　者　楊　照
總 編 輯　初安民
責任編輯　尹蓓芳
美術編輯　許秋山
校　　對　楊　照　尹蓓芳

發 行 人　張書銘
出　　版　INK 印刻出版有限公司
台北縣中和市中正路 800 號 13 樓之 3
電話： 02-22281626
傳真： 02-22281598
e-mail:ink.book@msa.hinet.net
法律顧問　林春金律師

總 代 理　成陽出版股份有限公司
業務部／訂書電話： 02-22256562　訂書傳真： 02-22258783
訂書地址：台北縣中和市中正路 800 號 11 樓之 2
e-mail ： rspubl@sudu.cc
網址：舒讀網 http://www.sudu.cc
物流部／電話： 03-3589000　傳真： 03-3581688
退書地址：桃園市春日路 1490 號
郵政劃撥　19000691 成陽出版股份有限公司
門市地址　106 台北市新生南路三段 96-4 號 1 樓
門市電話　02-23631407
印　　刷　海王印刷事業股份有限公司

出版日期　2006 年 8 月 初版
ISBN　978-986-7108-68-5
986-7108-68-X

定價　270 元

國家圖書館出版品預行編目資料

背過身的瞬間—— 百年荒蕪系列 之一／
楊照 著.－－初版，－－臺北縣中和市： INK 印刻，
2006〔民 95〕面 ；　公分（楊照作品集：7）

ISBN 978-986-7108-68-5（平裝）

857.63　　95014229

INK INK INK INK INK INK
K INK INK INK INK INK IN
INK INK INK INK INK INK
K INK INK INK INK INK IN
INK INK INK INK INK INK
K INK INK INK INK INK IN
INK INK INK INK INK INK
K INK INK INK INK INK IN
INK INK INK INK INK INK
K INK INK INK INK INK IN
INK INK INK INK INK INK
K INK INK INK INK INK IN
INK INK INK INK INK INK
K INK INK INK INK INK IN
INK INK INK INK INK INK
K INK INK INK INK INK IN
INK INK INK INK INK INK
K INK INK INK INK INK IN
INK INK INK INK INK INK
K INK INK INK INK INK IN
INK INK INK INK INK INK
K INK INK INK INK INK IN
INK INK INK INK INK INK
K INK INK INK INK INK IN